AFRODITE
eo
DUQUE

J. J. McAvoy

Afrodite e o Duque

Tradução
Karine Ribeiro

1ª edição
Rio de Janeiro-RJ / São Paulo-SP, 2023

VERUS
EDITORA

Título original
Aphrodite and the Duke

ISBN: 978-65-5924-222-1

Copyright © J.J. McAvoy, 2022
Todos os direitos reservados.

Tradução © Verus Editora, 2023
Direitos reservados em língua portuguesa, no Brasil, por Verus Editora. Nenhuma parte desta obra pode ser reproduzida ou transmitida por qualquer forma e/ou quaisquer meios (eletrônico ou mecânico, incluindo fotocópia e gravação) ou arquivada em qualquer sistema ou banco de dados sem permissão escrita da editora.

Verus Editora Ltda.
Rua Argentina, 171, São Cristóvão, Rio de Janeiro/RJ, 20921-380
www.veruseditora.com.br

CIP-BRASIL. CATALOGAÇÃO NA FONTE
SINDICATO NACIONAL DOS EDITORES DE LIVROS, RJ

M429a

McAvoy, J. J.
    Afrodite e o duque / J. J. McAvoy ; tradução Karine Ribeiro. - 1. ed. - Rio de Janeiro : Verus, 2023.

    Tradução de: Aphrodite and the Duke
    ISBN 978-65-5924-222-1

    1. Romance canadense. I. Ribeiro, Karine. II. Título.

23-86638   CDD: 819.13
                       CDU: 82-3(71)

Gabriela Faray Ferreira Lopes - Bibliotecária - CRB-7/6643

Revisado conforme o novo acordo ortográfico.

Seja um leitor preferencial Record.
Cadastre-se no site www.record.com.br e receba
informações sobre nossos lançamentos e nossas promoções.

Atendimento e venda direta ao leitor:
sac@record.com.br

*Às mulheres que, como eu, queriam mais
histórias como esta*

Querida leitora,

Este é um romance do período regencial inglês que envolve nobreza e alta sociedade e no qual há personagens negras. Esta é uma obra de ficção, e tudo é possível aqui. Espero que você goste da leitura.

Atenciosamente,
Sua autora

PARTE UM

I

Afrodite

Meu nome é Afrodite Du Bell.
 Sim, é verdade. Afrodite, como a deusa do amor e da beleza. Um nome magnífico e, ainda assim, na minha opinião, muito cruel de se dar a uma criança, pois quem consegue viver à altura de tal magnitude? Não seria isso desafiar o mundo todo a comparar a beleza de uma jovem dama à de uma deusa, e não aos encantos de suas semelhantes? Se ela não cumprisse tais requisitos, poderia estar fadada à ridicularização e à zombaria. Se fosse abençoada com uma beleza extraordinária, estaria amaldiçoada com as expectativas de tal magnificência. Falhar em cumprir essa expectativa *também* levaria à ridicularização e à zombaria. É um nome impiedoso, e eu acreditava que ele estava destinado a trazer uma grande tragédia, assim como nos mitos.
 Por todas as estrelas que há no céu, não consigo entender por que meus pais me deram esse fardo. Mesmo quando os questionei, eles não se mostraram nada arrependidos do que fizeram, e sim bastante engenhosos. Até nomearam minhas três irmãs mais novas em homenagem a deusas, embora elas tenham sido mais afortunadas que eu com a escolha — Hathor, Devana e Abena. Se você

não tem a erudição de meu pai — que havia ensinado à minha mãe mitologia egípcia, eslávica e africano-ocidental —, pode não saber que esses são nomes de deidades. Então, o fardo de minhas irmãs não era igual ao meu. E meus dois irmãos, Damon e Hector, que ganharam nomes de heróis, também não tiveram grandes problemas, já que são homens.

Somos os seis filhos de lorde Charles Du Bell, marquês de Monthermer, e lady Deanna. Para todos os que importavam, estávamos entre as famílias mais proeminentes, afortunada com título, riqueza, intelecto, beleza e, é óbvio, um lar amoroso, que era o castelo Belclere. Com exceção de meu irmão mais velho, nada de ruim poderia ser dito de qualquer um de nós... até certos eventos acontecerem na minha vida. Depois de anos longe, eu estava agora em uma carruagem retornando à sociedade londrina.

— O homem é um demônio, um lobo entre os homens, assim como o pai dele era — queixou-se meu adorado irmão Damon.

— Cuidado, querido, vai acabar acordando a sua irmã — disse Silva, a mulher de voz suave com quem ele havia acabado de se casar, pensando que de alguma forma eu estivesse adormecida. Senti o peso do olhar deles em mim.

— Justo quando conseguimos convencê-la a voltar — sussurrou meu irmão. Damon tinha muitos talentos, mas segurar a língua nunca fora um deles. — Agora, a carta da minha irmã diz que a fera também voltará a Londres nesta temporada.

Eles estavam falando *dele*. Para não entregar o que se passava em minha mente ou em meu coração, mantive os olhos fechados.

— É de esperar. Ele não tem uma irmã prestes a debutar também? — perguntou Silva.

Era mesmo de esperar. Nossa irmã Hathor e a irmã dele, Verity, haviam chegado à maioridade. As duas estavam com dezoito anos.

— Eu posso até ter esquecido, mas nossa mãe certamente não. Ela deveria ter instruído Hathor a esperar mais um ano para nos poupar de tocar nessa ferida.

Teria sido injusto para Hathor.

— Você acha que ela não sabia? O duque é viúvo agora — salientou Silva.

— Depois da desgraça e humilhação que ele causou à minha família? Ele não merece nem a mais insignificante das criaturas, que dirá minha irmã. Jamais permitirei.

— Mas ele não pediria permissão a você, e sim ao seu pai. E, se sua mãe estiver de acordo, ele vai permitir.

O som que veio do peito de Damon era de evidente frustração. Mais uma vez, sua esposa estava certa.

— Se a minha mãe orquestrou isso de propósito... — Ele suspirou pesadamente. — Não entendo o que se passa pela cabeça dela. Como ela poderia perdoá-lo?

— Ela não é madrinha dele?

— E minha irmã não é filha dela? — rebateu Damon, com raiva.

— Acalme-se, querido.

Eles voltaram a ficar em silêncio, decerto conferindo se eu havia despertado. No entanto, eu era especialista na arte de fingir que estava dormindo. O segredo era a respiração.

— Ele pode até ser afilhado dela, e a mãe dele pode ter sido a melhor amiga dela, mas certamente nada disso é maior que o amor de uma mãe pela filha. — Damon falava com firmeza, então era natural que sua esposa concordasse.

— Nesse caso, não deve ter sido de propósito, então você já pode parar de ranger os dentes — comentou Silva.

A risada suave entre eles quase me fez sair do personagem, pois eu queria achar graça com eles também.

Embora gentil e doce com a família, perante a sociedade meu irmão Damon tinha a reputação de um libertino antes de se casar com a jovem srta. Silva Farbridge, filha única de um barão. Foi uma surpresa para todos, até para minha mãe, que tinha olho clínico para essas coisas. Dizia-se que muitas das mulheres com quem ele tivera casos eram muito bonitas. A srta. Silva Farbridge, no entanto, era considerada bastante comum. Ela, uma dama que ele parecera desconsiderar, e ele, um lorde que todos tinham certeza de que ela detestava, pelo menos até poucas semanas antes, quando se apaixonaram perdidamente. Eu não saberia dizer o que havia levado esse amor a florescer, e os dois guardavam o segredo a sete chaves. Eles diziam apenas que seus encontros anteriores não haviam passado de um mal-entendido. Ninguém questionou mais nada, embora eu estivesse muito curiosa, e eles logo se casaram.

— Sua irmã é muito bonita. Tenho certeza de que haverá uma fila de pretendentes desejando a mão dela, assim como a de Hathor — comentou Silva.

— Sim, é bom para ela retornar a Londres. Só temo que fique desnorteada ao vê-lo e se machuque outra vez.

— Faz quatro anos. Você acha que ela ainda pensa nele?

— Não sei. Odite nunca nos diz no que está pensando. Só sabemos que ela o amava. Posso apenas rezar para que ela o tenha esquecido.

Eu sabia que meu irmão faria qualquer coisa por mim. Não apenas ele, mas meus pais, minhas irmãs e meu outro irmão também. Todos me amavam e se importavam muito comigo. Eu não queria preocupá-los, mas meus pensamentos causariam espanto ou desconforto.

Por vezes eu me sentia como um pássaro raro e precioso preso em uma gaiola de ouro, em exibição para o mundo. Era meu dever manter os espectadores calmos e certamente fazia o meu melhor, mas havia momentos em que tudo era tão difícil. Eu desejava ser livre. Pelo que me lembrava, eu só havia me sentido assim na juventude... com ele, Evander.

Como minha mãe era a madrinha dele, tivemos muitas oportunidades de conversar enquanto crescíamos. Ele frequentava nossa casa livremente, embora nossos encontros sempre acontecessem sob o olhar atento de minha aia ou das criadas. Evander tinha a habilidade aguçada de enxergar por trás de todos os meus atos.

Quando minhas irmãs me provocavam, eu permitia que fizessem o que queriam, mas Evander sabia que por dentro eu as maldizia, então ele as xingava em voz alta por mim. Quando eu desejava comer mais do que era adequado a uma jovem, ele secretamente guardava uma sobremesa e a deixava no meu quarto. Quando se tratava de livros proibidos para damas ou alterados por decência, ele me emprestava na versão original.

E, quando eu cheguei aos dezesseis anos, ele me fez esta única promessa: *Quando nos casarmos, você será livre para ser quem quiser. Juro.*

Eu o encarei, fascinada, e desejei casar com ele naquele instante. No entanto, minha família não permitiria. Minha mãe diria que eu ainda era muito jovem, embora outras garotas da minha idade tivessem se casado. Pertencíamos a duas famílias grandes e nobres, portanto tudo precisava ser feito com o máximo de cuidado. Ela queria que eu esperasse pelo momento mais oportuno. Eu só não sabia que seria dois anos inteiros depois. No entanto, quando minha mãe enfiava uma coisa na cabeça, não havia como dissuadi-la. Fiquei enfurecida com ela.

No fim das contas, no dia de debutar, enquanto todos se inquietavam nervosos por estar diante da rainha, eu estava calma. Disseram que eu parecia ter nascido entre a realeza e que tinha sido treinada como tal durante toda a vida. A verdade é que meus pensamentos e emoções estavam em outro lugar — em um futuro que eu imaginei que começaria com ele. No dia seguinte, vários cavalheiros me cortejaram, mas não dei atenção a nenhum deles, pois esperava apenas por ele.

Esperei no meu melhor vestido.

Esperei até o sol se pôr e minha mãe me forçar a me recolher. No dia seguinte, esperei outra vez. Por cinco dias, esperei, confiante de que o que o atrasava terminaria em breve, e que ele viria me procurar. Até que, no sexto dia, soubemos de um casamento.

O casamento dele.

Perplexa e confusa, não falei ou comi durante todo o dia. A agonia tomou conta de mim apenas quando já havia muito tempo que a noite chegara. Eu deveria ter ido ao jardim. Eu deveria ter coberto a boca com as mãos. Mas todo o meu corpo doía tão profunda e completamente que, quando chorei, foi como se estivesse morrendo. O som de minha mágoa acordou a casa inteira. Minha mãe ficou comigo, o que foi sensato, pois logo desabei.

Imediatamente voltamos à nossa casa de campo para evitar as fofocas da sociedade. Desejei nunca mais retornar a Londres, pois tinha sido o lugar onde meus sonhos morreram. Quando chegava a temporada, minha família viajava e eu ficava no castelo Belclere.

Até agora.

Não queria atender à exigência deles para que eu retornasse, mas meu irmão me relembrou que o dia especial de nossa irmã Hathor poderia ser um fracasso se eu não fosse, uma vez que o burburinho seria insuportável.

Seria insuportável de toda maneira. Meu retorno causaria agitação. Minha ausência também, mas ao menos ausente eu poderia fingir não saber de nada. No entanto, isso seria egoísta. E eu havia sido egoísta por quatro anos, deixando para minha mãe e irmãs enfrentar a sociedade sozinhas.

Todos concordavam que era hora de eu seguir em frente, até eu mesma. Mas em frente para o quê?

Abri os olhos para vislumbrar uma paisagem verdejante.

— Pensei que você dormiria o caminho inteiro — brincou Damon.

— Perdoe-me, irmão. Perdi algo de interessante?

Quando meu olhar pousou nele, havia um sorriso suave mas tristonho em seu rosto, como se eu fosse um animal ferido que precisava do mais atencioso cuidado.

— Claro que não. Estou brincando. Embora eu me pergunte como você consegue dormir com todo esse sacolejo — respondeu ele bem quando a carruagem chacoalhou violentamente. — Devagar! — disse ele para o cocheiro.

— Perdão, meu lorde. A estrada não está boa esta temporada — justificou o cocheiro.

— Então por que diabos ele tinha que pegar essa estrada? — Damon franziu o cenho, olhando para a esposa, que apenas lhe lançou um breve olhar, o suficiente para que ele segurasse a língua.

— A moda de Londres mudou desde a última vez que você esteve aqui, Afrodite. Devemos ir juntas à modista comprar vestidos novos para você — disse Silva.

Eu não sabia se era coisa da minha cabeça, mas Silva sempre parecia ficar mais séria ao falar comigo. Talvez ela ainda não estivesse acostumada a ser parte da nossa família.

— Somos irmãs agora. Você pode me chamar de Odite, ou Dite, se preferir — respondi. — E, sim, eu a acompanharei à modista, embora não acredite que precisarei de vestidos. Tenho certeza de que minha mãe está mais que preparada.

— Humm. — Damon deu uma risadinha, assentindo antes de olhar para a esposa. — Conhecendo nossa mãe, certamente a modista já está em nossa casa, esperando por nós.

— Temo que mamãe não ficará feliz com o peso que ganhei — comento.

— Perdoe-me, mas ganhou onde? — Silva riu, os olhos castanhos me analisando.

— Na imaginação dela. — Damon riu com a esposa. — Irmã, você não deve almejar se encaixar nos padrões de beleza de mamãe. Eles não existem neste mundo. Você agora representa o sonho de quase todas as jovens do mundo.

— Ele está certo. — Silva suspirou. — Se é autodepreciativa, que esperança há para o restante de nós, meras mortais?

— Vocês dois me têm em estima grande demais — falei.

Eu não tinha a intenção de me autodepreciar, tampouco acreditava que houvesse algo errado comigo. Mas meu irmão estava certo: os padrões de nossa mãe eram impossíveis de alcançar. Ela se importava mais com meu envelhecimento do que comigo. O menor ganho de peso ou mudança em minha aparência não escaparia aos olhos dela.

— Odite, você é uma Du Bell. Grande estima é o padrão em que você deve ser mantida. — Damon assentiu, como se essas palavras fossem o evangelho. Para ele, eu tinha certeza de que eram. — Não tema, irmã. De fato acredito que esta temporada será inesquecível. Desde que você se permita aproveitar.

— Com certeza. — Foi tudo o que consegui responder enquanto voltava o olhar para as árvores e o céu azul. Então, sem aviso, a carruagem balançou com tanta força que todos pulamos em nossos assentos.

— Pelos céus! Cocheiro! — repreendeu Damon, segurando a esposa.

— Perdoe-me, senhor. Há um acidente à frente! — informou o cocheiro.

— Ah, céus — exclamou Silva enquanto meu irmão olhava pela janela. — Alguém se feriu? Devemos parar?

— Siga em frente! — A voz do meu irmão rugiu como um trovão e seu punho se fechou de ódio, deixando nós duas perplexas com a mudança em seu comportamento.

— Você está bem? — perguntei a ele.

— Estou — resmungou Damon, e manteve a cabeça erguida. — Não olhem pela janela. Mulheres não devem ver uma situação tão desagradável.

— Desagradável? — Silva deu uma risadinha e se mexeu para olhar. — O que poderia...

— Silva — reprimiu ele, e ela parou.

O súbito silêncio na carruagem nos permitiu ouvir a conversa lá fora.

— Vossa Graça, está bem? — questionou alguém.

— Sim.

Perdi o ar ao ouvir aquela voz. Não podia ser.

— Verity, você se feriu?

Era uma confirmação tão certa quanto suficiente. O olhar de meu irmão pousou em mim, e entendi por que ele havia gritado com o cocheiro.

Fique calma, ordenei a mim mesma, erguendo a cabeça e seguindo a instrução de Damon de não olhar pela janela.

Mas o fato de nossos caminhos já terem se cruzado sem nem termos entrado em Londres era inquietante. Pior ainda: meus ouvidos se esforçaram para continuar ouvindo sua voz enquanto nos afastávamos.

Platão disse que o amor era uma perigosa doença mental, e temi que retornar a Londres me faria perceber que eu ainda estava muito doente.

2

Afrodite

— Ódite! — Meu irmão caçula correu na minha direção. De imediato, abri os braços e me preparei para o impacto de seu corpinho, embora não fosse mais tão pequeno quanto eu me lembrava.

— Ah, Hector. — Eu ri, dando-lhe um abraço apertado. — Olhe só para você. De quem puxou toda essa altura?

— Do pai dele, é claro — respondeu a voz grave e alegre do meu pai. Ele se juntou a nós no saguão, com um livro na mão, como era de costume.

— Papai. — Sorri e o abracei com força, como se *eu*, e não Hector, tivesse doze anos.

— Sentimos sua falta, querida — disse ele, beijando minha bochecha antes de me analisar. Um sorriso apareceu em seu rosto branco. — Linda. Cada vez mais parecida com sua mãe. Parece até que eu não participei da sua criação.

— Quem disser isso não me conhece, papai. Não somos parecidos no jeito de pensar?

— Verdade. Foi por isso que eu lhe trouxe isto — respondeu ele, erguendo o livro para me mostrar. — Teve uma boa recepção no verão passado, e não consegui pensar em outra pessoa para apreciá--lo de verdade.

Estava em alemão, mas o título poderia ser traduzido em algo como *Contos para crianças e famílias*, dos Irmãos Grimm. Que nome estranho. Verdade, eu amava ler, sem me importar com o idioma, mas os livros que me encantavam não seriam presente de um pai a uma filha, nem teriam a palavra *crianças* na capa. Mesmo assim, a alegria dele em me presentear aumentou minha alegria em receber.

— Obrigada, papai. Começarei a ler esta noite...

— Não! — A voz dela soou alta e nos fez endireitar a postura.

Ao me virar, encontrei a mais feroz das mulheres, vestindo o mais rico dos roxos e tudo o que havia de mais elegante, a pele de um marrom em um tom profundo e quente como a minha e a de Damon. O cabelo escuro e cacheado estava preso num coque alto.

— Meu amor...

— De novo com esses livros? — interrompeu-o minha mãe.

— São apenas contos infantis. — Ele queria suavizar o assunto.

— Contos que ela lerá a noite toda, e de manhã parecerá tola ou confusa.

— Mamãe! Acabei de chegar e ainda não li uma página sequer. Você precisa mesmo ser tão dura? — exclamei.

— Sim. Como sua mãe, é o meu dever, pois amanhã será um dia muito importante. — Ela se aproximou e tocou minha bochecha. — Bem-vinda, querida. Temos muito preparativos a fazer.

— Tive a impressão de que os preparativos eram para Hathor. — Meu pai queria apenas me salvar, mas ganhou um olhar feio de minha mãe, que o fez colocar Hector diante de si como se o garoto fosse um escudo.

Conforme fui crescendo naquele ambiente, percebi que o relacionamento entre meus pais era tudo, menos convencional. A maioria dos maridos que observei evitava discussões com as esposas. Meu pai parecia gostar de brigar com minha mãe, embora não tivesse vencido uma contenda em quase trinta anos de casamento. Eu não conseguia entender por que irritá-la e provocá-la o alegrava tanto. Mas era verdade.

— Tudo de que Hathor vai precisar já está encaminhado. Agora, devo me concentrar nesta aqui. — Ela ergueu meu queixo com a pontinha do dedo, examinando meu rosto. — Você andou comendo mais bolo do que deveria.

— Eu não! — menti.

— Ela vai ser minha ruína! — Hathor estava bem no meio da escadaria, com os ombros caídos, os cachos castanhos antes sempre bagunçados lindamente penteados e cheios de fitas azuis. — Mamãe, papai, mandem ela embora. Era para ser a *minha* temporada! Quem vai se interessar por mim com ela aqui, linda desse jeito? Se Odite está assim depois de uma longa viagem, imaginem o tumulto que causará quando estiver descansada.

— Ela será a mais linda entre todas, e você ficará de escanteio. — Abena, minha irmã mais nova, vinha descendo a escada rindo e aos pulinhos, de mãos dadas com nossa irmã Devana, cujos cachos loiros se agitavam alegremente.

De todos nós, Devana era a única de pele branca, olhos azuis e cabelos dourados, tão parecida com papai quanto Damon e eu nos parecíamos com mamãe. Hector, Hathor e Abena eram uma mistura dos dois em diferentes níveis, embora os olhos de Hathor fossem mais cor de mel.

— O que eu sempre digo? — retrucou nossa mãe, dirigindo-se para minha irmã. — A beleza aumenta quando está cercada de beleza. Agora venha aqui e dê as boas-vindas à sua irmã.

Hathor fez cara feia, pisando duro como se fosse encontrar um arqui-inimigo e não a mim.

— Odite — disse ela.

— Hathor — respondi.

Nos encaramos.

— Seria tão difícil assim ter comido mais bolo? — Ela fez um biquinho.

— Ainda que eu tivesse ficado redonda, duvido que o encanto da minha aparência fosse afetado — devolvi.

Hathor se virou para dar um gritinho.

— Quero ela longe daqui agora!

Eu ri e a abracei, beijando sua bochecha.

— Senti saudade, irmã! E, pelo monte de cartas que me mandou, sei que você sentiu minha falta também. Embora não admita.

— Não sei do que você está falando. Eu apenas desejei mantê-la informada caso você ficasse entediada.

— Se alguém estiver se perguntando, declaro que Devana é minha irmã favorita! — afirma Damon da porta. Devana era dois anos mais velha que Hector e já estava nos braços de Damon. — Parece que ela foi a única que percebeu que estou aqui.

— Afrodite, quem é esse estranho cavalheiro tagarelando na minha porta? — perguntou meu pai, semicerrando os olhos e nos fazendo rir.

— Boa tarde, meu lorde. — Damon suspirou pesadamente ao entregar o casaco para o mordomo. — Sou apenas eu, Damon Du Bell, conde de Montagu, seu primogênito e herdeiro.

Nosso pai olhou para Hector, que estava diante dele tal qual um escudo.

— Você sabia disso?

Hector riu e assentiu.

— Sabia sim, pai.

— Estranho. Muito estranho — comentou meu pai, bem-humorado.

Damon não disse mais nada para nosso pai, pois ele continuaria a brincadeira. Então abraçou nossa mãe. Ao se distanciarem, Silva avançou apenas para fazer uma reverência.

— Senhoria.

— Ora. Tais formalidades não são necessárias na família. — Nossa mãe pousou a mão na bochecha de Silva. — Vocês dois são bem-vindos.

— Sim, sim, todos são bem-vindos. Você é bem-vindo. Ela é bem-vinda. Mas, *mamãe*, meus vestidos ainda não chegaram. O que farei? Não podemos mandar buscar a modista? — interrompeu Hathor.

— Fique tranquila, Hathor. Os vestidos chegaram e a modista virá fazer os ajustes de última hora que você ou sua irmã precisem para amanhã.

— O que foi que eu falei? — murmurou Damon para Silva.

— Mamãe, foi uma longa viagem. Estou exaurida — falei.

— Então deve ir para seus aposentos descansar; vou mandar levarem água e você poderá se *desexaurir* antes que a modista chegue. Vamos lá.

Senti vontade de usar a tática de Hathor e reclamar, mas marchei obedientemente pela escada. Eu sabia que, na minha ausência, a conversa giraria em torno de mim... e Evander.

Não, me repreendi. *Devo me acostumar a chamá-lo de* "o duque".

Damon certamente contaria a todos sobre o breve quase encontro, e eles tomariam ainda mais cuidado para não pronunciar o nome dele perto de mim. Ao entrar em meus aposentos, fiz o que sempre fazia quando sozinha: tirei meu chapéu e os sapatos antes de me atirar na cama e fechar os olhos.

Embora em seguida tenha desejado não ter feito isso, pois foi o suficiente para ouvir a voz dele. As cinco palavras se repetiam em minha mente, libertando sentimentos que tinha certeza de ter enterrado.

Reclinando-me nos travesseiros, abri o livro que meu pai me deu, preferindo qualquer coisa à prisão dos meus pensamentos. Mas a história em que abri parecia estar ali para zombar de mim. Traduzido, o título do conto era "O pássaro dourado".

— Eu sabia!

Assustada, fechei o livro e o abracei junto ao peito, encarando os olhos castanhos de minha mãe.

— Mamãe!

— Me dê o livro — exigiu ela, estendendo a mão.

— Mamãe. — Franzi a testa. — Li apenas uma frase.

— E você estará livre para ler mais no fim da temporada. E o quanto quiser quando casada. — Ela apontou para o livro.

— Não foi a senhora quem disse que esposas não têm tempo para ler, pois devem cuidar da casa? — retruquei, entregando o livro.

— Então você *consegue* me ouvir. Muito bem. Agora escute, pois tenho muito mais a dizer. — Ela entregou o livro à criada que levara minha água.

E algum dia ela *não* tivera muito a dizer?

— Você se casará nesta temporada — ordenou ela.

— Mamãe, rogo que se concentre apenas em Hathor — implorei.

— Seu pedido foi negado — declarou ela, sem compaixão alguma. — Darei a você duas opções. Ou se interessa por um novo cavalheiro, ou vou noivá-la com Evander.

Arregalei os olhos.

— Mamãe? Isso é... ele é... eu... ele não me quer. E eu não o quero! — adicionei a segunda parte rapidamente para não soar tão desesperada e tola.

Minha mãe se sentou na cama ao meu lado, o rosto próximo ao meu.

— Você deve me contar a verdade. Caso queira, moverei céus e terra para que se casem. Ele é viúvo. Tem certeza de que não quer mais se casar com ele?

Eu tinha certeza de que não queria me casar com um homem que não queria se casar comigo. E Evander... *o duque* não me queria, como deixara evidente para o mundo inteiro.

— Não sou mais ingênua a ponto de querer me casar com ele. Juro. Eu não o quero.

O olhar dela era desconcertante.

— Muito bem. — Mamãe se levantou. — Então garantiremos que você se case com o melhor dos partidos.

— Mamãe, preciso mesmo me ...

— Precisa! — Ela bufou. — Se você não é mais ingênua, deve reconhecer que sua posição impacta suas irmãs. Elas já são alvo de fofoca, e sabe o que dizem? Que as mulheres Du Bell são abençoadas com beleza, mas amaldiçoadas no amor, pois ninguém as quer. Se você não se casar nesta temporada, ficará mais difícil para Hathor.

— Hathor é linda e esperta. Certamente...

— E, se Hathor se casar antes de você, minha querida, será ainda pior. Então as fofocas não serão sobre as mulheres Du Bell, e sim apenas sobre você, Afrodite. Será desprezada. Você já tem vinte e dois anos. Não aceitarei.

Abaixei a cabeça.

— O casamento deve mesmo ser nossa única ambição?

— Sim. — Mamãe ergueu minha cabeça mais uma vez. — E um bom casamento traz alegria. Eu não vou permitir que você seja desperdiçada. Você é preciosa demais para mim.

Desejei perguntar: e se eu não tivesse um bom casamento como o dela e de papai? O que seria de mim? Eu não seria simplesmente desperdiçada em outra grande casa? Em vez de perguntar, assenti.

— Sim, mamãe.

— Ótimo. Agora vamos, vista-se. A modista já chegou e está com sua irmã. — Ela fez um gesto para que a criada me ajudasse, e então saiu, tão rápido quanto entrara.

— Senhora, eu ajudarei com o casaco — ofereceu Eleanor, a criada, e eu me levantei para receber a ajuda.

De braços estendidos, me perguntei se, caso eu os balançasse com força suficiente, me tornaria um pássaro de verdade. E, se me tornasse, até que altura eu conseguiria voar antes de atingir o teto da minha gaiola.

Damon

— Expliquei bem a situação — disse minha mãe, orgulhosamente, ao entrar no escritório do meu pai.

— Muito bem, meu amor. Mas que situação? — Meu pai ergueu o olhar dos livros sobre a mesa.

Minha mãe inclinou a cabeça de lado, um gesto que fazia quando irritada ou ignorada.

— A situação da nossa filha mais velha — respondeu ela.

Em silêncio, nós dois esperamos pela explicação, que certamente viria.

— Expliquei a Afrodite que ela deve se casar nesta temporada.

— Não sou contra, mas qual é a opinião dela? Você mencionou o filho de lorde Wyndham? — perguntou meu pai.

— Lorde Wyndham? — repeti, dobrando o jornal para olhar para meu pai. — O filho dele já não é casado?

— O primogênito sim, mas o segundo ainda é solteiro e ao que parece viu sua irmã no verão passado quando ela visitou seus tios em Drust. Dizem que ele está loucamente apaixonado. — Meu pai deu uma risadinha, recostando-se na cadeira.

— Pai, ele não tem título nem posses.

— Ah... — Meu pai ergueu o dedo e sorriu, um gesto que fazia quando achava ter um conhecimento que faltava ao resto de nós. — Eu soube que o filho mais velho de lorde Wyndham está doente e talvez não chegue ao final da temporada. Ele *não tem* herdeiros.

— De qualquer forma, Odite consegue coisa melhor que um conde.

— Você torce o nariz para um conde, mas *você também é conde*, meu garoto.

— Sim, mas por pouco tempo. Um dia herdarei de você o título de marquês.

— E quanto a um duque? — interrompeu minha mãe, falando alto, claramente pouco satisfeita em ficar de escanteio. — Evander é...

— Mãe, não — falei.

— Não a interrompa — ordenou meu pai, me calando. — Como você estava dizendo, meu amor, o que tem o duque?

— Bem, como você sabe, ele é viúvo. Desejo muito que fiquem juntos — respondeu ela.

— Embora eu me esforce para realizar seus desejos, devo perguntar mais uma vez: qual é a opinião de Afrodite? — indagou meu pai.

Minha mãe endireitou a postura, mexendo em seu xale, um gesto que eu também conhecia.

— Ela está... confusa. Mas tenho certeza de que, assim que se virem, a confusão passará e ela entenderá o que eu sempre soube: que eles foram feitos um para o outro.

— Entendo — disse meu pai. — E o duque falou com você ou com ela? Pois a mim ele nada indicou nem disse.

Outra vez, ela mexeu no xale.

— Não, mas ele certamente falará.

— Humm — foi a resposta de meu pai. — Muito bem. Vou esperar por isso então.

— Que bom.

— Nada bom. Devo lembrar a vocês duas que aquele patife a abandonou e a deixou ser zombada por todos. — Eu preferiria aplaudir o noivado dela com o segundo e *desposado de títulos* filho do lorde Wyndham a vê-la com aquele homem detestável. — Eu imploro, mãe, não o favoreça por conta de sua antiga amizade com a mãe dele.

— Você acha que está mais preocupado com o bem-estar de sua irmã do que eu, a mãe dela? — devolveu minha mãe.

Naquele momento, minha resposta poderia ser *sim*. No entanto, eu não poderia dizer isso. Talvez meu pai arremessasse um livro na minha cabeça.

— O que quero dizer, mãe, é que os boatos a respeito dele não são agradáveis. Dizem que ele enlouqueceu a esposa e a manteve confinada, que a criança deles está sendo criada sem nenhum cuidado ou compaixão. Na minha opinião, ele se parece mais com o pai do que com a mãe. Ele é cruel. Aquele homem não é digno da minha irmã.

— Não acredito em uma palavra sequer disso. — De fato, ela estava inflexível. — Eu criei aquele garoto ao seu lado, Damon. Eu o conheço tão bem quanto conheço você.

— Mãe...

— Enquanto todos comentavam sobre seus *casos* e diziam que você jamais seria correto, eu ria, pois sabia que sua hora chegaria. E chegou. Agora, quando as pessoas olham para você, veem o que eu vi antes de qualquer um, um conde honrado, embora um tanto sério, com uma esposa respeitável. Eu estava certa quanto a você. Estou certa quanto a ele. Ninguém me deterá. E ponto-final. Então, se me derem licença, devo cuidar dos preparativos — declarou ela, e deixou o escritório tal qual entrara, de cabeça erguida.

— Não é razoável considerar o passado dele? — perguntei, olhando para meu pai, que já voltara a atenção aos livros.

— Seu primeiro erro é discutir. — Ele analisou o papel mais de perto. — Era de se imaginar que, sendo agora um homem casado, você já tivesse aprendido isso.

Franzi a testa.

— Pai, não quero discutir. Só estou preocupado e não sei por que você não está. Afrodite não é sua favorita?

— Um pai não tem filho favorito.

— Que besteira.

Ele deu uma risadinha e me olhou depressa.

— Mas, se houvesse uma classificação dos meus filhos, eu deixaria claro que você seria o último.

— Como sobreviverei? — zombei, me recostando na cadeira. — Pai, sinceramente, temo que mamãe passe dos limites. Afrodite ainda está sensibilizada.

— Você disse que encontrou o duque na estrada?

— Sim, passamos bem na hora, acredita? Qual a chance de a roda dele ficar presa em um buraco bem quando estávamos passando?

— As estradas estão em más condições graças às chuvas deste ano, então realmente podem acontecer alguns acidentes. Pena que sua irmã se encontrou com ele tão cedo. Como ela reagiu?

— Ela não o viu, embora tenha ficado tensa como um cervo filhote perdido na selva só de ouvir a voz dele. Ficou óbvio que ela estava tentando recuperar o juízo.

— Então sua mãe está certa. Talvez ela ainda tenha sentimentos por ele?

— Pai, os sentimentos dela nunca foram a questão. E, sim, os sentimentos dele, e ele os expressou bem. Caso se trate de torná-la duquesa, Evander Eagleman não é o único duque que existe. Você não precisa torcer por ele.

— Só torço por nossa família — retrucou meu pai, sério. — Posição ou título são menos importantes que a felicidade e a segurança de todos os meus filhos, Damon, como você bem sabe. Não permitirei que sua irmã sofra mais uma vez, ainda mais por causa do duque. Mas não há motivos para arranjar briga agora, já que sonhar e fantasiar é da natureza das mulheres, principalmente a respeito do casamento. Não há motivos para intervirmos até ser necessário. E só deveremos fazê-lo quando uma de suas irmãs receber uma proposta. Pode acontecer de os esforços de sua mãe serem em vão, ou Afrodite pode se apaixonar por outro cavalheiro. Como homens da casa, nosso dever é tomar conta delas, como pastores fazem com as ovelhas.

— E se, nesse meio-tempo, um lobo em pele de cordeiro se aproximar?

— Se você leu o *progymnasmata* do retórico grego do século doze Nikephoros Basilakes, como instruí que lesse, deve saber a resposta a essa pergunta — retrucou meu pai, levantando-se. Ele mexeu na pilha de livros atrás de si, selecionou um e me entregou. — Ocupe sua mente com isso em vez da conversa-fiada das mulheres.

Se havia um problema, meu pai teria um livro para recomendar.

Eu nunca pensava em mim mesmo como um tolo ou um estúpido até ter uma conversa com o meu pai. A amplitude de seu conhecimento parecia estar sempre em expansão.

— Por que você gosta tanto de me podar, mas é tão impotente quando se trata de minha mãe?

— Mais algum tempo de casamento e você compreenderá, Damon. Prometo.

Eu temia esse momento. Se meu pai, com todo o seu conhecimento, nunca teve chance, qual seria meu destino?

— Vou procurar minha esposa — falei, e me levantei para partir.

— Dessa vez, se dê ao trabalho de ler Basilakes. E não amasse as páginas!

— Sim, senhor — respondi, desistindo de falar com ambos os meus pais.

Eles eram muito peculiares.

3

Afrodite

— Você está linda. Não precisa se preocupar — falei para Hathor enquanto estávamos na carruagem a caminho do palácio. Vi que ela estava aflita, ajustando, nervosa, as penas no cabelo. Desejei saber um modo de deixá-la mais confiante, porém, como ouvi tantas vezes, não havia elogio maior a uma mulher que a confirmação de sua beleza.

— Não chego aos seus pés — murmurou ela, encarando as próprias mãos.

— Você precisa mesmo se comparar a mim?

— Todo mundo me compara a você. — Hathor engoliu em seco e me encarou com olhos marejados de lágrimas que não deixou caírem. — Quando foi a sua vez de debutar, você estava perfeita. Todos comentaram. Me lembro bem de ver você e ficar maravilhada. Pratiquei meu caminhar e minha mesura mil vezes e, mesmo assim, não consigo ser tão boa quanto você. Como você fez aquilo?

Dizer que eu não havia me esforçado, que tampouco me importava com a situação, ou que nem sequer me lembrava direito, apenas a deixaria desolada.

— Acredito que você deve confiar em si mesma e ficar calma. São apenas alguns segundos — respondi.

— Sim, é claro. Por que eu não pensei nisso? — Ela bufou e olhou pela janela enquanto passávamos pelos portões.

Para não chateá-la mais, decidi ficar em silêncio. Observei minhas outras irmãs, Devana e Abena, que olhavam pela janela, boquiabertas e cheias de admiração com o burburinho e os convidados.

— Hathor, não vejo motivo para você se preocupar. Pelo que notei até agora, todas as outras garotas são tão esquisitas quanto o cão chupando manga — brincou Abena.

— Abena! — Hathor arfou, horrorizada com a linguagem dela.

— Onde você aprendeu isso? — perguntei, tentando não rir.

Abena deu de ombros e se virou para nós.

— Ouvi uma das criadas dizer.

— E você por acaso é uma criada? Jamais repita esses termos, principalmente se estiver acompanhada. É inapropriado para uma dama dizer absurdos assim — declarou Hathor, ganhando uma careta de Abena.

— Então como se faz para dizer que uma pessoa é feia ou esquisita? — devolveu Abena.

Hathor parou para pensar.

— Comum, talvez?

— As pessoas chamam Silva de comum, mas não acho que ela seja feia — ponderou Abena.

— Ah... quer parar de pensar tanto? Simplesmente não diga nada. Por que você não pode ser mais como a Devana? Olhe só como ela é quietinha.

Abena cruzou os braços.

— Você não gosta de ser comparada com Odite, então por que me compara com a Devana?

— Você quer...

— Chega dessa discussão, meninas — interrompi gentilmente. — Hathor, você vai ficar corada e carrancuda se continuar com essa conversa.

Ela arfou e cobriu o rosto com as mãos, apertando com força como se assim impedisse que as emoções aparecessem. Na apresentação à sociedade, o rosto de uma dama deve ser sereno e elegante, mas também inocente *e* atraente. Era um padrão que eu considerava impossível de atingir, e mesmo assim me disseram que havia conseguido. Eu só podia imaginar que o segredo era não dar a mínima.

— Chegamos! — exclamou a voz baixa e suave de Devana. Ela se afastou da janela, permitindo que o cocheiro abrisse a porta para nós. Quando Abena começou a se mexer, balancei a cabeça, segurando-a.

— Hathor primeiro — informei, e então olhei para a minha irmã. — É o dia dela. Mamãe diz que é melhor ficar por um momento sozinha diante da carruagem.

Ela assentiu, inspirou profundamente e desceu com a ajuda da criada que esperava para ajustar seu vestido branco. Nós três esperamos e só descemos quando nossa mãe se colocou ao lado dela.

Não consegui me conter. Esquadrinhei a multidão e as carruagens diante de mim. Devo ter sido menos discreta do que pensei, pois meu irmão apareceu ao meu lado.

— Está procurando alguém em especial?

— Ninguém — menti, virando-me para ele. — Estava admirando os vestidos.

Ele ergueu a sobrancelha.

— Todos parecem iguais.

— E é assim que parecem para um homem. — Silva deu uma risadinha e enganchou o braço no dele. — Por que nós, mulheres, nos esforçamos tanto?

Eu achava que era para os olhos julgadores das outras mulheres. Para os outros, quanto mais cedo nos casássemos, melhor. Eu não gostava do fato de as mulheres serem avaliadas de acordo com a beleza e a posição familiar. Mas isso não significava que eu não concordava com Abena. Hathor era bem mais bonita que a maioria das mulheres ali. Enquanto adentrávamos a corte, parecia haver uma força, uma aura ao redor de toda a nossa família. Alguns olhares eram curiosos, outros admirados, e alguns poucos invejosos, mas todos direcionados a nós. Ah, ser uma Du Bell...

Enquanto caminhava, eu era mais notada do que fora no dia da minha apresentação à sociedade.

A situação me fez desejar ter o Anel de Giges que Platão descreve em *A república*. O anel me daria o poder de ficar invisível quando quisesse. Nesse caso, que conversas eu ouviria? Que segredos descobriria? Embora Platão fosse questionar minha honra por escolher usar o anel e, portanto, me classificar como quase tão má quanto qualquer malfeitor que eu encontrasse.

Pare de pensar em livros, Afrodite, me repreendi.

— Olha lá, aquele é o duque de Everely — sussurrou uma dama. Elas haviam se cansado de nós e agora buscavam um novo alvo.

Me esforcei para não me virar, mas não consegui me conter. Evander usava um paletó azul-escuro que emoldurava sua figura imponente: a pele marrom e sempre corada, a barba aparada que cobria a mandíbula perfeitamente quadrada, e os ombros largos que destacavam o quanto era alto. Os olhos castanhos estavam focados na irmã mais nova... Ah, não. Céus. Fiquei sem ar. Ele era ainda mais lindo do que eu me lembrava.

Ele havia mudado, mas para melhor. Quanto mais eu olhava para ele, mais forte meu coração batia. Então, sem aviso, como se pudesse ouvir o martelar em meu peito, ele ergueu o olhar e encontrou o meu. Todo o mundo pareceu parar, até mesmo meu coração. Eu sentia... sentia algo toda vez que olhava para ele, e não consegui aguentar. Dei meia-volta tão depressa quanto pude sem perder o equilíbrio, mas quase esbarrei em meu pai.

— Odite?

— Sim?

Ele me observou antes de oferecer o braço, pois minha mãe e Hathor haviam entrado na sala de estar.

— Devemos ir para nossos lugares.

— Claro — respondi, segurando o braço dele com força.

Eu me livraria de fosse lá o que restara do duque em meu coração da mesma forma que ele se livrara de mim. Mostraria a ele que não desejava sua atenção, e que tampouco era uma criatura digna de pena. Assim como decerto eu ouviria falar do casamento dele naquela temporada, ele ouviria falar do meu. Evander me veria feliz *sem ele*.

— Papai — falei baixinho enquanto estávamos no saguão.

— Sim, querida? — sussurrou ele, olhando para a porta.

— Você ficaria satisfeito se eu me casasse nesta temporada?

Ele me olhou por um instante antes de apertar minha mão.

— Não se trata do que me satisfaria, querida, mas do que satisfaria você. Não tema. Eu a apoiarei mesmo se você não desejar se casar.

— Mamãe mandaria cortarem sua cabeça por me dizer isso.

— Então que fique entre nós. Mas, se você não se casar, terá que enfrentar sua mãe para sempre.

— O senhor está me apoiando ou me ameaçando?

Ele deu uma risadinha e um sorriso amplo, que me fez sorrir também.

A chegada da rainha foi anunciada. De imediato, soltei o braço de meu pai, abaixei a cabeça e fiz uma reverência antes de me endireitar lentamente. Quando ergui a cabeça, a rainha olhava diretamente para mim, sua figura dominadora por baixo de sedas e joias pesadas, a peruca alta. Todos seguiram o olhar dela — portanto, os olhares estavam todos em mim. Nada foi dito, e ela afastou o olhar da mesma forma como olhou para mim... em seu próprio ritmo.

— Comecem — decretou.

E assim começou.

O escrutínio.

— Lady Clementina Rowley, apresentada por sua mãe, Vossa Graça, a duquesa de Imbert.

As portas se abriram para revelar uma jovem bastante alta, talvez mais alta que qualquer homem ali, com um pescoço particularmente longo. A mãe dela, bem baixinha, seguia atrás. Ela não era feia, embora seu caminhar... oscilasse. Olhei rapidamente para a rainha, cuja expressão era desagradável. De imediato, tive pena da moça. A rainha podia ser e *seria* cruel.

Quando lady Clementina Rowley ficou diante da rainha e fez uma reverência, a monarca se endireitou e perguntou:

— Pobrezinha, você foi esticada quando criança?

Algumas risadinhas preencheram a sala, e eu desviei o olhar para evitar a brutalidade do momento. Me peguei encarando a pessoa que eu não queria ver — Evander. Seus olhos castanhos também me encaravam, e eu o encarava, e ele me encarava, infinitamente. Não consegui ler sua expressão. De vez em quando ele desviava o olhar, e então eu desviava o olhar. Enquanto isso, as damas entravam e saíam, e de novo me vi olhando para ele em um momento que ele não me olhava. Por fim, cansada desse joguinho ridículo, me concentrei na porta.

— Lady Verity Eagleman, apresentada por Vossa Graça, a duquesa-viúva de Everely.

A irmã de Evander havia desabrochado. Eu me lembrava de quando ela era apenas uma garotinha, bastante sorrateira e tímida, sempre tentando brincar no jardim. Ela tinha traços delicados, o rosto em formato de coração, a pele igual à do irmão. O caminhar dela, embora gracioso e gentil, diferentemente da viúva, era... incorreto. O pior, porém, era que de alguma forma ela estava usando a mesma cor que a rainha.

Troquei olhares com Evander, sem conseguir me conter, e vi o horror em seu rosto. Rapidamente, voltei a olhar para a rainha, pois tudo o que ela odiasse precisava ser repreendido, sobretudo em seus domínios.

Verity fez uma reverência lenta e baixa. O rosto da rainha não revelava muito.

Eu desejava salvar Verity de alguma forma. Será que eu devia desmaiar? Causar uma comoção?

— Esquisita! — gritou Abena.

Todos os olhares se voltaram para nós. Em pânico, meu pai olhou para mim e começou a se movimentar para agarrar Abena quando de repente uma risada ecoou no salão. Era a rainha. Ela jogou a cabeça para trás, colocando a mão sobre a barriga, e então parou e acenou para que Verity e a viúva saíssem.

— Próxima! — ordenou ela.

Apertei os ombros de minha irmã e sussurrei no ouvido dela:

— Mamãe vai arrancar sua cabeça.

Ela deu de ombros. Abena era destemida, e me senti orgulhosa. Por fim chegou a vez de Hathor.

— Lady Hathor Du Bell, apresentada por sua mãe, a honorável marquesa de Monthermer.

Dessa vez, quando as portas se abriram, tudo estava certo.

A maneira como as duas estavam vestidas, a velocidade com que caminharam e a graça com que fizeram a reverência foram perfeitas. Desejei intensamente que a rainha fizesse um elogio a Hathor. Ela precisava muito.

A rainha as observou antes de erguer a cabeça e assentir. Para a maioria isso seria mais que suficiente, mas provavelmente não para Hathor.

E, embora tenha demorado muito, tudo enfim terminou, e estávamos livres para voltar para casa e nos prepararmos para o baile. A caminhada até as carruagens foi preenchida com conversas. Fiz o que pude para ignorar o que falavam, mas não consegui.

— Por favor, alguém me diga como uma garota pode ser tão reservada quando a própria mãe parece uma cantora de ópera trágica. — As damas diante de mim riam, sem saber que eu estava ali.

— Você está falando de *Vossa Graça*, a duquesa-viúva de Everely? — A companheira dela riu. — Está claro como água que ela é uma falácia.

— Falácia?

— Você não sabia? Ela não é a mãe biológica do duque. A primeira duquesa de Everely morreu no parto de lady Verity e em menos de dois meses o pai se casou com aquela mulher. Ela se tornou a madrasta deles e até teve um filho pouco depois.

Eu estava tão perto que, mesmo quando elas começaram a sussurrar, ainda conseguia ouvi-las.

— Dizem que ele a manteve como sua *namoradinha* por muitos anos, e que o primogênito dela, que é mais velho que o duque atual, na verdade é o irmão mais velho ilegítimo dele.

— Não!

— Sim! Dizem que ela reformou toda a propriedade assim que eles se casaram, mas, por ser de uma classe tão baixa, não sabia o que fazer e bagunçou as finanças. Quando o antigo duque faleceu, seu herdeiro, o atual duque, a expulsou da propriedade em Everely e lhe deu uma acomodação menor aqui em Londres. Depois ele enviou o irmão mais novo, o legítimo, para estudar no exterior.

— Com razão. É repugnante ver uma mulher sem berço abrir caminho na aristocracia dessa forma. Você ficou sabendo que o duque abandonou a famosa e bela Afrodite Du Bell?

— Eu só a conheço de nome.

— Foi para ela que a rainha olhou por tanto tempo no salão hoje... a reverência dela é famosa.

— Aquela era ela? Eu a notei assim que entrou. Encantadora.

— A mais desejada de todas... apesar da idade atual. Bem, desejada por todos exceto o duque de Everely. Ele se contentou com uma simples tigela de sopa, em vez do banquete luxuoso que é ela. Tanto que, aparentemente, ele a tomou antes de se casarem, ignorando a pobre, *pobre deusa*.

Elas riram, e eu engoli o nó em minha garganta.

— Se é simplicidade o que ele quer, enviarei minha filha para ele. Elas riram.

— Ele logo a escolheria em vez da deusa. Às vezes, beleza demais é maldição. Os homens querem se divertir, e não ter uma pintura viva. Embora eu tenha ouvido dizer que ele é um libertino e tanto, permitindo-se todo tipo de coisa.

Percebi que uma delas deixara cair o lenço, que peguei.

— Com licença, madame — chamei. Quando elas se viraram, arregalaram os olhos. Ergui o lenço. — Alguma de vocês deixou cair isto?

— Ah, sim, querida, obrigada — disse a mais velha do grupo.

— Imagine. — Sorri e segui para nossa carruagem. Por sorte, a nossa fora a primeira a chegar. Eu não percebi quão depressa estivera caminhando, mas preferi assim para poder respirar e chutar um pouquinho o chão.

Que essas vadias imundas e estúpidas vão para o raio que as parta!, gritei em minha mente enquanto chutava mais uma vez. *Intrometidas...*

— Afrodite!

Dei um pulo ao som da voz de minha mãe.

— Mamãe!

— Você esqueceu que tem família, ou queria sair voando? O que diabos a fez caminhar tão rápido para longe de nós? Eu te chamei, mas você continuou andando.

— Sinto muito, mamãe... eu me perdi em pensamentos.

— Esses seus pensamentos. — Ela bufou, balançou a cabeça e se virou para olhar para minhas irmãs. — Hathor, depressa. Precisamos voltar para que você se prepare para o baile.

— Para quê? A rainha não disse nada para mim! — choramingou Hathor enquanto entrava, arrancando as penas do cabelo.

— Pois você deveria se considerar muito sortuda! As coisas que ela disse para as outras jovens as deixaram aos prantos — amenizou minha mãe.

— Você não vai com o papai? — perguntei para mamãe.

— Você quer acalmá-la sozinha?

Eu não queria.

— Abena, venha já para cá — ordenou minha mãe para nossa irmã mais nova, que tentava entrar na outra carruagem.

— Mamãe, por favor...

— Venha — repetiu ela.

Davena riu da cara dela, pois pôde ir com nosso pai.

Abena marchou até a carruagem, recebeu ajuda para embarcar, e a porta se fechou. Minha mãe estendeu a mão para agarrar a orelha dela, mas Abena me abraçou.

— Mamãe, as pessoas ainda podem ver.

— Você sabia que estava errada e mesmo assim falou fora de hora diante da rainha. E não apenas falou como usou uma linguagem inapropriada para uma dama!

— Mas a rainha riu. — Abena tentou se defender.

— De agora em diante, você lavará a louça!

— Mamãe! — arfou ela, horrorizada.

— Se você deseja falar como as criadas, deve trabalhar como elas. Que isso a lembre de quem é.

Abena olhou para mim e deu de ombros, tentando não rir. Eu tinha me enganado. Pelo jeito mamãe não arrancaria a cabeça de Abena, mas suas pobres mãos.

— Vocês não perceberam que estou chateada? — choramingou Hathor, cheia de drama.

— Hathor, quantas vezes tenho de repetir que você se saiu muito bem? — disse minha mãe.

— Eu não queria ter me saído *muito bem*. Eu queria ser a impecável da temporada.

— Então você devia ter roubado o rosto de Afrodite — provocou Abena, e Hathor quase avançou sobre ela. — Todo mundo estava de olho nela, incluindo a rainha.

— Ora, sua...!

— Chega! — Nossa mãe esfregou as têmporas. — Eu imploro, chega. Hathor, recomponha-se. O dia ainda não terminou. Em vez de todo esse teatro, reorganize-se e prepare-se para a batalha de verdade, que começa esta noite. E você — o olhar dela se voltou para mim — lembre-se do que eu disse.

Assenti.

— Não se preocupe, mamãe. Eu entendo.

Eu encontraria um pretendente, e então os comentários ao meu respeito enfim mudariam.

4

Afrodite

Eu não me lembrava da última vez que estivera em um baile, e me dei conta quando cheguei de que, em minha ausência da sociedade, eu havia ficado para trás. Não sabia nenhum dos passos das novas danças. Observei minha irmã aceitar dança atrás de dança enquanto eu era forçada a rejeitar os convites que recebia. Minha mãe não gostou, pois não sabia que eu estava tão desatualizada, e eu não gostei, já que a situação me forçou a relembrar as palavras daquelas mulheres na saída do palácio, quando me chamaram de pintura viva. Vestida com elegância, eu estava sob o olhar apreciador dos presentes. E o olhar que eu mais sentia era o do duque. Pois ele estava ali, e o vi dançar apenas com a irmã. Isso não desencorajou as muitas jovens que desejavam falar com ele e ter sua companhia. Quando o localizei, não olhei mais em sua direção, e fiquei grata por ele ter dado um jeito de cumprimentar minha mãe quando eu não estava por perto.

Se você não sabe dançar, cante. Se não sabe cantar, então toque — murmurou minha mãe ao meu lado, e indicou com a cabeça a outra sala, onde o pianoforte fora deixado para que as damas demonstrassem seus talentos. Elas faziam fila. Parecia uma bobagem, mas aquela noite fora planejada para o desfile das novas jovens da sociedade e *tudo* o que elas tinham a oferecer diante de homens solteiros.

— Acho que não — retruquei. — Pois isso...

— Não estamos impressionando você, lady *Afrodite?*

Ao ouvir meu nome e a música parar, me vi cara a cara com... a rainha. Imediatamente, fiz uma reverência, abaixando a cabeça.

— Perdão, Majestade. Não a vi.

— Endireite-se. E responda.

Fiz o que ela ordenou, erguendo meu corpo devagar até por fim levantar a cabeça. Ela usava um vestido carmesim escuro e uma peruca branca, segurando o cetro.

— Este esplendor todo sempre me impressiona — respondi enquanto o mundo todo (ou ao menos aquele pequeno universo) focava em mim.

— E mesmo assim não a vi dançar, nem a ouvi cantar, nem vi a mais leve expressão de divertimento ou alegria em seu rosto. Por quê?

Desejei dizer a ela que era apenas minha expressão por fora. Mas não adiantaria. Todos sabiam que a rainha havia se tornado uma pessoa muito rude, diferentemente de seu antigo eu gentil. Meu tio especulara que ela descontava na sociedade sua frustração com a condição do rei.

— E então? — exigiu ela.

Fiz mais uma reverência, mas não tão baixa, e permaneci nessa posição.

— Perdão, Vossa Majestade me capturou e não tenho como escapar.

— Então admite estar cansada de nós?

— Não, jamais. Apenas confesso estar totalmente despreparada — argumentei. — Gostaria muito de dançar, mas, como talvez Vossa Majestade saiba, estive longe da sociedade, não conheço os novos passos de dança e não desejo parecer tola.

— Lady Monthemer, sempre tive a impressão de que sua filha era a mais instruída da sociedade.

— Parece que devo aumentar meus esforços, Majestade. — Minha mãe riu, mas eu sabia que ela não estava satisfeita, e temi o que ouviria mais tarde.

— É o que parece — comentou a rainha, e pensei que enfim meu tormento terminaria. No entanto, em vez de buscar outra vítima, ela se virou e ordenou: — Lady Afrodite deseja dançar. Sejamos bons anfitriões. Toquem algo de temporadas anteriores.

Eu *não* queria isso. Minha mãe me deu um beliscão para evitar que eu dissesse algo, embora não fosse me atrever.

— Obrigada, Alteza — falei, erguendo a cabeça. — Mas não tenho um parceiro...

Mal tive tempo de terminar de pronunciar as palavras: alguns homens se aproximaram de repente. Um cavalheiro de rosto branco, cabelo castanho e olhos verdes, que eu sabia ser o filho de lorde Wyndham, foi o mais rápido, mas não me recordava do primeiro nome dele.

— Lady Afrodite, seria uma honra ser o primeiro a dançar com a senhorita — disse ele, estendendo a mão para mim.

Sob os olhares de minha mãe e da rainha, eu não podia rechaçá-lo.

— Sim, claro. — Permiti que ele me levasse para a pista de dança. Só quando eu estava na posição uma nova canção começou a tocar.

Enquanto dançávamos, pensei na imagem do pássaro outra vez. Haviam balançado minha gaiola, e eu devia dançar da maneira mais elegante.

— A senhorita não se lembra de mim? — indagou meu parceiro enquanto girávamos.

— Perdão?

Ele sorriu gentilmente, a mão erguida e pairando diante de mim.

— Nos conhecemos no verão passado, em Drust, quando a senhorita estava sob os cuidados de seu tio.

Pensei nos bons tempos que passara em Drust. Mas ainda não reconhecia o rosto dele.

— Peço desculpas. Acho que não me recordo.

— Na praça Paravel. A senhorita havia deixado cair seu lenço, e eu o devolvi.

Eu ainda não me lembrava, então tudo o que pude dizer foi:

— Obrigada.

Ele deu uma risadinha, e viramos para a esquerda.

— Mas não estou surpreso, pois a senhorita estava entretida com um livro. Acredito que era alguma obra de Shakespeare.

Parecia algo que eu faria.

— Ah, sim. — Assenti.

— A senhorita tem um talento particular.

— Particular?

Ele assentiu.

— Jamais vi alguém transitar por um mercado com o nariz metido em um livro e não errar um único passo. Parecia que a senhorita tinha uma espécie de vidência para contornar as poças, e, ao fazer isso, sabia que as pessoas abririam passagem. Foi de fato uma cena maravilhosa.

Eu ri.

— Senhor, eu garanto, levei bem mais tombos do que desejo admitir. Tive apenas sorte naquele dia.

— Por favor, me chame de Tristian — pediu ele conforme a dança terminava.

De esguelha, vi que minha mãe e a rainha ainda me observavam.

— Mais uma? — questionou Tristian.

Assenti e sorri como fui treinada a fazer. Era uma daquelas danças que pediam mudança de parceiro. Da primeira vez que troquei, não prestei atenção. Mas, na segunda, me vi nos braços do homem que eu mais queria evitar. Senti uma fagulha quando nossas mãos se tocaram. De novo, meu coração disparou. Ele me encarou.

Fiquei totalmente sem ar.

Ele abriu a boca para falar, mas a dança exigiu que trocássemos de parceiro outra vez, e assim voltei a Tristian. Me vi olhando rapidamente para onde *ele* dançava com a irmã. Ele ia me dizer alguma coisa? Que sensação tinha sido aquela ao tocá-lo? Era minha imaginação mais uma vez? E, em nome de Deus, qual era o problema com meu maldito coração?

Acalme-se!, exigi de meu coração, e, bem quando senti que estava surtindo efeito, trocamos de parceiro novamente e fiquei diante *dele*.

— Afrodite — sussurrou ele.

Fiquei sem palavras; fazia tanto tempo que eu não ouvia meu nome saindo daqueles lábios. A voz dele fez todo o meu ser estremecer.

Trocamos de parceiro e voltei a Tristian. Só então pude respirar. Desejei que a dança terminasse o quanto antes.

Não havia nada em minha mente.

Eu queria pensar.

Mas meus pensamentos haviam desaparecido.

Meu corpo se movia ao ritmo da dança que terminava, mas eu estava vazia. Ouvi os aplausos que indicavam o fim, me salvando. Fiz uma mesura a Tristian e voltei para o lado de minha mãe, satisfeita com o fato de a rainha ter partido.

— Você foi magnífica. — Silva sorriu para mim.

Entreabri os lábios para responder, mas estava exausta. Pelo jeito tinha dançado mais do que pensara.

— Mamãe, acho que devo ir ao jardim.

— Mas o baile...

Eu já estava andando. Foi rude, mas eu não aceitaria um não como resposta. De repente, um braço enganchou no meu. Era Silva.

Ela sorriu com gentileza.

— É impróprio estar sem uma dama de companhia.

— Temos a mesma idade — objetei.

— Sou casada — relembrou-me ela.

Ah, é claro. Por um instante eu me esquecera do que nos diferenciava. Assenti, permitindo que ela se juntasse a mim ao ar livre Fechei os olhos e inspirei, desejando que a brisa me levasse.

— É lindo — elogiou, atraindo minha atenção.

Abri os olhos e vi que o jardim estava iluminado por luzes peculiares. Sem vivalma no gramado, nem perto da água onde os cisnes descansavam, de fato era uma bela paisagem.

— Prefiro aqui fora.

— Você não gosta do baile? — perguntei.

Silva suspirou enquanto caminhávamos.

— Eu... até estou gostando do baile, mas não tanto das conversas.

— Ah. — Assenti. — Sim, o baile é o epicentro das fofocas. Ouviu algo digno de nota?

— Esse tipo de conversa deveria ter alguma coisa digna de nota ou só serve para ridicularizar os outros? — perguntou, irritada, erguendo o vestido enquanto passávamos pela grama, a testa franzida. Ela deve ter se dado conta de seu tom e de meu silêncio, pois olhou para mim. — Peço desculpas. Eu quis dizer...

— Você está certa. Muitos se divertem em ridicularizar as pessoas. Queria poder dizer que sou melhor do que elas, mas fiz o mesmo em pensamentos.

— Não me diga! Você parece não se afetar com nada disso.

Essa conversa outra vez.

— É o que sempre me dizem. Não sei se é bênção ou maldição meu rosto não revelar nada. Garanto que, se você conhecesse meus pensamentos, também desejaria se afastar de mim.

Silva deu uma risadinha.

— Jamais. Estou gostando da sua companhia. Mas preciso admitir que é intimidante ficar ao seu lado por muito tempo.

— Também já me disseram isso, várias vezes — retruquei, erguendo minhas saias para evitar a água lamacenta. — Qual foi a conversa que a fez desejar se afastar?

— Nada que já não tenha sido dito... de mim. — Ela franziu a testa. — Todos me acham... pouco adequada para o seu irmão.

Revirei os olhos.

— Qualquer uma que não seja as filhas delas é pouco adequada para um lorde rico e proeminente. Pouco importa o que meu irmão seja, acho você excelente.

— De verdade? — Ela me encarou, surpresa.

— Sim. Por que a surpresa? Minha expressão disse o contrário? — Era meu rosto, mas pelo jeito eu tinha pouco controle sobre ele.

— Não. — Silva balançou a cabeça. — Bem, não tenho certeza. Só presumi que todos esperassem mais para ele.

Para ser sincera, minha mãe ficou satisfeita por uma mulher sensata e com um histórico decente o suficiente tê-lo conquistado antes que ele se encrencasse como Ev... *como o duque.*

— Meus pais são pessoas muito sinceras; aliás, Abena puxou a eles. Se eles não gostassem de você ou não a aprovassem, não seria necessário presumir. Você é ótima o bastante para o meu irmão, talvez até demais, pois é mais sensata — afirmei, e ela deu um largo sorriso.

— Obrigada... Ai! — Ela arfou quando a bainha de sua saia tocou a lama. — Ah, não!

— Acalme-se. Não é tão ruim assim. Minha mãe está sempre preparada para essa situação. Deve haver algo na carruagem. Venha — chamei, já pegando a mão de Silva para guiá-la.

— Estou vendo a carruagem — disse ela enquanto soltava minha mão. — Volte para dentro. Eu irei daqui a pouco.

— Tem certeza?

— Sim, está tudo bem. Não quero que sua mãe diga que eu tirei você da festa.

Havia poucos momentos em que eu podia ficar sozinha, e desejei aproveitar. Era um pequeno prazer, e me lembrei de que eu costumava escapulir para caminhar pelo bosque na propriedade de nossa família. Se meus pais descobrissem, eu levaria um sermão. Mas eu achava ridículo que as mulheres não tivessem permissão para caminhar sozinhas. Não éramos crianças, apesar da maneira como as pessoas nos tratavam. Se tivesse um bom livro, eu encontraria uma árvore adequada sob a qual me sentar, talvez acompanhada de uns quitutes.

Ah, quão simples e pequenos eram os meus desejos.

— Ai... Ai... — ouvi alguém gemer entre os arbustos.

Alguém estava ferido?

Bem quando estava prestes a chamar por qualquer pessoa, eu os vi.

Hum, não consegui realmente *vê-los*, nem acho que eles podiam me ver.

Ali entre os arbustos havia um homem e uma mulher fazendo o que estava além de qualquer coisa que eu lera secretamente nos livros. O vestido dela estava avolumado na cintura, os seios expostos, e ele, como uma fera, estava em cima dela. Por um instante pensei que ele a machucava, mas a expressão dela não indicava dor. Ela estava... extasiada. Era obsceno, era pecaminoso, era contra toda a moral e os bons costumes, mas eu não conseguia desviar o olhar. Eu o vi beijar o pescoço dela, e então sugar-lhe os seios como um bebê faria. Que perverso! Como animais, eles grunhiam e gemiam.

Pare de olhar!, gritei comigo mesma.

Não parei. Quanto mais eu observava, mais calor sentia. Minha respiração... pesada. Meu corpo... estranho. O que havia de errado comigo? Será que o que quer os possuíra estava agora me contagiando? O rosto da mulher... eu nunca havia visto uma expressão como aquela.

Toquei meu pescoço, que queimava. O que eu estava sentindo?

Estava fascinada e havia acabado de me inclinar à frente para observar mais de perto quando senti braços fortes me envolverem e me puxarem para trás. Aconteceu tão rápido que nem tive tempo para gritar. De repente eu estava longe, e, quando me virei para ver quem me atacava, encarei os olhos raivosos de Evander.

— O que está fazendo? — arfei enquanto tentava me endireitar.

— Eu é que pergunto! — retrucou ele, irritado. — Afrodite, você enlouqueceu?

— Como é? — gritei. — Estou totalmente sã!

— Pessoas sãs não ficam olhando as outras... naquela situação — replicou ele. — Olhe só para você.

Observei meu corpo, mas não percebi nada de errado.

— O quê?

— Não vê que está excitada?

— Por ter corrido? — indago.

— Deus do céu, me ajude. — Ele pôs a mão na cabeça, inspirando fundo enquanto se afastava. Então retornou, ainda irritado. — Eu sei que você é curiosa, Afrodite, mas não é assim que se aprende!

— Não sei do que você está falando, mas pare de me tratar desse jeito!

Evander me encarou por um longo tempo, inspirando pelo nariz.

— Por favor, me perdoe.

Assenti.

— Agora se explique!

— Não vou explicar nada! — recusou-se ele. — Que tal *você* me explicar o que estava fazendo?

— Não preciso explicar nada a você. Apenas saí para pegar ar fresco.

— Bom, não era bem ar que você estava pegando.

— Então o que eu estava pegando?

— Um dia você aprenderá com o seu marido, não com uns selvagens no meio do mato!

— Por que devo esperar que um marido me ensine?

— Porque você é uma dama de linhagem nobre, Afrodite.

— E você é um cavalheiro de linhagem nobre. Por que tem permissão para entender desses assuntos antes de ter uma esposa?

— Quem disse a você que eu entendia isso antes de ter uma esposa?

— Não tente me enganar, Evander! Posso não saber muito, mas sei que, se não tivesse tido encontros com uma mulher, você não teria se casado! Pois certamente sabe que, apesar das muitas promessas que fez para mim, não houve... interações!

Ele continuou em silêncio enquanto meu peito subia e descia. Nos encaramos.

— Ou talvez você esteja certo, porque de fato não entendo. Talvez a resposta seja que você simplesmente não me queria. E tudo bem, pois também não desejo mais nada de você, Vossa Graça. — Fiz uma mesura para ele antes de me virar para partir.

— Afrodite, espere...

— Afrodite?

Paralisei ao ver Silva.

— Está tudo bem?

— Muito — respondi, rapidamente pegando o braço dela e me apressando para sair dali.

— Afrodite, o que aconteceu? — sussurrou ela. — Ele...

— Nada, juro. Por favor, não conte nada a ninguém! — implorei.

Ela franziu a testa, me examinando.

— Por favor.

— Muito bem. Por sorte, não voltei para dentro sem você. O lacaio me informou que você ainda estava no jardim. Alguém mais a viu?

— Não. — Balancei a cabeça, embora não tivesse certeza.

— Acalme-se. Estarão nos observando — instruiu ela.

— Pareço agitada?

— Você não parece você mesma.

Eu não sabia o que isso significava. Mas tentei afastar do pensamento tudo o que acontecera naquele jardim.

Tudo.

5

Afrodite

Consegui recobrar o juízo até retornarmos para casa.

Sobrevivi ao sermão de minha mãe, que agora adicionara lições de dança às coisas que eu teria que aprender "o quanto antes". Consegui agir como sempre e concordar, desejando que a calmaria da noite me desse tempo para refletir. Desejei pensar com racionalidade, mas, deitada em minha cama, a imagem do casal nos arbustos não saía da minha cabeça. Ele a beijara como se quisesse devorá-la — e quão avidamente ela buscara ser devorada. Não doía? O jeito como ele grunhira, como uma fera faria — gemendo e sem ar. Enquanto me lembrava, senti um tipo de dor que não era dor. Lembrei de como ele abocanhara o seio dela, e o pensamento fez meu mamilo endurecer.

Foi desesperador.

Não vê que está excitada? A voz dele disparou pela minha mente, me fazendo estremecer. Eu não havia me dado conta de que aquela tinha sido nossa primeira conversa em anos, e que ele zombara de mim e insultara minha inteligência. Pulei da cama e peguei meu robe e a vela da mesinha.

Como ele ousava rir de mim?

Entrei na biblioteca e não parei até achar um dicionário de latim e apoiá-lo na mesa de meu pai. Assim que me sentei, a porta se abriu.

— Afrodite?

— Papai!

Ele franziu a testa.

— O que você está fazendo? Está tarde. Não está cansada depois de todos os eventos de hoje?

— Na verdade, não. Ainda estou bastante agitada pelas festividades e pensei em me acalmar com uma leitura.

— Gostaria que seu irmão também se sentisse assim. — Ele se aproximou para ver que livros eu selecionara. Embora a mesa dele estivesse tomada de exemplares, ele sempre reconhecia as mudanças. — Você quer ler dicionários? Bem, não deixa de ser um jeito de pegar no sono!

— É que... encontrei uma palavra que não compreendi e quis procurar a definição.

— Jura? — perguntou ele, animado. Pois se havia algo que meu pai amava, além de minha mãe, era ensinar. — Que palavra? A raiz é latina ou grega? Vejo que pegou o dicionário de latim, mas vale a pena conferir.

Ah, céus!

— Era...

— O que está fazendo acordada? — exigiu saber mamãe, parada na porta. — Mais livros! Afrodite, temos que estar no parque logo cedo.

— Ah, claro! Boa noite! — Peguei minha vela e passei apressada por eles.

— E a palavra desconhecida? — perguntou papai enquanto eu me afastava.

Não respondi, subi as escadas às pressas e voltei ao meu quarto, trancando a porta. Respirei aliviada por conseguir escapar, apaguei a vela e me joguei na cama. Era tudo uma tolice! Eu era tola. E Evander, o duque... argh!

Coloquei o travesseiro em cima da minha cabeça, evitando pensar. Desejava adormecer, mas, toda vez que meus olhos se fechavam, eu via aquele casal na grama. E logo a imagem deles mudava. Transformava-se em... Evander e eu.

— Afrodite. — A voz dele em meu ouvido.

— Afrodite. — O hálito dele em minha pele.

Me encolhi, abraçando meu corpo, esperando que passasse. Mas não passou. Fiquei ali deitada, torturada pelas coisas que vira, até o sol nascer e preencher meu quarto com luz. Nunca me sentira tão exausta.

— Bom dia, milady — disse Eleanor, minha criada, ao abrir as cortinas. — Qual vestido a senhorita deseja usar para o passeio no parque? Sua família fará o desjejum lá.

Afundei o rosto no travesseiro, ainda indisposta para encarar o dia.

— Diga à minha mãe que não desejo ir ao parque.

— Bom dia, Odite! — Abena entrou correndo no quarto e pulou na cama, rindo.

— Pode me dar um pouço de disposição, irmã? — pedi.

— Como assim? — perguntou ela.

— Abena! — gritou Hathor, fazendo Abena descer da cama e se esconder debaixo dela. Nem um segundo depois, Hathor entrou no quarto segurando uma fita arrebentada, o cabelo ainda dentro da touca de dormir. Ela analisou todo o ambiente e, não encontrando nossa irmã, fixou os olhos cor de mel nos meus. — Onde ela está?

— Bom dia para você também, Hathor — respondi.

— Bom dia. Cadê aquela pestinha?

— Não sei.

Ela me encarou com os olhos semicerrados e gritou:

— Abena! Cadê você? Você estragou minha fita! Eu a encomendei especialmente para hoje!

Sem encontrar Abena, ela saiu apressada do quarto, ainda gritando. Em seguida Davena entrou.

— Bom dia — cumprimentou, ainda segurando a maçaneta. Sua voz suave era bem-vinda.

— Bom dia — devolvi e abri os braços, permitindo que ela subisse na cama comigo.

Ela se deitou, e eu afastei os cachos dourados de seu rosto.

— Dormiu bem?

Ela assentiu.

— Eu não. — Abena saiu de debaixo da cama, e no mesmo instante Hathor voltou para o quarto.

— Eu sabia que você estava aqui!

Abena saiu correndo, jogando Hathor no chão.

— Você é mais velha. Deve me perdoar!

— Você é que deve se arrepender! E não toque nas minhas coisas! — gritou Hathor enquanto corria atrás dela.

— Milady, seu vestido? — indagou Eleanor, ainda desacostumada com nosso caos matinal.

— Posso escolher? — pediu Devana.

— Por favor.

Devana deu uma risadinha e eu me levantei da cama para ver os vestidos e casacos.

— Verde! — Ela apontou e se virou para mim. Quase sempre escolhia verde, sua cor favorita.

— Verde, então — acatei, me sentando antes que mamãe aparecesse e me reprimisse por algo. Eleanor trouxe uma bacia com água. Assim que lavei o rosto, encarei meus olhos castanhos no espelho.

— Odite, você recebeu flores! — Abena voltou correndo para contar. — Acho que um pretendente as enviou.

— Eu sabia — resmungou Hathor, empurrando Abena para fora do caminho para entrar no meu quarto e se jogar na espreguiçadeira. — Está feliz? Todos os presentes desta manhã são para você. É até a preferida da rainha.

— Preferida? — perguntei enquanto secava o rosto. — Preferida por quê?

Hathor bufou.

— Não se faça de boba. Isso deixa tudo pior. Ontem à noite ela falou de você para todas as damas. E mudou o repertório da noite para agradar você. *Você!* — Ela bufou e cruzou os braços. — Juro, dá para pensar que você é a filha dela.

— Você está exagerando, mas, se quer ficar aqui reclamando, me dando tempo para me arrumar em vez de se arrumar, por mim tudo bem.

Ela arregalou os olhos e se retirou mais uma vez do quarto, chamando sua criada:

— Preciso arrumar meu cabelo!

De certa forma, senti falta das manhãs silenciosas que eu tinha só para mim em Monthermer. Por outro lado, enquanto observava Abena e Devana mexerem em meus vestidos, também pensei em como era bom estar perto delas outra vez.

— Abena, Devana, vocês precisam ir se aprontar, ou mamãe brigará com vocês — alertei.

Elas arregalaram os olhos e partiram.

— São para você, milady. Sua mãe pediu que os trouxéssemos. — Duas criadas seguravam um arranjo cada: um de tulipas brancas com faixas vermelhas, e o outro um grande buquê de rosas.

Me aproximei e peguei as tulipas, sorrindo.

— Que lindas. Quem as mandou?

— Vossa Graça, lorde Evander Eagleman, o quarto duque de Everely. — Mamãe entrou com um sorriso. — E essas rosas são do Honrável Tristian Yves, filho de lorde Wyndham. Parece que você tomou uma decisão.

— Mamãe, não posso simplesmente admirar uma flor? — retruquei, rapidamente as devolvendo para a criada.

— Pode. Só estou reparando nas flores de que você gostou mais. — Ela não estava *só* fazendo nada. — Parece que Evander se lembra de como atrair sua atenção: mostrando o que é incomum.

— Você me faz parecer bem peculiar.

— Você é peculiar, menina. — Ela bufou, me olhando. — Culpo seu pai e os livros dele.

— A senhora sempre culpa meu pai quando não nos comportamos como você gostaria.

— Então comporte-se como eu gostaria! Hoje, no parque, você caminhará com Evander.

— Não vou!

— Por que não? Ele claramente demonstrou interesse.

— Não confio no interesse dele. Ele demonstrou *interesse* antes e veja a confusão que causou. — Escolhi uma rosa. — Usarei uma dessas hoje.

Sentei-me diante da penteadeira.

Mamãe suspirou e, enquanto saía, disse:

— Você luta contra sua própria felicidade.

Minha felicidade depende apenas de Evander? Espero que não, pensei, girando a rosa entre os dedos. Eu estava convencida a não me deixar cair mais no caos que ele causara.

O fato de ele agora ser viúvo não significava que eu o aceitaria de volta. E só me enviar flores não significava que tinha intenções sérias. Mas eu precisava falar com ele — mesmo que apenas para confirmar que ele não falaria da noite anterior. Se alguém soubesse que eu estivera sozinha com ele ou que vira qualquer coisa "inapropriada para uma dama", eu estaria arruinada.

— Milady, gostaria que eu prendesse uma rosa em seu cabelo? — perguntou minha criada.

— Se você quiser — falei, entregando a rosa a ela.

Pensei que, no mínimo, minha mãe fingiria que o encontro no parque tinha sido uma coincidência. Que por acaso tínhamos esbarrado no duque durante um passeio em família. Porém, assim que chegamos ficou muito óbvio que o único objetivo era que Evander e eu conversássemos, pois ele já esperava onde nossos criados haviam preparado nossas tendas.

Sem nenhuma discrição, minha mãe ficava cada vez mais para trás, dando-nos o máximo de espaço que a decência permitia. Seu plano pareceu em vão, pois o duque e eu caminhávamos em silêncio. Pensei que nunca havia me incomodado com o silêncio, mas o dele me irritava.

— Posso contar com você para manter nosso último encontro em segredo?

— Que último encontro? — perguntou ele.

— Exatamente. — Assenti.

— Ah, você está falando de ontem à noite, quando a vi espiando nos jardins.

Com raiva, eu o encarei.

— Por que está me provocando?

— Perdoe-me — foi tudo o que ele disse, me olhando com gentileza.

Voltamos a caminhar.

— Não sei como falar com você — admitiu ele, baixinho.

— A maneira apropriada é com cortesia e respeito em conformidade com as regras sociais.

— E mesmo assim você não me chama de Vossa Graça nem faz uma mesura.

Parei e fiz uma mesura dramática.

— Perdoe-me, Vossa Graça.

Evander franziu a testa e inclinou a cabeça. Segui caminhando.

— Você me acha tão desagradável agora que não pode me tratar como éramos antes?

— E como éramos antes?

— Amigos.

Bufei e balancei a cabeça.

— Não éramos amigos. Éramos crianças, e eu achava que me casaria com você. Nada disso é verdade agora. Você é apenas um duque, e eu sou apenas uma dama.

— Não aceitarei isso.

— Como assim? — De repente me dei conta da proximidade dele, e meu coração, a fera traidora, acelerou.

— Não aceitarei que haja apenas banalidades entre nós.

— E devo concordar só porque você não aceita? — perguntei, cheia de irritação. — Por que é que eu *sempre* tenho que fazer o que *você* quer?

— Eu não quis dizer...

— Não escolhi caminhar com você, mas aqui estou. *Eu* quero que haja apenas banalidades entre nós dois, mas *você* discorda. E, como é o homem, será como *você* deseja.

— Eu não quis irritá-la, Afrodite.

— Mas irritou. — Meu coração acelerou outra vez. — O que deseja de mim, Vossa Graça?

— Uma segunda chance. — Evander se aproximou. — Afrodite, desejo outra chance para nós dois.

— Sabia que você nunca me explicou o que deu errado da primeira vez? — retorqui, encarando seus olhos castanhos e esperando que ele cedesse.

— Por favor, me perdoe — sussurrou ele. — Eu imploro.

— Então explique, e não implore.

Evander abaixou a cabeça, fechando os olhos.

— Não posso.

Eu quis estapeá-lo. Gritar com ele e empurrá-lo para longe.

— Vossa Graça, fique sabendo: talvez um dia eu possa perdoá-lo, mas então eu certamente estarei casada com outra pessoa, e isso não mais importará. Até lá, por favor, me deixe em paz.

Dei as costas e caminhei na direção de minha mãe.

Ela agarrou meu braço.

— O que aconteceu? O que você disse?

— Mamãe, se você me ama, não me forçará a isso outra vez — adverti, e me desvencilhei do toque dela.

6

Afrodite

— E um, dois, três. Um, dois, três. Isso, milady, e agora vire-se — disse minha professora ao piano enquanto eu me movia pela sala de estar sob o olhar de minha mãe, pois ela não permitiria que eu errasse um único passo. Ela sempre acreditara que instrutores e governantas não eram severos comigo na ausência dela. — Muito bom...

— Péssimo — respondeu minha mãe. — Talvez esteja bom para outra dama, mas não para você. Novamente, do começo! Não permitirei que nos desgracemos diante da rainha outra vez.

— Mamãe, estamos nisso há horas — implorei.

— Você acha que sou dura, querida? Que sirva de lição, então, pelo tempo que você desperdiçou em Belclere. Não há como fugir de suas responsabilidades, apenas atrasá-las.

Soltei o ar e desejei de verdade bater os pés no chão e choramingar, tal qual Abena fazia quando tinha que lavar louça.

— No que você está pensando, querida? — perguntou mamãe enquanto eu me movia ao ritmo da música. — Por que seu rosto está tão sério? Não gosta do seu parceiro?

— Não tenho parceiro, mamãe. Estou presa nesta dança sozinha.

— Ouvi dizer que os livros aguçam a imaginação. Como você gosta tanto de ler, use sua imaginação e invente um parceiro.

Eu sabia bem quem minha mente imaginaria, e não ousaria me torturar ainda mais. O homem já estava em meus sonhos. Ele não precisava dominar também minhas horas acordada.

— Afrodite...

— Vossa Senhoria — chamou uma criada, entrando na sala.

— Sim? — Minha mãe olhou para ela.

— Chegou um cavalheiro procurando por lady Afrodite.

— Quem? — perguntamos mamãe e eu, em uníssono.

— Um sr. Tristian Yves.

Mamãe ficou decepcionada.

Era minha chance de encerrar meu sofrimento musical.

— Eu o receberei.

— E seu treino? — questionou mamãe.

— Posso continuar em outra hora? O objetivo de aprender esta dança não é conquistar um pretendente? Pelo que sei, tem um pretendente me esperando.

Ela não franziu a testa, mas não parecia satisfeita. Ainda assim, olhou para minha professora, dispensando-a.

— Espero que você saiba o que está fazendo — disse ela, me cutucando ao passar e indo se sentar do outro lado da sala, onde sua costura esperava.

— Estou fazendo exatamente o que você pediu. Procurando um marido.

Não pudemos dizer mais nada, pois o cavalheiro entrou com um buquê de rosas em uma mão e um presente embrulhado na outra.

— Vossa Senhoria. — Ele cumprimentou minha mãe.

— Sr. Yves, que hora oportuna — disse ela, fazendo-o franzir as sobrancelhas.

— Ela quer dizer que o senhor é muito bem-vindo — interrompi com um sorriso. — Saiba que me salvou de mais aulas de dança.

— Sempre desejei ser um herói.

— Muito bem. — Assenti e olhei para suas mãos, que se encontravam cheias. — E esses...

— Presentes! — disse ele, como se só então houvesse se lembrado. — Para você. Espero que os aceite.

— Obrigada. — Peguei o buquê, sentindo o perfume das flores antes de entregá-lo para a criada. Ele me entregou o segundo presente. Assim que o toquei, soube de imediato que era um livro. — Posso abrir agora?

— Sim, por favor.

Com cuidado, desfiz o laço do barbante branco e rasguei o papel pardo para revelar uma edição de luxo dos sonetos de Shakespeare, que me fez sorrir com sinceridade.

— Eu sei que a senhorita gosta de ler — disse o sr. Yves, rapidamente.

— Gosto muito — respondi, alegre... até abri-lo e ver que tinha sido riscado de tinta preta.

— Eu não queria chocá-la com algo indecoroso, então minha mãe editou o livro e retirou o conteúdo inapropriado para uma dama — disse ele, orgulhoso.

Senti vontade de jogar o livro na cara dele — um livro tão bonito.

— Que atencioso de sua parte — respondeu minha mãe.

Pensei que ela estivesse zombando, pois eu queria zombar de sua estupidez, mas ela parecia sincera.

— A senhorita gostou?

— Sim — menti, sorrindo. — O senhor gostaria de ficar para o chá?

— Seria um prazer.

Assenti e me voltei para a criada, que saiu rapidamente em busca do chá. Indiquei uma cadeira para o sr. Yves.

— Fique à vontade.

— Obrigado — respondeu ele.

Na verdade, eu mal podia esperar para que ele partisse. Mas, sob a vigília de minha mãe, eu não podia recusar a companhia dele.

— Ainda não tive a chance de perguntar, mas o senhor esteve em Drust no verão passado? Gostou de lá?

— É rústico demais para o meu gosto, tão cheio de natureza. Vou apenas quando sou forçado — respondeu ele, pomposo.

Pois *eu* gostava muito de Drust *e* de sua natureza.

— Por favor me diga o que o forçou a visitar uma área tão rústica?

— Minha família tem um banco na região, e às vezes sou chamado para conferir o andamento das coisas — respondeu o sr. Yves, bem quando a criada retornou com nosso chá e biscoitos.

— Ah, então o senhor é banqueiro? — Ofereci a ele uma xícara de chá.

— Sim. Minha família tem propriedades em vários condados, e isso me permite viajar pelo país.

Enfim algo que tínhamos em comum.

— Posso dizer que já viajei bastante, ou que pelo menos viajei mais que outras pessoas da minha idade, sempre com minha tia e meu tio.

— Não é terrível? — Ele deu uma risadinha, e me decepcionei um pouco. — As longas jornadas, as péssimas estradas, e ainda é preciso encontrar uma estalagem para descansar.

— Sim. — Assenti, entediada.

E um, dois, três. E um, dois, três. A música tocava em minha mente, e me imaginei dançando entre as árvores em Durst ou nos campos floridos em Belclere. O céu azul e o ar limpo. Me imaginei correndo e rindo bem alto. Pensei no cavalo e desejei cavalgar tão rápido quanto suas pernas permitissem. Os bolos que eu comeria observando o céu. Pensei em muitas coisas, e o duque — Evander — estava lá. Não era justo, das lembranças de todas as coisas que eu amava agora e daquelas que eu amara quando criança, ele estava sempre presente.

— Peço perdão. Estou reclamando, mas devo admitir que nunca estive tão à vontade para falar com uma dama — disse Tristian.

Senti uma pontada de culpa.

— Obrigada, e obrigada por ter vindo me ver. Está ficando tarde.

— Sim, claro — respondeu ele. — Se a senhorita não se importar, posso visitá-la outra vez?

Assenti.

— Claro.

— Tenha um bom dia, lady Afrodite.

— O senhor também, sr. Yves.

Ele deu um passo para trás e quase tropeçou na perna da mesa. Riu, desajeitado, antes de se voltar para minha mãe.

— Vossa Senhoria.

— Envie meus cumprimentos à sua mãe.

— Decerto. Ela gostaria muito de falar com a senhora... quero dizer, encontrá-la quando a senhora preferir — gaguejou ele.

Minha mãe apenas assentiu, e ele levou um momento para se recompor e sair. Quando partiu, suspirei pesadamente.

— Você não gosta dele — disse minha mãe, já ao meu lado.

— Como assim? Ele é um bom...

— Você não gosta dele. E ele está claramente encantado por você. Entretê-lo dará esperanças a ele. Você quer assumir essa responsabilidade? — questionou ela, me olhando nos olhos. — Permitir que ele siga nesse caminho sem estar preparada para responder aos sentimentos dele seria muito cruel, querida.

— Mamãe, é apenas a segunda vez que falo com ele.

Certamente ele não planejava me pedir em casamento tão rápido assim.

— Na mente dele é a milésima vez, pois é assim quando estamos apaixonados. Ele pensa em você o tempo todo, então, por mais que tenham se encontrado apenas uma ou duas vezes, para ele parece que foram muito mais.

Eu não sabia o que dizer, pois parecia loucura, mas eu conhecia bem o sentimento.

— Cuidado, querida. É perigoso demais brincar com o orgulho de um homem.

— Não desejo brincar nem ser cruel com ninguém. Estou apenas fazendo como você me instruiu. Não entendo como uma dama deve ser receptiva sem ser receptiva demais, pois pode parecer desesperada ou ofender o orgulho masculino. Se eu me recusasse a passar tempo com ele, seria marcada como arrogante.

— Minha querida, você está passando pelo que todas devemos passar, e encontrará seu caminho, prometo — respondeu ela, acariciando minha bochecha mas oferecendo poucas respostas, como sempre. Por toda a vida, me disseram que bastava confiar. Não fazer perguntas nem buscar explicações.

— Você ainda não me contou o que você e Evander conversaram.

— Mamãe, por que está tão interessada em Evander?

Ela tocou os dois lados do meu rosto.

— Porque você está!

— Não estou...

— Você não engana ninguém, Afrodite. Você passa o dia todo como se fosse um anjo entre os homens, inabalável, tranquila, como alguém que não faz parte deste mundo. E então, quando ele aparece, você se torna mortal. Mostra raiva, dor, alegria, medo e, acima de tudo, o que se passa em seu coração.

— Mamãe, ele me traiu...

— É verdade. — Ela assentiu. — Por quase quatro anos, tentei entender o motivo. Não tenho a resposta, e isso me deixou com tanta raiva quanto você. Eu estava preparada para esquecer a existência dele e toda a situação. Mas o destino lhe deu uma segunda chance, e não desejo ver vocês desperdiçando a oportunidade por orgulho.

— E eu não desejo me machucar outra vez, mamãe. Por favor, me dê licença — falei e deixei a sala, me apressando escada acima até meu quarto.

Eu estava decidida a me casar, como mamãe pedira. Se tivesse que ser com alguém como Tristian, tudo bem. E daí que ele não gostava da natureza como eu gostava? E daí que ele achava que a obra de Shakespeare era inapropriada para mim? De que forma isso mudaria minha vida? Eu já fazia coisas das quais não gostava.

— Odite! — Abena invadiu meu quarto.

— Estou indisposta, Abena. Quero descansar.

— Papai disse para te dar isto.

Ela me entregou um dicionário. Abri-o e, como esperado, estava com algumas partes rasuradas.

Essas circunstâncias durariam para sempre.

Com papai, e depois com um marido.

— Você está chorando? — Abena se abaixou para olhar para meu rosto.

Sorri.

— Sim, de alegria. Papai sabe mesmo como iluminar nosso dia, não é?

— Vou dizer isso a ele. — Ela sorriu e saiu correndo do quarto.

De todas as minhas irmãs, era dela que eu sentia mais inveja. Abena tinha a maior das liberdades e nem sabia. Ah, como essa liberdade era desperdiçada nas crianças.

7

Afrodite

A temporada era extenuante. A cada dois dias havia um café da manhã ou baile ou reunião ou uma recepção de uma das muitas famílias prestigiosas esperando garantir um bom partido para suas filhas. E, embora nossa agenda estivesse cheia, minha mãe comentou que havia menos convites para nós naquele ano, aparentemente pelo fato de Damon estar agora casado. Ela acreditava que as outras famílias temiam que Hathor e eu roubássemos toda a atenção da noite. A solução que ela encontrou? Dar o próprio baile. E foi assim que nossa casa se transformou em um caos esplêndido.

— Que cor você usará esta noite, Odite? — perguntou Hathor, entrando às pressas em meu quarto enquanto eu tentava ler.

— Ainda não decidi…

— Você poderia, por favor, decidir para que *eu* possa decidir? Revirei os olhos.

— Muito bem, acho que usarei branco.

— Eu usarei rosa! — disse ela, e saiu correndo.

Balancei a cabeça e voltei para a leitura, mas soou uma batida na porta. Suspirei e vi que era Devana.

— Sim?

— Me empresta sua fita? — perguntou ela, educada.

— Deixa eu adivinhar, a verde?

Ela sorriu e assentiu.

— Pode pegar.

— Obrigada — respondeu ela, pegando-a em minha gaveta antes de partir. Mais uma vez, a porta foi fechada, mas soou *outra* batida. Esperneei e então me recompus.

— Sim?

— Milady, chegaram algumas cartas — disse Eleanor, entrando.

Estendi a mão para pegá-las. A primeira era de minha tia, a segunda de Tristian, e a terceira... de Evander. Fiquei tentada a abrir a dele primeiro, mas peguei a de Tristian. Como sempre, elas haviam sido inspecionadas, pois era visível que os envelopes tinham sido abertos.

Tristian escrevera:

> *Mal consigo esperar, pois temo perder minha chance, portanto peço a honra de ter sua primeira dança esta noite —*
> *Tristian Yves*

Deixei a carta de lado e abri a de minha tia, que tratava da vida dela em Drust e o quanto ela sentia minha falta, mas não consegui me concentrar na leitura. Tudo parecia uma distração antes de ler a *dele*. Eu não podia mais esperar.

> *Mereço sua raiva e reprimendas, pois sei que a decepcionei e magoei. De fato não era minha intenção. E não há nada que eu queira mais do que consertar o que estraguei entre nós. Afrodite, não falharei com você desta vez, juro. Perdoe-me só esta vez, poupe-me apenas desta vez... jamais a magoarei novamente. Será como era, com alegria em vez de amargura entre nós. Dizem que não podemos voltar no tempo, mas também dizem que o amor é a maior de todas as forças, e estou inclinado a acreditar no amor. Aceite minha mão hoje e conceda-me sua primeira dança. Permita que seja a primeira de muitas.*
>
> *— Cordialmente, Evander*

— Você quer usar as pérolas ou os diamantes da família? — perguntou minha mãe.

Eu não havia percebido que ela entrara no quarto. Claro, ela provavelmente sabia do conteúdo da carta que eu mantinha contra o peito. A habilidade dela de aparecer quando eu menos a queria por perto era impressionante — ou muito bem calculada.

— Acho que as pérolas, mamãe — murmurei, me levantando da cama.

— Posso usar os diamantes, mamãe? — Hathor entrou correndo para perguntar.

— Não pode! — respondeu ela.

— Mamãe, será que você não pode disfarçar sua preferência por ela? Sou sua filha também — resmungou Hathor.

Se Hathor mantivesse minha mãe ocupada, talvez eu pudesse escapar.

— Afrodite, aonde você vai? — minha mãe chamou.

— Dar uma volta na cidade! — falei, me apressando escada abaixo.

— Mas você precisa se preparar! — Ela me seguiu.

— Faltam muitas horas para o baile, mamãe. Eu poderia ir até o outro lado da cidade e voltar e ainda teria tempo.

— Então ajude suas irmãs!

Eu me virei e olhei por sobre o ombro.

— Hathor, você precisa da minha ajuda?

Ela cruzou os braços.

— Posso muito bem me aprontar sem você. E você nem ia saber o que fazer mesmo.

— Sim, agradeço aos céus pela beleza natural — falei, sabendo qual seria a resposta dela. Ela inspirou como um baiacu, soltando os braços, e eu, junto a minha mãe, me preparei para o impacto.

— Deixe ela ir, mamãe! Com sorte, ela cairá em um chiqueiro e jamais retornará!

— Hathor! — gritou minha mãe.

— E então o fantasma dela te assombraria para sempre — disse Abena, a cabeça aparecendo no topo da escadaria. — Todos diriam: "Ah, que pena o que aconteceu com a pobrezinha da Odite". Falariam dela o tempo todo. E eu diria a eles que você a amaldiçoou.

— Sua pestinha! — Hathor correu atrás dela.

— Meninas! Querem parar?

Olhei rapidamente para as portas da biblioteca, de onde meu pai observava. Ele olhou para mim e balançou a cabeça. Dei uma piscadela, e fui me encaminhando até a porta.

— Dama de companhia — disse ele bem baixinho e, felizmente, Silva saiu da sala de estar.

Me apressei para enganchar o braço no dela.

— Posso roubar você?

Antes que ela pudesse responder, levei-a comigo porta afora enquanto outra criada se juntava a nós, carregando nossas bolsas.

— Para onde você quer ir? — perguntou Silva.

— Para a Lua? Seria possível? — devolvi.

— Não, não mesmo. — Ela riu.

— Perdoe-me por forçá-la assim. Posso ter perturbado a sua paz em busca da minha. — Assenti para outras damas que passavam por nós.

— Sem problemas. Caminhar faz bem para o corpo e a mente.

— Também acho, embora eu prefira caminhar na natureza, e não na cidade — falei.

Havia tantas pessoas que era impossível relaxar de verdade.

— Acho engraçado.

— Acha o quê engraçado? — perguntei.

Ela me olhou.

— Você deseja escapar da sua família, mas eu gosto bastante dela.

— Também gosto dela, só não o tempo todo e especialmente quando quero um pouco de solidão. Nunca consigo ficar sozinha. Sempre tive meu irmão, depois, claro, minha governanta, depois chegaram minhas irmãs, e o tempo todo estive *sob* vigília.

— É assim para todas as jovens, até mesmo para mim.

— Sim, mas, sendo filha única, sua casa era menos caótica?

— Uma chatice sem fim! — Silva suspirou e olhou para mim. — Já sou comum, então fazer parte de uma casa comum é excessivo. Você não acha?

Dei uma risadinha.

— Não.

— Você realmente não sabe como é abençoada por viver naquele ambiente — disse ela enquanto cruzávamos a rua —, onde todos se amam, se preocupam e provocam uns aos outros. Até seus pais.

— Esposas e maridos não devem cuidar uns dos outros?

— O que deve acontecer e o que realmente acontece costuma ser diferente. É raro conexões de amor verdadeiro existirem e sobreviverem ao casamento. Meus pais, embora eu os ame muito, estão sempre esperando uma oportunidade para ficar cada um no seu canto.

— Sinto muito.

— Não, não sinta — disse ela —, é um sistema que funciona para eles. Cada um tem o próprio quarto e compromissos, momentos em que comem juntos, e esse jeito deles só muda quando temos hóspedes.

Parecia muito deprimente. Eu não quis ser intrometida, mas pensei que certamente não era assim com Silva e meu irmão.

— Senhoras.

Uma palavra.

Só foi preciso uma palavra, e eu soube quem era. Ergui a cabeça e vi Evander ao lado de sua irmã. Meu coração parou por um momento.

— Vossa Graça. — Silva falou com ele primeiro.

— Lady Montagu. — Ele assentiu para ela e então voltou sua atenção a mim. — Lady Afrodite. Como vocês estão esta manhã?

Não respondi, mas Silva sim.

— Muito bem, Vossa Graça. Se nos der licença...

— Ainda bem que encontrei vocês duas — exclamou Verity de repente. — Estou totalmente perdida quanto ao que fazer.

— A senhorita está bem? — perguntei a ela.

— Não muito. — Ela franziu a testa. — Não tenho vestido para o baile desta noite, e meu irmão não faz ideia de como me ajudar. Se tiverem tempo, poderiam me acompanhar à modista?

— Querida, duvido que exista uma modista que consiga costurar um vestido com tal urgência. A senhorita não tem um vestido que possa usar? — perguntou Silva.

— Infelizmente, já usei os melhores. E não quero aparecer diante da senhoria em um vestido pouco elegante. Tenho certeza de que ela perceberia. — Verity sorriu docemente.

Olhei para o irmão dela, que tinha o olhar fixo em mim. Meu coração acelerou em menos de um segundo.

— Farei o possível para não tomar muito o tempo das senhoritas. — Ela amuou, os olhos suavizando. — É em momentos assim que eu sinto falta de minha mãe ou de ter uma irmã mais velha.

— A viúva... — Apertei o braço de Silva para que ela se calasse. Apesar de nossa conexão próxima com o duque, eu não sabia muito a respeito da duquesa-viúva de Everely, exceto que muitos não gostavam dela, principalmente três pessoas — Evander, a irmã dele e minha mãe.

— A melhor estratégia seria adicionar refinamento, renda ou sedas a um vestido já pronto — falei para Verity. — Isso é algo que até mesmo uma criada pode fazer em pouco tempo. A loja de madame Marjorie tem as melhores.

— Ah, não fica longe daqui. Vocês iriam comigo? — pressionou ela.

— Claro. — Assenti, e Verity sorriu ainda mais. Então olhei para o irmão dela. — Vossa Graça, traremos ela de volta sã e salva. Não é necessário nos acompanhar, pois sei que os homens não têm interesse nesses assuntos.

— Verdade. No entanto, vou acompanhá-las mesmo assim, pois temo que a senhorita subestime o dano financeiro que minha querida irmã pode causar em uma única loja.

— Não sei do que meu irmão está falando! — Verity empinou o nariz e pegou o braço de Silva, puxando-a para longe de mim, o que me forçou a andar com Evander.

Hathor me contara que falara com Verity no parque e a achara um tanto travessa... eu não entendi naquele momento. Mas agora entendia.

— Não te envergonha usar sua irmã para falar comigo? — perguntei.

— Foi você quem falou primeiro.

Ele estava certo.

Então me calei, e ele continuou:

— Devo admitir, no entanto, que gosto quando ela conspira a meu favor.

Olhei para ele.

— Então você sabe o que ela está fazendo?

— Não ficou evidente?

— Muito.

Evander riu.

— Mas o que você esperava que eu fizesse? Desejei que desse certo e deu. Como consequência, estou falando com você outra vez.

— Travessos. — Encarei as costas de Verity. — Vocês dois.

— Eu? Não fiz nada.

— Ao não fazer nada, você permitiu que *ela* fizesse o que você queria. Travesso — acusei.

Os olhos dele brilhavam cheios de divertimento.

— Muito bem, admito a culpa.

— Ótimo. Agora chega de conversar.

— Se você entendeu o que minha irmã pretendia, podia ter recusado a oferta dela.

Franzi a testa.

— Ela ainda poderia precisar de ajuda com o vestido. E, como ela disse, não tem a companhia de outra dama na qual confie.

— Ah, então você está aqui por pena.

— Não fale assim — respondi de uma vez. — Eu só... eu só...

— Também queria falar comigo?

— Você se acha muito importante, Vossa Graça.

— Estou cansado de me achar pouco importante — murmurou ele, e, quando o encarei, ficou em silêncio por um instante. E então sussurrou: — Você leu a minha carta?

— Que carta? — fingi ignorância enquanto mantinha o nariz empinado.

— Esta que está segurando.

Abaixei a cabeça imediatamente e vi a carta ainda apertada entre minhas mãos.

Evander deu uma risadinha.

Eu o encarei.

— Está rindo de mim?

Ele assentiu.

— Sim, por ter se tornado uma mentirosa ainda pior.

— Nem todos conseguem ser proficientes como você, peste. — As palavras saíram antes que eu pudesse contê-las. Arregalei os olhos, e não ousei olhar para ele!

— Entendi, você ficou pior em mentir, mas melhor em xingar — murmurou ele.

— Peço perdão. — Coloquei uma mecha do meu cabelo atrás da orelha. — Isso foi...

— Lembro bem de uma vez, você devia ter uns doze anos. Sua irmã rasgou seu livro preferido, e sua mãe pediu que a perdoasse. Você perdoou e então marchou para dentro dos jardins de Belclere até encontrar uma árvore forte e começar a xingar sua irmã de boba, mijona e cagona.

Mordi o lábio para evitar rir.

— Você quase quebrou o dedo de tanto chutar a árvore — disse ele, rindo.

— Pare! — implorei.

— A árvore tinha um monte de marcas antigas, e me dei conta de que você tinha uma árvore dos palavrões, e que a usava com frequência.

— Nada sei sobre isso — falei, com um sorriso. — Uma dama jamais usa linguagem chula.

— A não ser que a dama se chame Afrodite. Neste caso, ela usa o tempo todo. As vítimas é que não sabem.

— Não vou mais falar com você — retruquei, como uma criança. Quando chegamos à modista, entrei, sabendo que Evander não me seguiria. Mas reconheci um dos clientes lá dentro, dei meia-volta e retornei para o lado dele.

— O que foi? — Evander tentou olhar.

— Não olhe! — murmurei.

— O que foi, Afrodite?

— É ela — sussurrei.

— Quem?

— Ela! — Nossos rostos estavam próximos demais, então dei um pulo para trás. Ele não pareceu afetado pela proximidade. — A mulher... do arbusto... no jardim do baile.

— É mesmo. — Ele ficou boquiaberto. — Qual delas?

— O que você está fazendo?

— Tentando saber qual delas.

— Por quê? Eu vi... vi... você sabe o que eu vi.

— Exatamente. Ela é quem devia ter medo de você. Embora eu duvide que ela saiba que você existe.

Franzi a testa.

— Você acha que ela me viu?

— Apesar de você ter observado longa e intensamente? — provocou Evander. Semicerrei os olhos. — Não. Não acho que ela te viu. Acho que ela estava distraída demais para notar o mundo ao redor.

— Jura? — Olhei para a jovem, que procurava a mãe na loja. Ela parecia ainda mais jovem à luz do dia.

— Tem certeza de que é ela?

— Vi esse rosto muitas vezes nos meus sonhos para me confundir.

— É mesmo?

O olhar castanho dele mudara, parecia estar me atraindo, e não consegui desviar o foco.

— Sim — enfim consegui responder.

Evander inspirou fundo e desviou o olhar para o céu.

— Juro. Afrodite...

— Jura o quê?

Ele engoliu em seco, mas não disse nada.

— Não mude de assunto. Fale o que está pensando.

— Não posso.

— Por que não?

— Porque meus pensamentos são ferozes — respondeu Evander, olhando para mim. — E me preocupo que você não tema as feras.

— Isso não é bom? — sussurrei. — Não temer.

— Não, faz as feras se tornarem ainda mais famintas — sussurrou ele. — Até que a fome não possa mais permanecer cavalheiresca e termine no arbusto.

Uma onda de calor se espalhou por meu corpo... como na noite em que me lembrei do que vi no jardim. Minha respiração pesou.

— Dói... ser tomada no arbusto?

Evander olhou para baixo, fechando a mão em punho.

— Afrodite, eu imploro, vamos mudar de assunto...

— Dói? — repeti.

Ele ficou quieto por um bom tempo. Depois, antes de olhar para mim, inspirou fundo mais uma vez.

— Pode doer na primeira vez de uma dama, dependendo de seu parceiro. Na verdade, se será uma experiência dolorosa ou prazerosa sempre depende do parceiro.

Meu coração acelerou e meu peito se apertou.

— Aquela dama teve uma experiência prazerosa?

— Não vi bem o bastante, mas presumo que sim.

Finalmente. Respostas.

— Excitado? — Me aproximei para perguntar.

— Sim.

— Sim o quê? — perguntei, sem entender.

— Você me perguntou se eu estava excitado, não foi? — perguntou ele, a cabeça inclinada de lado enquanto me olhava nos olhos. — Ou ainda acha que isso significa apenas "acordado"?

— Como posso saber se essa palavra tem outro significado se ninguém me conta? — questionei. — Então me diga.

— É difícil explicar... pois é uma sensação.

— Que sensação é essa?

— Como um calor. — Ele se aproximou. — Como fogo se espalhando por seu corpo, desejo pulsando na pele, e uma dor bem no fundo do seu ventre.

— E qual a finalidade?

— O arbusto. — Evander inspirou e me olhou como se fosse uma fera pronta para me devorar, e senti minha respiração se tornar muito pesada. — Ou, se a pessoa for habilidosa o bastante, liberá-la sozinha.

— So... so... sozinha?

— Lady Afrodite? — Ouvi me chamarem.

Eu me virei e vi que era a sra. Frinton-Smith, uma dama mais velha cujo tataravô fora um fidalgo famoso, acho, e o pai dela o terceiro filho de um visconde, mas seu marido era um comerciante rico que tinha várias lojas naquela rua.

— Sra. Frinton-Smith, bom dia. Como está? — perguntei, vendo os olhos azuis dela pousarem em Evander. Ah não, lá vinha o começo de uma nova fofoca.

— Estou ótima, querida. O que a traz aqui hoje? — perguntou ela, como se fosse a vendedora.

— A irmã do lorde de Everely precisa de uma modificação em um vestido para o baile desta noite. Minha cunhada, que está bem ali, observando ao lado da janela, e eu viemos ajudar, mas senti um leve mal-estar e permaneci aqui fora. Minha criada também está lá — falei, para me dar o máximo de cobertura possível.

— Que gentil de sua parte esperar com ela, Vossa Graça — disse a sra. Frinton-Smith para Evander.

Ele assentiu.

— É mais pela minha irmã. Eu preferiria estar no clube com os outros cavalheiros.

Ela arregalou os olhos, e eu desejei dar um tapa na cabeça dele. Ela pensaria que ele não queria estar comigo.

— Bem, tenho certeza de que elas não tomarão muito do seu tempo. — Ela sorriu para ele. — Lady Afrodite, eu gostaria de apresentá-la à minha sobrinha, srta. Edwina Charmant, que veio para a temporada. Ela está muito animada para seu baile desta noite. Edwina! — chamou ela, e da loja saiu Edwina, a mulher do jardim!

— Olá — foi tudo o que consegui dizer, minha mente vazia.

— Olá, milady. A senhorita é muito bela. Estou muito animada para o baile — disse ela.

— Minha querida sobrinha esteve bastante atarefada — disse a sra. Frinton-Smith. — Ela ainda está aprendendo, então espero que a senhorita cuide dela esta noite... se não estiver muito ocupada. — Ela olhou para Evander. Ela devia manter seus olhos fofoqueiros na sobrinha, isso sim, pois eu estava preocupada com o nosso jardim.

— Claro. — Assenti.

— Afrodite, terminamos — disse Silva, saindo com Verity.

— Muito bem, não tomaremos mais o tempo de vocês, já que todas precisamos nos preparar.

A sra. Frinton-Smith e sua sobrinha partiram.

Quando vi o cocheiro delas e o olhar que Edwina e ele trocaram, tive certeza de que aquele tinha sido seu parceiro no arbusto.

Eu nunca soubera de um caso escandaloso em primeira mão. Não sabia bem o que fazer com a informação, mas estava preocupada com a garota. Edwina era jovem e o casal, totalmente inapropriado. Mais para ela do que para ele. Ele seria considerado um fanfarrão... mas ela estaria arruinada.

— Devemos dizer ou fazer algo? — sussurrei ao vê-los partir.

— Sobre?

— Ela — falei com firmeza antes de olhar para Evander. — Não importa quão... prazerosa a experiência, ela ainda é jovem. E se estiver sendo enganada e não souber dos riscos?

— Todas as jovens sabem dos riscos...

— Não sabemos. Pois o amor é cego e nos torna as mais sábias das tolas — retruquei, cheia de irritação.

Evander franziu a testa.

— E então, o que você fará? Livrará o mundo do amor?

— Afrodite, precisamos voltar — chamou Silva, pegando meu braço de súbito antes que eu pudesse responder.

— Sim, devemos. — Segurei a mão dela com força, trêmula com as emoções. — Adeus, Vossa Graça...

— Lady Afrodite — disse Evander —, espero que a senhorita aceite o pedido da minha carta.

Encarei o rosto dele por um longo momento antes de me virar para partir.

Precisava pensar.

8

Afrodite

Como fogo se espalhando por seu corpo, desejo pulsando na pele, e uma dor bem no fundo do seu ventre. As palavras dele se repetiam na minha mente, como acontecia todas as vezes, mas agora tinham uma intensidade fatal. Eu também possuía mais habilidade para entendê-las, mas isso não era suficiente para mim. Ainda não compreendia parte das palavras dele. Senti que, se estivéssemos sozinhos, tão sozinhos quanto possível, ele responderia com sinceridade. Reclamaria apenas um pouco, mas no fim das contas explicaria, e isso seria mais do que qualquer outra pessoa faria por mim. A ideia de não ser tratada como uma criança mantida afastada das coisas do mundo era incrivelmente libertadora.

Eu ansiava vê-lo outra vez.

— Escolheu quem terá sua primeira dança? — perguntou Hathor, novamente entrando no meu quarto sem se anunciar, vestida de vermelho, e não de cor-de-rosa, como anunciara mais cedo.

— Você mudou a cor que tinha escolhido — comentei.

— Sim, chama mais a atenção — disse ela. — Preciso de toda a vantagem que puder ter.

Sorri, brincando com a pena em minhas mãos, enquanto minha criada terminava meu penteado.

— O que você quer com tudo isso, irmã?

— Um marido, é claro.

— E mesmo assim você rejeitou todos os pretendentes que vieram vê-la.

— Me recuso a aceitar qualquer coisa inferior a um duque. — Ela pegou um frasquinho de perfume de minha mesa, cheirando-o.

Bufei.

— Então você está entre duques ou príncipes. Talvez seu padrão seja um tanto alto, pois não há muitos príncipes por perto.

— Então que seja um duque. — Hathor deu de ombros, passando o perfume no pescoço. — Por quê, você acha que é impossível eu ser duquesa?

— Não, você certamente seria a maior de nosso tempo.

Ela sorriu.

— Também acho.

— E diga, quantos duques estão aqui nesta temporada?

— Três. Bem, na verdade, dois, já que você está cega por um deles.

Parei de olhar para ela e conferi meu penteado no espelho.

— Não sei do que você está falando.

— Ah, por favor. Todo mundo está comentando. Pelo que entendi, a sra. Frinton-Smith a viu conversando com muita intensidade com o duque de Everely diante da loja de madame Marjorie.

Como a fofoca se espalhara tão rápido?

— É, e daí?

— Estão dizendo que você parecia bastante encantada, e ele desinteressado... outra vez. Odite, estão dizendo que você o perseguirá e falhará novamente.

Deixei a pena de lado e me levantei.

— Eles não sabem do que estão falando.

— Claro que não, mas você alimenta as fofocas ficando na companhia dele. — Hathor me seguiu. — É *ele* quem deseja cortejá-la, mas, devido às ações dele no passado, os fofoqueiros acham que você parece desesperada pela atenção dele.

— Está preocupada comigo? — Coloquei meu colar de pérolas.
— Você não preferiria que eu fosse zombada em vez de admirada?

— Não sou cruel. — Ela suspirou. — Só não quero ficar à sua sombra. Isso não significa que eu queira que zombem de você. Como é a mais velha, e, se for ridicularizada, eu também serei.

— Então esse sermão é em parte por estar preocupada com o seu destino? — perguntei enquanto a criada me entregava os brincos.

— Sim, em parte — admitiu Hathor, e então ficou diante de mim. — Mas a outra parte é verdade. Não quero que você se decepcione outra vez. Mamãe diz que o melhor tipo de cavalheiro é o homem confiável, como o papai, que sempre está por perto quando você precisa dele.

— Mamãe gosta de Evander.

Ela arfou.

— Ah, céus, você voltou a chamá-lo pelo nome.

Revirei os olhos.

— Hathor, por favor. Não é estranho uma pessoa chamar um amigo de infância por seu nome de batismo.

— Mamãe pode estar a favor dele — disse ela, séria. — Mas todo o resto da família está contra.

— Acho improvável que você possa falar em nome de todos. Além disso, papai parece desinteressado.

— Papai sempre está interessado. Ele gosta de ver toda a situação se desenrolar antes de comentar. Você sabe disso.

— Verdade. Lembra quando fomos ver...

— Não, você não vai me distrair! — Ela ergueu as mãos como se fosse minha mãe, então dei um tapa nelas.

— Se você quer ser duquesa, deve se lembrar de seus modos.

— Desculpe — disse Hathor, se dando conta de seu gesto. — Mas me prometa que não se deixará levar.

— Hathor, estou bem. Não fui levada a lugar algum. Agora me diga: você está pronta?

— Pronta para quê?

— Para o baile. Já terminei. Podemos ir.

— Odite, não podemos descer agora.

— Por que não?

— Não chegaram pessoas o suficiente. Vai arruinar minha entrada. — Ela me olhou de cima a baixo. — Pensando bem, se você quer ir, vá, pois então eles já terão se cansado de você quando eu chegar.

— É impressionante como sua mente funciona. — Revirei os olhos e ergui a barra do vestido enquanto me virava para ir, mas Hathor não me seguiu. — Vai ficar aqui no meu quarto?

— O seu tem a melhor vista da entrada, então verei quem já chegou.

— Hathor, não! Pode ir saindo!

— Ah, por favor! Juro que não farei nada mais. Os únicos outros quartos com essa vista são o de mamãe e papai e o de Damon. Não posso esperar no quarto de uma pessoa casada.

— Está bem — falei. — Mas se você tocar nas...

— Ficarei sentada aqui e só sairei para o baile.

Ela estava, como sempre, sendo ridícula.

Assim que cheguei ao vestíbulo que dava na escada, ouvi música e o burburinho suave das vozes lá embaixo.

— Você está bonita. — Um sussurro alto soou pouco acima de mim.

Quando olhei, vi os rostos de Hector, Devana e Abena me espiando pelos vãos do corrimão da escada, a criada e a governanta deles logo atrás, tomando conta. Eu sabia que eles só podiam ir até ali.

— Tem certeza? — sussurrei, e dei uma voltinha para que pudessem ver todo o vestido. — Está bonito?

Todos assentiram, e Hector até me deu uma piscadela.

Sorri.

— Se estiver chato, vou escapulir e ficar com vocês.

— Você não pode nos levar lá para baixo? — perguntou Abena. — Com certeza animaríamos as coisas.

— Mamãe disse que, se te vir pela festa, você dormirá com os cães — disse Hector a ela.

— Mas não temos cães — retrucou ela.

— Tínhamos um cão, mas ele morreu. Está enterrado no quintal — mentiu ele, e ela arregalou os olhos.

— Tínhamos um cão?

Sem querer estragar a diversão de Hector, assenti.

— E parece que mamãe quer te enterrar com ele, caso você desça.

— Isso não é justo — disse ela.

— Papai diz que mamãe não é justa — respondeu Devana gentilmente, e senti muita vontade de rir dos três.

— Afrodite, não faça hora!

O som da voz de nossa mãe fez os três subirem a escada rapidamente. Desci, e quando cheguei ao nível dela, mamãe deu um passo para trás para me avaliar. Ela ajustou partes do decote do meu vestido, endireitou meus ombros e então assentiu.

— Onde está sua irmã? — perguntou.

— Esperando para fazer uma grande entrada.

— Ela é muito perspicaz. — Mamãe sorriu. — Por que não esperou com ela?

— Porque minha presença é tão importante que, entrando antes ou depois, receberia atenção — falei, brincando.

— De fato.

— Mamãe... — Soltei uma risadinha e me apoiei no braço dela enquanto íamos em direção ao baile. — Eu não falei sério.

— Bem, você deve ficar séria. Esta noite é muito importante.

— Como?

— Você deve escolher publicamente com quem deseja dançar.

Soltei um suspiro fundo.

— Você não se cansa?

— De?

— De tudo, principalmente de tentar arranjar um casamento baseado na mais breve interação.

— Um dia, quando você for mãe, me contará de todas as coisas que prefere fazer, e as fará. Enquanto esse dia não chega, sou eu que traço os planos por aqui. Agora me diga: quem você escolherá?

Fiquei em silêncio. Quando chegamos ao salão, soltei o braço dela assim que os mordomos abriram as portas para nós, e, ao entrar, me perguntei quantas pessoas mais Hathor estava esperando, pois o salão estava quase lotado.

— Isso é mais do que eu esperava. — Ri, olhando para a maravilha de nosso salão transformado. Estava decorado com as mais lindas videiras dependuradas bem no alto, e exibia comidas deliciosas, entre elas uma escultura na forma de pássaro feita de doces. Mais distante da porta, um palco no qual os cantores se preparavam.

— Não fique boquiaberta, querida. É a nossa casa — disse minha mãe. Enquanto passávamos, os convidados nos cumprimentavam com inclinações de cabeça, e minha mãe assentia de volta, educada.

— É difícil não ficar, mamãe, está tudo tão maravilhoso. — Sorri quando chegamos perto de meu pai, que observava o jardim além de nossas cabeças.

— Não teria sido menos trabalhoso dar o baile *no* jardim, meu amor? — perguntou ele.

— E arriscar que a chuva acabasse com o meu evento? Nem pensar.

— Entendo. — Ele assentiu. — Onde está Hathor? Ainda se arrumando?

— A esta altura, é melhor ela ficar no quarto — disse Damon, aproximando-se de nós.

Silva vinha logo atrás, usando a mais linda seda vermelha. A cor de Hathor. Mas Silva era casada, então com sorte Hathor não se chatearia.

— Mas ela estava pronta quando a vi — adicionou Silva quando Damon apanhou uma bebida de um dos garçons e entregou a ela.

— Hathor é a última das minhas preocupações — disse minha mãe, olhando para o salão.

— Se ela é a última, eu sou a primeira? — perguntei.

Ela não respondeu, fazendo meu pai e Damon darem risadinhas.

Olhei para os convidados que já haviam chegado. De repente as portas se abriram, dando entrada para um novo convidado, e pela primeira vez na vida ouvi minha mãe praguejar baixinho.

— Chegou a vagabunda.

Fiquei tão chocada que a encarei. Só depois que ela deu um passo à frente e meu pai a pegou pelo braço, contendo-a, superei o choque.

— Não vá fazer uma cena, meu amor — sussurrou ele.

— Como ela ousa vir aqui? — sibilou minha mãe.

Enfim me virei e vi que Verity havia chegado. O problema de minha mãe não era a irmã de Evander, mas a mulher ao lado de Verity, a duquesa-viúva de Everely. Ela ostentava joias, uma grande peruca e um vestido de seda pesado. Evander não estava com elas.

— Calma — disse meu pai enquanto a viúva e Verity se aproximavam de nós.

Mamãe enfim ergueu a cabeça, respirando pelo nariz. Ao lado dela, vi que Damon segurou a mão de Silva e se afastou de nossa mãe. Eu deveria fazer o mesmo?

— Lady Monthermer, que esplêndida é a sua casa — disse a viúva.

Mamãe a encarou por um longo tempo... longo demais.

— Obrigada, Vossa Graça — disse papai. — Foi um caos, mas minha esposa conseguiu organizar tudo.

— Sim...

— Verity — interrompeu minha mãe —, você está tão linda. Toda vez que a vejo, é como se visse sua mãe.

— Obrigada, Vossa Senhoria — respondeu Verity. — Embora eu não saiba se faço jus aos encantos de minha mãe.

— A duquesa era muito bem acolhida por todos. Até a rainha a considerou a joia da coroa da temporada. Ela jamais teria sido motivo de zombaria para a nobreza na corte. — Mamãe sorriu e olhou para a viúva, que agora a encarava.

Meu pai apertou a mão dela.

Minha mãe disse para Verity:

— Você é tão encantadora quanto ela. Não se preocupe. Essas coisas vêm *de berço*.

— Ah, se aqueles com tanta nobreza de berço vivessem mais... — disse a viúva, e nesse momento eu realmente senti que deveria me afastar.

Olhei para Verity para conferir se ela queria escapar, mas parecia que ela se divertia, ávida pelo próximo golpe de minha mãe. E meu pai não seria forte o bastante para contê-la.

— Sim, uma pena. Mas é melhor ter uma vida curta e nobre, ser para sempre lembrada com a mais elevada estima e amor, do que ser uma descarada, fingindo ser algo que jamais poderá ser. E se casar com lindas sedas e joias com um fedor que não pode ser removido, e que, portanto, diminui o valor delas. É como comentei certa vez com sua mãe, Luella: se você colocar um vestido num porco, ele não passará de um porco usando vestido.

Meu pai me encarou, me incentivando a dizer algo.

— Mamãe — falei, pousando a mão no ombro dela. — Temo agora, vendo o vestido de Verity, que o meu não esteja à altura. Devo me trocar?

— Não, querida, você e Verity estão esplêndidas. Como falei, vem de berço — respondeu ela, e meu pai mais uma vez olhou para mim. Por sorte, mamãe voltou a atenção para Verity. — Venha, querida, quero apresentá-la aos meus amigos. Às vezes me preocupo com as companhias que a cercam.

— Eu adoraria, pois às vezes também me preocupo — respondeu Verity, e lançou um olhar para a madrasta antes de se afastar com minha mãe.

A viúva ficou ali, tremendo de raiva. Então ela inclinou a cabeça na direção de meu pai e seguiu na direção oposta.

— Deus do céu — disse Damon enquanto se reaproximava de nós, rindo. — Jamais existirá uma lâmina mais afiada que a língua de uma mulher.

Olhando para mim, meu pai soltou o ar.

— Aquilo foi o melhor que você poderia fazer?

— O senhor está casado com ela há mais de trinta anos. Foi o melhor que *você* poderia fazer? — devolvi. — A lógica diz que a parte mais experiente assume o comando.

— E a sociedade diz que um homem não interfere nos conflitos femininos — respondeu ele. — Da próxima vez, arraste sua mãe para longe.

— Impossível — dissemos Damon e eu ao mesmo tempo, e então nos olhamos e rimos.

— Posso perguntar? — questionou Silva, agora também em nosso pequeno círculo. — É sensato ter a viúva como inimiga?

— Não é — respondeu meu pai. — Mas elas estão nessa batalha desde antes de qualquer um de vocês nascer. Então apenas o retorno de Cristo pode encerrar essa briga.

— Lorde Monthermer! — chamou um dos amigos de meu pai.

— Por fim, companhia sã. Com licença — disse ele, e saiu.

— Então, deixa eu ver se entendi — sussurrou Silva. — Sua mãe *abomina* a viúva por conta da amizade que tinha com a antiga duquesa de Everely?

— Nós, Du Bells, somos uma raça teimosa e leal — explicou meu irmão. — Não perdoamos facilmente aqueles que magoam um dos nossos. E, quando se trata de lady Luella Farraday, a antiga duquesa de Everely, minha mãe não perdoa ninguém e acabou. Ela a considerava uma irmã.

— É errado sentir um pouco de pena da viúva? — perguntou ela.

De onde estávamos, nós duas conseguíamos ver a viúva na multidão: poucos falavam com ela, e muitos a evitavam. Não eram severos como minha mãe, claro, mas apenas a cumprimentavam educadamente e partiam.

— Acredite quando digo que, com base nas lembranças que tenho, ela merece isso e muito mais — respondeu meu irmão. — A crueldade que ela sofre não é maior que a crueldade que praticou, principalmente contra os filhos do antigo duque.

— Como assim? — perguntei. — Que crueldade?

Ele olhou para mim, pronto para começar a falar, mas se interrompeu.

— Nada, irmã.

Aquilo não podia ser *nada*.

— Mas...

— Olha só quem chegou — disse Damon, e meu coração disparou.

Eu me virei, pensando ser *ele*, mas era apenas Tristian. Assim que ele me viu, veio em minha direção, e eu larguei minha bebida e fui me afastando.

— Aonde você vai? — chamou Damon atrás de mim.

— Volto logo.

Não sabia onde poderia me esconder, não quando todos me paravam para conversar ou me apresentar a terceiros. O tempo todo, eu sentia Tristian se aproximando.

O único refúgio era ir para fora de casa, então me apressei para a entrada dos serviçais e desci as escadas tentando escapar para o único lugar onde achei que poderia respirar livremente.

— Milady?

Eu me virei e vi que a cozinha inteira interrompera o trabalho e me encarava.

— Podemos ajudá-la...? — perguntou a criada diante de mim.

— Hã... não... quero dizer...

Eu não queria voltar lá para cima, mas não era certo estar entre os criados. Se bem que ali *também* era minha casa. Eu certamente poderia ficar onde quisesse.

— Sei que é estranho. — Eu ri, enquanto eles apenas me encaravam. — Mas posso ficar aqui por um momento?

Eles trocaram olhares.

— Claro, milady — disse o mordomo, pegando um banquinho para mim. Ele o limpou com as mãos o melhor que pôde.

— Obrigada — falei, me sentando.

Eles voltaram a trabalhar, mas a cozinha ficou muito silenciosa. Obviamente, eu os atrapalhava. E isso me fez me perguntar que diabos eu estava fazendo.

Por que eu tinha ido até ali?

Por que ainda estava ali?

Evander, respondeu meu coração.

Suspirando, peguei um docinho na mesa.

— Afrodite!

Dei um pulo, abaixando a mão enquanto me virava e via meu irmão.

— Que diabos você está fazendo aqui?

Eu o encarei.

— Descansando?

Ele franziu a testa e se aproximou, pegando minha mão.

— Vamos voltar. Você não pode ficar aqui com os criados. Está atrapalhando.

— Não estou — insisti e me virei para ver se alguém me defenderia. Todos desviaram o olhar. Minha presença era bem mais perturbadora do que eu pensava.

— Quanta imaturidade.

— Eu só estava sentada...

— Estava se escondendo. — Ele me lançou um olhar questionador. — Não quer conceder a primeira dança a Tristian?

Franzi a testa.

— Agora todos sabem o conteúdo das cartas que recebo?

— Afrodite, você é minha irmã mais sensível.

— Mentiroso — murmurei. — É Devana.

Damon sorriu e assentiu, e eu bati no braço dele.

— Mesmo assim, você tem bem mais bom senso que as outras jovens. Por favor, não deixe Evander roubar isso de você outra vez.

— Eu não...

— Sim, está. — Ele franziu a testa. — Você saiu correndo porque está esperando por ele. E isso em si é o problema. Nenhum cavalheiro, duque ou não, deve deixar uma dama como você esperando. Um cavalheiro de verdade, ao pedir a primeira dança, deve chegar a tempo de garanti-la. Quem está aqui?

Não respondi.

— Você não precisa aceitar o pedido de Tristian, mas deve a ele mais do que se esconder.

— Sim, irmão — respondi.

— Ótimo. Agora vamos voltar — disse Damon, oferecendo-me o braço.

Eu o aceitei, levando suas palavras a sério enquanto voltávamos para o baile. Evander insistira tanto que eu o perdoasse, que eu lhe concedesse minha primeira dança, mas não havia chegado ainda. Enquanto retornava, vi a irmã dele com minha mãe. Como ela chegara antes dele? Eles não haviam partido do mesmo lugar?

Cavalheiros devem ser confiáveis.

— Lady Afrodite — disse Tristian, aparecendo em minha frente. — Como sempre, você é o sol do ambiente.

Dei um sorriso e Damon soltou meu braço e se afastou.

— Obrigada, senhor.

— Seria uma honra ter sua primeira dança.

A oferta dele doeu, e a decepção doeu. Mais uma vez, Evander me dera esperanças e falhara.

— Claro — falei, oferecendo-lhe minha mão.

Como se o destino zombasse de mim, esse foi o momento em que Evander entrou no salão. Desviei o olhar e permiti que Tristian me conduzisse ao centro da pista de dança.

9

Damon

Ele a encarava como um homem faminto olha para um banquete. Todo desgrenhado e aflito. Quando deu um passo na direção de minha irmã, fiquei diante dele, bloqueando o caminho.

— Chegou tarde — falei.
— Saia da frente.
— Não saio. E você vai se comportar, pois está na minha casa — fiz questão de lembrá-lo. — Você não tem direito de fazer cena sabendo que falhou em comparecer no horário correto.
— Eu estava... — Ele parou e olhou para baixo, inspirando pelo nariz. — Preciso falar com ela. Preciso explicar.
— Eu disse não — respondi e agarrei o braço dele. Ele sibilou de dor e eu senti a umidade de seu paletó. Meus dedos se mancharam de sangue. — O que é isso? — Me aproximei e vi o sangue escorrendo pela manga do casaco dele. — Você está ferido. Devemos chamar...
— Não diga nada! — disse ele, alto, e dei um passo para trás. Ele olhou mais uma vez para a minha irmã antes de partir.
— Está tudo bem? — perguntou Silva, se aproximando. — Por que está sangrando?

— Não sou eu — sussurrei, escondendo minha mão. — Fique aqui.

— Damon.

— Depois — falei, correndo porta afora.

O tolo não pode estar achando que cavalgará para casa sozinho no escuro, estando ferido.

Então eu o vi subir no cavalo e partir noite adentro.

Merda. Merda! *Não se envolva... não devo me envolver.* Sério. Maldito!

— Senhor, preciso pegar seu cavalo emprestado! Perdoe-me — falei para o primeiro cavalheiro que vi desmontar. Nem sequer esperei resposta.

Esporando o cavalo, segui o mais rápido que pude, sentindo a resistência do vento. Estava escuro, mas não o bastante para me impedir de enxergar o caminho.

Levei dez minutos para alcançar o ensandecido, o que foi prova suficiente de que algo estava errado, pois ele sempre fora o melhor cavaleiro entre nós. O cavalo havia desacelerado, e o corpo de Evander estava tombado à frente, quase caindo.

— *Evander!* — gritei, aproximando-me pela lateral esquerda e agarrando-o antes que caísse. — Está fora de si?

— Me deixe em paz! — gritou ele, tentando se endireitar.

— Não deixarei. Se você morrer, minha mãe me culpará.

Sem falar de Afrodite.

Ele deu uma risadinha, erguendo a cabeça enquanto tentava respirar.

— Sou o favorito de sua mãe.

— Ora, cale-se! — falei, revirando os olhos. — Consegue cavalgar? Você precisa ir para casa, ou posso voltar...

— Então você ainda se importa, *irm*...

— Não me importo — interrompi. — Estou apenas agindo como um bom samaritano para um homem mentalmente perturbado.

— Você acha que sou mentalmente perturbado?

— Claramente, pois só há nós dois aqui, e quem está sem fôlego e sangrando não sou eu — exclamei. — Consegue cavalgar se eu guiar?

Ele assentiu.

— Ótimo. Então faça isso, mas devagar — ordenei.

Evander era um ano mais velho que eu. Crescemos juntos, e durante todo aquele tempo ele sempre foi o responsável, o nobre, o mais capaz. Bem parecido com o que Hathor sentia em relação a Afrodite — parte coisa de irmãos, parte coisa de rivais. Mas ele não era mais o homem com quem eu competia em tudo, aquele que falava seis línguas fluentemente, que era um exímio atirador, um cavaleiro habilidoso, e até mesmo erudito o suficiente para conversar com meu pai. Cheguei a acreditar que ele era diferente do restante de nós.

Mas agora... agora ele estava em um estado deplorável.

Levamos vinte minutos para chegar à casa dele, e, a essa altura, Evander estava quase inconsciente.

— Chamem um médico! — gritei para as mãos que vieram buscar os cavalos, e desmontei.

— Não... está tudo bem — disse Evander, quase desmaiando.

Eu o segurei e o desmontei do cavalo.

— Não te falei para ficar quieto? — Passei o braço dele pelo meu pescoço, olhando para os homens no quintal. — Chamem um médico!

— Sim, milorde! — responderam os criados.

— Você consegue subir as escadas? — Ele não respondeu. — Evander!

Ainda sem resposta.

Merda.

— Onde fica a sala de estar? — gritei para a criada, fazendo-a dar um pulo.

— Aqui, milorde. — Ela foi na frente, e eu o levei até o divã.

— Traga água, um pedaço de pano e... conhaque! — Arranquei a gravata e o casaco dele, tentando encontrar a ferida, e vi ainda mais sangue. — Deus do céu.

Ele gemeu de dor enquanto eu removia o casaco.

Enfim tirei sua camisa e vi uma bandagem improvisada em seu ombro, empapada de sangue.

— As coisas que pediu, milorde! — A criada voltou.

Me levantei, mas não sabia mais o que fazer.

— O médico, milorde! — avisou outro criado.

— Ah, graças a Deus! Deixem que ele entre — falei, indo até a porta enquanto um cavalheiro mais novo que eu se aproximava. — Este é o médico que encontraram? Um garotinho?

— Eu garanto que não sou um *garotinho*... milorde. E você não encontrará alguém melhor que eu a esta hora. Onde está o paciente? — perguntou ele, sem esperar por indicações até estar ao lado de Evander. — O que aconteceu?

— Não sei dizer — falei. — Eu o vi sangrando e o trouxe para casa.

O médico conferiu o ombro de Evander antes de soltar a bandagem. O sangue vazava livremente.

— E então? — perguntei, me aproximando.

— Ele foi esfaqueado.

— O quê?

Esfaqueado?

— E, pelo que parece, tentou fazer o curativo sozinho. Ele tem sorte. Poderia ter sangrado até a morte.

Em que diabos ele se enfiara?

— Mas pode ser salvo?

— Ele terá que poupar o ombro e vencer a febre para se recuperar — respondeu o médico, remexendo em sua maleta. — Estou mais preocupado com a febre. O que o impediu de buscar ajuda?

Como se tivesse ouvido, Evander arfou sua resposta:

— Afrodite.

— O quê? — questionou o médico.

— Ignore. É a loucura dele. — Balancei a cabeça, pegando a garrafa de conhaque que a criada trouxera e dando um grande gole.

Me afastei, deixando o médico trabalhar, e, tive que admitir, ele parecia competente e conseguiu estancar o sangramento.

Pareceu que anos haviam se passado até que ele enfim terminou e secou a testa.

— Ele precisará de remédios e terá de ser monitorado durante a noite, apenas para que a febre ceda. Se não se importar, eu ficarei.

Eu não me importava. Preferia, na verdade. No entanto, sabia que Evander raramente permitia pessoas em seus domínios. Se despertasse com aquele estranho em casa, só Deus sabe o que poderia fazer.

— Claro. Também ficarei.

— O senhor não precisa voltar ao baile? — questionou o médico.

— Sabe quem sou?

— Eu não sabia até ele mencionar Afrodite. Só há uma mulher em toda Londres com esse nome. E, por suas roupas e pela proximidade com o duque, simplesmente presumi. Vossa Graça, no entanto, está usando o casaco de um lacaio.

Eu não havia percebido até o médico me mostrar o casaco. As roupas de Evander eram sempre mais refinadas.

— Ele estava determinado a chegar ao seu destino. — O médico franziu a testa, se levantando. — Muita tolice. Poderia ter morrido. Ainda bem que o senhor o seguiu.

Olhei para Evander, agora descansando. Não sabia como ele se ferira, mas sabia que, apesar disso, ele buscara primeiro ir até minha irmã, ainda que isso significasse morrer.

Maldito. Por enquanto eu era o vilão na história dele, pois havia dito a Afrodite que ele era uma decepção por ter se atrasado. Se eu não tivesse ido buscá-la na cozinha, ela poderia ter retornado ao baile apenas quando ele chegara, e o sacrifício de Evander não teria sido em vão.

Não. Balancei a cabeça. Era melhor não arrastar Afrodite para o caos daquele homem.

— Milorde... milorde?

— Sim? Quero dizer, perdoe-me. — Balancei a cabeça. — Não perguntei seu nome.

— Doutor Theodore Darrington. Eu apertaria sua mão, mas... — Ele ergueu a mão ensanguentada.

— Claro. Temos uma bacia com água, e conhaque. — Ergui a garrafa. — Não sei o que mais oferecer...

— Está tudo bem. Esperarei até que o paciente esteja bem. Ele precisará de algo para dormir — disse o médico, indo lavar as mãos na bacia.

— Estou bem — disse o tolo teimoso, tentando se levantar e fazendo o dr. Darrington e eu voltarmos para o lado dele.

— Você não está bem, Vossa Graça...

— Wallace! — chamou Evander, e imediatamente o mordomo apareceu. — Leve o médico até a porta e o remunere bem.

— Evander — exclamei.

— Vossa Graça, o senhor não está...

— Confio em sua discrição — disse ele, exausto, para o médico. O dr. Darrington o encarou e suspirou antes de olhar para mim.

— A febre precisa ser conferida durante a noite. Se não baixar, faça-o tomar isto. — Ele me entregou um frasco.

— Obrigado — falei.

— Vossa Graça, por favor, me ouça e descanse pelos próximos dias. E me chame para que eu possa conferir sua ferida.

Evander assentiu, e o médico juntou seus pertences para partir.

— Você precisa mesmo ser tão teimoso? — perguntei.

— Só confio na minha gente — murmurou Evander, e se recostou no divã, engolindo devagar. — Não deixe estranhos entrarem na minha casa outra vez.

— Da próxima vez vou deixar você morrer — zombei e tomei um gole de conhaque. — O que aconteceu?

Ele não respondeu, porque era Evander e parecia se importar com apenas uma coisa.

— Como vou compensar isso? Eu tinha acabado de conseguir que ela voltasse a falar comigo, e sem raiva.

— Quando? — Então me lembrei da fofoca recente. — Ah, na loja de vestidos. O que te faz pensar que ela o teria aceitado se você não tivesse se atrasado?

Ele não respondeu de imediato, o que era preocupante. Por fim, disse:

— Ela teria me aceitado porque ainda me ama.

Eu ri, pegando uma cadeira.

— Ah, se pudéssemos engarrafar o seu ego... ele é mais forte que todo o conhaque do mundo...

— Você é injusto quando zomba de nós — murmurou ele.

— Zombo apenas de você, que não me deixa escolha — falei, e tomei mais um gole.

— Você não pode me apoiar como fez antes? — Ele gemeu, virando-se para o outro lado.

— Com lealdade cega? Jamais. Evander, por favor, deixe minha irmã em paz. Não a quero envolvida em seja lá o que está acontecendo. As mulheres precisam de segurança.

Ele riu entre dentes e abriu um olho.

— Jamais pensaria que você diria algo assim.

— Pois é, alguns de nós crescem — bufei, olhando para a garrafa em minhas mãos. — Você tem uma irmã e um irmão mais novo, que, por sinal, poderia gerenciar suas propriedades se algo lhe acontecer. Certamente não gostaria de dar tal vitória à sua madrasta.

— Aquela mulher e seus filhos são a minha maldição — resmungou ele. — Estou enganado ou ela estava na sua casa?

— Você não está enganado.

— Sua mãe não a matou?

— Ela matou de todas as formas, exceto fisicamente. Minha mãe a chamou de porca, de malcriada, e disse que ela mancha as roupas que veste. Ela deixou a *viúva* no meio dos convidados, abismada.

Evander deu uma risada sincera.

— Eu não achei que me arrependeria mais de perder a noite. Sua mãe sempre foi minha heroína.

— À custa do restante de nós, devo acrescentar — devolvi, amargo. — Muitas vezes me perguntei que tipo de amizade inspirou uma lealdade tão profunda a ponto de ultrapassar a morte de sua mãe e passar para os filhos dela.

— A ironia que é você perguntar isso e estar aqui, meu leal amigo.

— É certo que não sou mais seu amigo! — declarei, apontando para ele. — Como falei, sou apenas um...

— Bom samaritano? Sim, eu ouvi. Na verdade sua voz ainda está martelando nos meus ouvidos. Você com certeza consegue gritar.

— Estou vendo que você vai mesmo sobreviver, pois já voltou a ser um incômodo.

— Seremos irmãos outra vez, então é melhor você voltar a se familiarizar com a sensação. — Ele sorriu e fechou os olhos.

— Espero que minha irmã despedace seu coração.

— Ela faz isso todos os dias... quando acordo e vejo que não é minha esposa.

Foi a última coisa que ele disse antes de ceder à exaustão.

O amor é uma imensa tolice.

Afrodite

— Onde está Damon? Não acordou ainda? — perguntou meu pai ao chegar para o café da manhã.

— Fale mais baixo, meu amor — resmungou minha mãe, gesticulando para que ele se sentasse.

Ele olhou para ela e sorriu.

— Mamãe, você tomou um porre? — perguntou Abena, pegando o pão.

— Quantas vezes preciso te ensinar a controlar essa boca, menina? — irritou-se mamãe. — Mas, não, não tomei. Damas não tomam porres. Porque é impróprio beber em excesso.

Meu pai riu, mas, quando mamãe o encarou, ele manteve o olhar em seu jornal.

— Senhora — disse a criada, entregando a ela uma bebida específica para quem havia ingerido álcool em excesso.

— Obrigada — respondeu minha mãe, e então bebeu tudo... em um só gole. Meu pai observou, um tanto divertido.

— Que bom que você aproveitou o baile, meu amor — disse ele quando ela terminou de beber. — Tanto que nem percebeu que bebeu em excesso.

— Então a senhora tomou um porre! — exclamou Abena.

— Já para a louça! — gritou mamãe.

— Mamãe, o café da manhã. — Abena fez um biquinho e olhou para papai, que se escondia atrás do jornal.

— Você vai poder tomar todo o café da manhã que quiser quando aprender a ter uma conversa matinal adequada.

— Papai... — começou Abena quando vimos Damon entrar na casa.

— Damon? — Silva foi se levantar, mas parou, olhando para minha mãe. Sair daquele jeito teria sido rude.

— Mãe, pai, com licença — disse Damon. — Vou me trocar e já volto.

— Você pretende nos contar por que não estava em casa? — questionou minha mãe, e então olhou para Silva, que nos dissera que ele fora se deitar mais cedo. — A noite toda?

— Precisei resolver alguns assuntos em outro lugar. Com licença — disse ele, e foi se encaminhando para a escada.

— Vou cuidar dele — disse Silva, se levantando.

Observei Abena encher o prato com o máximo de comida que podia carregar.

— E eu vou lavar a louça! — Ela saiu correndo.

Minha mãe a teria repreendido, mas estava distraída. Que menina danadinha e sorrateira.

— Ele ficou fora a noite toda — reportou minha mãe para meu pai, que lia o jornal.

— Aparentemente ele precisou resolver assuntos em outro lugar — respondeu ele.

— A única pessoa que poderia ter precisado dele tarde da noite seria sua esposa, e ela estava aqui — murmurou ela, irritada, esfregando as têmporas. — Meu baile foi um sucesso, mas seus filhos insistem em me deixar em pânico.

— O que eu fiz? — perguntou Hathor. — Foi Odite quem ficou melancólica a noite inteira apesar de todos os pretendentes pedindo por danças que ela até poderia ter aproveitado, já que você a treinou bastante. E Damon desapareceu. Foi esplêndido.

— Não me faça olhar para você, criança, porque se eu olhar ficará sabendo que vi todas as vezes que você deixou cair seu lenço ou se jogou sobre os duques de Brunhild e Alfonce como se estivesse perdendo as forças — respondeu minha mãe.

Hathor desviou o olhar e bebeu seu suco. Hector e Devana soltaram risadinhas.

— E você? — Minha mãe enfim chegou a mim. — Teremos uma conversa mais tarde.

— Mamãe, a senhora não está cansada? — perguntei pela segunda vez em dois dias. — Por que não tira o dia para descansar?

— Pois eu garanto que você não quer lidar com ela bem descansada — intrometeu-se meu pai.

— Mais tarde — repetiu mamãe.

Pai do céu, poupe-me de minha mãe mortal.

10

Afrodite

O "mais tarde" chegara.
 Esperei ao lado do piano, me preparando para o tom de voz dela. Embora eu tivesse certeza de que não funcionaria por completo, tinha que amenizar o golpe do assunto que ela queria tratar comigo.
 Assim que as portas se abriram, minhas mãos já estavam nas teclas.
 — Ah, então agora você quer praticar — disse mamãe.
 — Sim, mamãe, pois de que outra forma eu seria considerada um sucesso?
 — Muito bem. — Ela assentiu. — E que sucesso você será como a condessa de Wyndham!
 — Como é?
 — Bem, o irmão dele ainda está vivo, mas agora é garantido que não irá sobreviver. Portanto, o sr. Yves se tornará o conde de Wyndham depois que o pai falecer.
 — Mamãe, isso não me diz respeito...
 — Ah, diz respeito sim, querida, pois Tristian pediu sua mão ao seu pai na noite passada.

Eu me levantei tão rápido que quase derrubei o banquinho do piano.

— Não.

— Ele pediu sim, e seu pai aprovou.

-— Por quê?

— Por que ele não aprovaria? — disse ela, me deixando totalmente boquiaberta. — Um cavalheiro de posição, com título e fortuna, que tem a reputação de ser gentil e amável, pediu a sua mão. Por que um pai o rejeitaria para sua filha? Se você aceitar, estará casada no fim da temporada. Muito bem.

— Nada de muito bem! Não aceito, não desejo me casar com ele!

— Então você deve dizer a ele. O sr. Yves fará o pedido daqui a três dias, na festa no jardim da rainha, e os pais dele estarão presentes. Na verdade, toda a sociedade estará presente. Então, será uma grande celebração ou um constrangimento enorme.

Abri a boca, horrorizada. Precisava interromper aquilo.

— Preciso escrever uma carta e contar para ele antes que...

— Ele partiu de Londres para visitar o irmão. — Mamãe me interrompeu. — Quando sua carta chegar à casa da família dele, o sr. Yves já estará voltando para Londres. Você deve enviar a carta para a casa dele aqui, mas não há garantias de que ele a lerá antes de ir para a festa te encontrar.

Me sentei de uma vez no banquinho.

— Mamãe, ele é gentil. Não quero constrangê-lo.

— Então você não deveria ter aceitado dançar com ele ontem à noite. Não te falei que toda vez que você o aceitava dava a ele esperança?

— Dancei com outros rapazes também.

— Mas deu a ele a primeira dança, conforme pedido, e conversou mais com ele do que com os outros — relembrou-me ela. Abri a boca para explicar, mas ela ergueu a mão, interrompendo. — Não interessa se você estava ou não interessada durante as conversas.

Para todos que testemunharam, vocês pareciam um casal. Então, agora é isso que temos. Você será a noiva dele ou a dama que o decepcionou.

— Isso é injusto! — protestei. — Tudo é injusto! E me cansei. A senhora quer que seja Evander. O resto da casa quer que seja Tristian. Sou puxada em duas direções diferentes. Eu não queria conceder a primeira dança a ele ontem à noite. No entanto, Damon foi me buscar...

— Seu irmão te disse para dançar com ele? — perguntou ela. — Afrodite, suas escolhas podem ser limitadas, mas não aja como se não as tivesse. Você deseja fugir apenas porque está com medo. Não devia ter ido se esconder entre a criadagem. Se um cavalheiro pede uma dança, você é livre para recusar!

— Eu? Livre? Acho que não. Liberdade teria sido não ter ido ao baile. Liberdade teria sido me deixar em paz em Belclere!

— Sua família não estava em Belclere! E a liberdade que você busca não é dada a ninguém. Nem aos homens, nem às mulheres, nem aos criados, nem sequer ao rei! Todo mundo tem responsabilidades. Você não pode ficar para sempre em um castelo comendo bolo e lendo livros o dia todo. Quem te sustenta neste tipo de vida? Não é seu pai? Não são as gerações de mulheres que se casaram e de homens que trabalharam para criar este mundo? Você choraminga e reclama de uma vida tão grandiosa, na qual sua maior preocupação é se casar com um futuro duque. Os criados desta casa fazem escolhas mais difíceis que as suas todos os dias.

Abaixei a cabeça, fechando as mãos com força para buscar me acalmar. Mamãe se aproximou, pousando as mãos nas minhas.

— Você é realmente abençoada, querida, mas precisa crescer. E precisa se decidir. Você pode aceitá-lo ou ficar firme e rejeitá-lo, sabendo que o magoará, mas é seu futuro que interessa. — Ela beijou a lateral de minha cabeça. — Pense bem no que você quer... e *quem* você quer.

Assim que mamãe se virou para sair, sentei-me e apoiei a testa no piano.

— Ela foi embora?

Eu me virei e vi o cabelo cacheado de Abena aparecendo na lateral da cadeira.

— Há quanto tempo você está aí?

Ela tirou a mão da boca, entupida de doces.

— O tempo todo!

— Abena! — Arfei enquanto ela se levantava e vinha pulando em minha direção. — Você não estava lavando louça?

Ela fez uma careta.

— Odeio lavar louça!

— Não é esse o objetivo do castigo?

— Por que sempre me castigam? — Ela suspirou e eu me movi no banquinho, abrindo espaço para que ela se sentasse ao meu lado. — Eu não faço nada além de falar.

— Damas não devem falar muito: nem com frequência nem a verdade. É assim que ensinam — respondi.

— Então por que temos boca?

— Bem, no seu caso, parece que é para comer doces. — Ri e usei meu lenço para limpar o rosto dela.

— Se não fosse pelos doces, eu seria… muda? — Ela inclinou a cabeça de lado. — Essa é a palavra para pessoas que não conseguem falar, certo?

Assenti.

— Sim.

— Certo, então, se minha boca fosse apenas para comer doces, eu seria muda.

— Um ótimo argumento, e eu concordo. Mas, como somos apenas damas, ninguém escuta nossos argumentos, mesmo se forem lógicos, porque acham que somos seres ilógicos. — Por querer tudo o que os homens tinham. Que tolice.

— Não entendo. — Abena balançou a cabeça.

— Nem eu — respondi, pousando as mãos nas teclas.

— Então o que você vai fazer?

— Com o quê? — perguntei enquanto tocava.

— O sr. Yves. Você não gosta dele.

— Não é verdade. Só não quero me casar com ele.

— Não é porque você não gosta dele? — pressionou ela.

— Abena, é complicado.

— Por quê?

— Porque sim.

— Não entendo. — Ela tornou a franzir a testa. — Se você não gosta de alguém, não se case com ele. Se gosta, case-se com ele. — Ela ergueu as mãos diante do corpo, como se fosse uma escala. — Você não gosta de Tristian, então não se case com ele. Você gosta de Evander. Case-se com ele.

Olhei para ela.

— Quem disse que eu gosto de Evander?

— Você?

— Quando falei isso?

— Quando você estava dormindo, ficou dizendo *Evander, Evander, Evander...*

Cobri minha boca com as mãos.

— Sua boca fica muito melhor comendo doces!

Abena explodiu em risadas, cutucando a lateral do meu corpo para que pudesse fugir. Ela corria pela sala.

— Você gosta dele. Você gosta dele.

— Vou contar à mamãe como o colar de pérolas Preston dela quebrou.

Abena paralisou, de olhos arregalados, e eu sorri para ela.

— Mana.

— Sim, maninha?

— Me desculpe.

Me esforcei para não rir.

— Ótimo. Cuidado, pois sei muito mais e estou guardando seus segredos.

— É por isso que você é minha irmã favorita. — Ela sorria de orelha a orelha. — Se dependesse de mim, você não se casaria.

— Você quer que eu seja uma solteirona?

— Não podemos ficar como estamos? Quando você se casar, vai embora. Depois, Hathor irá embora. E depois Devana também. Eu sou a última. Seremos só eu... e mamãe.

Dei uma risadinha quando ela estremeceu.

— Damon e Hector estarão aqui.

— São meninos. Vocês são minhas irmãs. Quem vai brincar comigo?

— Você quer dizer quem vai *brigar* com você?

— Isso também.

Estendi os braços, e ela veio me abraçar.

— É triste pensar que nos mudaremos daqui, mas todos devemos crescer e começar nossas próprias famílias. Como a mamãe o papai. Quando eu me casar, você irá me visitar sempre, pois também é minha favorita.

— Então escolha Evander — disse ela.

— O quê?

— A Casa Everely é mais perto de Belclere que a casa do sr. Yves, certo? — Abena olhou para mim. — Olhei nos mapas do papai.

— E se eu escolher não me casar com Evander nem com Tristian?

— Mas você gosta de Evander — repetiu ela.

— Só porque eu... posso gostar dele não significa que me casarei com ele.

Ela se endireitou.

— Isso não faz sentido.

— Bem, quando uma pessoa te machuca, mesmo que você goste dela, precisa ficar longe.

— Você não pode perdoar?

Sua lógica era tão pura e simples que me fez sentir tola.

— É complicado, irmãzinha.

— Não quero crescer nunca — respondeu ela. — Tudo é *complicado*.

— Concordo. Fique com essa idade para sempre.

— Vou brincar. Quer vir? — perguntou ela.

Balancei a cabeça.

— Sou crescida agora, e preciso resolver minhas complicações.

— Boa sorte! — Abena saiu correndo, sem nenhuma preocupação. Mas era isso o que a tornava divertida: não ter preocupações. Era simplesmente uma questão de perdoar.

Perdoar.

Eu não queria me casar com Tristian.

Mas também sabia que não seria feliz me casando com Evander, não quando havia tanto que eu não sabia nem entendia. Ele queria o perdão — dissera isso na carta —, mas precisava merecer.

As palavras de Epiteto ecoavam em minha mente. *Quanto maior a dificuldade, maior a glória em vencê-la. Condutores habilidosos ganham sua reputação ao passar por tormentas e tempestades.*

Se esse era o caso, então essa seria a tormenta, e eu tentaria ser uma boa condutora. Fui até a mesa e peguei papel, pena e tinta.

Querido... Parei de escrever, pois não sabia a maneira certa de me dirigir a ele, então decidi ser mais formal. Peguei outra folha de papel.

Para Vossa Graça, o duque de Everely,

Escrevo para informá-lo de que recebi vossa carta, mas não pude realizar seu pedido, pois Vossa Graça estava ocupado e chegou tarde demais. Fui informada de que receberei uma proposta de casamento daqui a três dias, e minha resposta será muito clara — a não ser que outra proposta chegue, junto a explicações sobre os eventos que aconteceram no passado. Se tal proposta não acontecer até lá, que jamais seja feita no futuro.

Cordialmente,

A.

Reli a carta. Se Evander falava sério, teria que provar para mim. Se queria meu perdão, precisava mostrar.

Puxei o sino na sala.

A porta se abriu pouco depois.

— Sim, milady?

— Garanta que esta carta seja entregue diretamente na casa do duque de Everely — falei, entregando-a à minha criada. — Você pode tirar o dia de folga, mas deve ir até lá agora. Informarei minha mãe.

— Sim, milady. — Ela estendeu a mão para pegar a carta, e me inclinei para orientá-la.

— Eleanor, não pare nem fale com ninguém até chegar à casa dele.

— Entendi, milady.

— Ótimo.

Dei a ela a carta e soltei o ar.

Verity

— Você não é bem-vinda — falei para a mulher horrível diante de mim.

Os olhos dela eram um poço de escuridão, ódio e crueldade.

— Verity, em tempos difíceis, as damas devem se ajudar — respondeu ela, dando um passo em minha direção. — Eu soube que seu irmão está doente.

— Que estranho, vivo aqui com ele e não sei de doença nenhuma — menti, sorrindo. — Agradeço sua preocupação, Datura, mas você deve partir.

— Não irei! — Ela bufou, erguendo a cabeça como se fosse uma rainha e não a filha do açougueiro. — Se há algo errado com seu irmão, é vital que eu saiba, pois afeta a família e é claro...

— E, é claro, o ducado? — questionei, de braços cruzados. — Você ainda reza para que meu irmão morra e Gabrien herde o título?

— Está dizendo tolices, garota. — Ela deu uma risadinha, embora estivesse obviamente espiando acima do meu ombro. — Quer vocês dois queiram ou não, ainda sou a madrasta de vocês e, como tal, parte da família, e mereço saber a verdade.

A verdade era que ela merecia a vaga que conseguira no inferno.

— Estou dizendo a verdade. Meu irmão está bem, apenas descansando, e você está perturbando o descanso dele.

— Evander está descansando durante o dia no meio da semana? — Datura sorriu. — Você é uma péssima mentirosa, Verity.

— Vigie esta língua ao falar com a minha irmã, Datura!

Ao som da voz dele, me virei e o vi descendo as escadas totalmente vestido, como se nada estivesse errado.

O que você está fazendo?, fiz com a boca.

Evander me ignorou. Devagar, olhei para Datura e sorri com gentileza.

— Não te avisei para jamais vir à minha porta sem se anunciar? — disse ele friamente, encarando-a. — Não sofremos o suficiente com você na sociedade? Devemos agora voltar a sofrer em casa também?

Datura franziu a testa, seus olhos malignos olhando-o de cima a baixo.

— Só queria ver se você estava bem.

— Muito bem, na verdade — mentiu ele —, ou tão bem quanto posso estar na sua presença. É só isso, ou você já queimou sua mesada?

— Se queimei, você a aumentaria?

— Nem se isso fosse impedir o sol de cair do céu — zombou Evander. — Você tem o que meu pai permitiu e nada mais. Agora saia da minha casa, ou farei você sair.

— Muito bem. Verei vocês dois na festa no jardim da rainha, então...

— Não verá.

Ela se interrompeu.

— Como é?

— Os convites para a festa no jardim da rainha foram enviados para a nobreza e apenas para a nobreza.

— Eu sou a viúva...

— Você é a... não posso usar a linguagem que gostaria diante da minha irmã. Vou explicar de outra forma. Você pode ter se casado com meu pai, pode se cobrir com quantas joias quiser, mas jamais esconderá a situação do seu nascimento, algo que a rainha conhece muito bem. O convite dela é claro. Diz que é para o quarto duque de Everely e para lady Verity. Por *gentileza*, nos poupe de mais desgraças no nome de nossa família e fique bem longe. Te digo o mesmo que minha madrinha disse.

A fúria no rosto de Datura não era páreo para as palavras dele. Ela fechou as mãos com força e então, como um dragão, engoliu o fogo dentro de si, deu meia-volta e partiu.

— Irmão, volte para a cama.

— Só mais um pouco — disse ele, observando até a carruagem dela desaparecer. Só então entrou na casa. Um segundo depois, desabou no chão.

— Evander! — gritei, segurando-o. Ele estava febril ao toque. — Socorro!

— Já consegui levantá-lo, milady — disse nosso mordomo, com um lacaio por perto.

— Levem meu irmão para o quarto. Encontraram aquele médico? — Eu os segui escada acima.

— Não — resmungou meu irmão enquanto era carregado. — Não receberei tratamento a não ser do dr. Cunningham!

— O dr. Cunningham está em *Everely*. Ele levará dias para chegar aqui, e até lá sua febre vai piorar!

— Eu... eu... não confio em mais... ninguém. — Evander arfou ao ser colocado na cama. — Deve ter sido ele que contou a ela.

— Duvido muito de que ela usasse o médico para reunir informações e não para te matar — respondi. Ele gemeu, rolando de lado. — Rápido, tirem as roupas dele! Por que você se vestiu tanto?

— Ela... suspeitaria...

— A febre piorou. Já os instruí para chamar o médico outra vez, já que você passou mal a manhã toda. Se ele for um espião, que pelo menos cuide de você primeiro — falei, virando-me para sair quando eles começaram a despi-lo.

Bem quando passei pela porta, um rapaz que parecia muito jovem e tinha cabelos curtos e cacheados subiu a escadaria com uma bolsa, acompanhado pela criada.

— Milady, este é o dr. Darrington. Foi ele que cuidou de Vossa Graça primeiro — disse a criada.

Ele inclinou a cabeça.

— Milady.

— O senhor é médico?

— Sim — respondeu ele, já na porta. Tentei segui-lo, mas fui interrompida. — Se quiser, a senhorita pode enviar um homem da criadagem para acompanhar, mas não acho que sua presença aqui seja adequada.

— Esta é a minha casa e ele é meu irmão.

— A senhorita está atrapalhando, milady. — Ele fechou a porta na minha cara.

II

Afrodite

O termo era *déjà-vu*, de origem francesa, que significava *já visto*. Eu já tinha visto tudo aquilo. Quase quatro anos antes, para ser exata. Por algum motivo, eu realmente acreditava que ele entraria em contato comigo na primeira oportunidade depois de receber minha carta. No entanto, três dias depois, ainda não havia resposta.

Eu era uma tola.

E estava com muito medo do que seria de mim depois que rejeitasse a proposta de Tristian.

Ao entrarmos na festa no jardim, eu não conseguia sorrir nem me maravilhar com a decoração suntuosa.

— Está mesmo irritada com a perspectiva da proposta?

Ergui a cabeça e vi que meu pai havia se afastado de minha mãe enquanto ela ajudava Hathor.

— Tristian é um homem muito bom. Você terá uma boa vida. E duvido de que ele a preocupará muito. Você precisa mesmo rejeitá-lo?

— Sim, papai — sussurrei, e me segurei com força ao braço dele. — Não tenho sentimento algum por Tristian.

Meu pai suspirou e deu batidinhas em minha mão.

— Às vezes temo que sua mãe e eu tenhamos instituído o padrão errado e priorizado demais o sentimento em vez da praticidade.

— E o que é prático?

— Saber quando é a hora e perceber que o tempo é breve. Por um tempo você pode ser a mais bonita e requisitada, mas a competição aumenta com a idade. Está vendo todas essas lindas damas? — questionou ele, indicando as mulheres que já dançavam com cavalheiros. — Elas são mais jovens e, ouso dizer, um pouco mais... amigáveis.

Naquele exato momento, uma jovem fingiu tropeçar para ser amparada pelo parceiro. Era muito óbvio, mas o cavalheiro pareceu muito satisfeito consigo mesmo. Não consegui evitar dar uma risadinha.

— Sim, de fato muito amigável — respondi.

— É esse o motivo de, caso rejeite Tristian, eu temer que você assuma uma posição da qual não consiga se livrar.

— E qual seria?

— Inatingível. — Papai apontou para o céu. — Bela como o sol, você existe e ilumina o mundo, mas é uma esfera distante, difícil de encarar, portanto notada mas ignorada. É isso o que você deseja?

— O senhor deseja que eu entre em um casamento sem amor apenas por medo de me tornar inatingível ou ficar para trás?

— Não. — Ele franziu a testa e balançou a cabeça. — Mas não quero que perca sua chance rejeitando um terreno fértil onde o amor pode crescer por causa de uma terra desolada que jamais floriu. Quando conheci sua mãe, eu apenas gostava da companhia dela.

— O senhor não estava apaixonado por ela quando começaram a cortejar? — Olhei para ele um tanto confusa, pois essa era a história que tinham nos contado.

— Não. — Ele sorriu e abaixou o olhar. — Não diga isso à sua mãe, pois ela acha que me enlaçou como gado.

Eu ainda estava convencida de que aquela era a verdade.

— Então o que o senhor sentiu?

— Conforto e tranquilidade. — Papai assentiu, confiante. — Confortável por saber que ela seria uma boa esposa, pois vinha de uma boa família. Tranquilo para conversar com ela, pois, como você sabe, eu tendo a divagar.

— Só um pouquinho.

Ele sorriu.

— Sim, e sempre divago com assuntos enfadonhos como livros e história. E mesmo assim sua mãe ouvia, embora não tivesse as mesmas paixões. Ela não fingia, realmente ouvia e jamais me culpou se eu a entediava. Em troca, aprendi a divagar menos e a buscar assuntos de que ela pudesse gostar. Afinal, o casamento trata-se de acomodar um ao outro.

— Entendi, papai. Mas não posso aceitá-lo.

— Bom, então chegou a hora de dizer a ele — respondeu papai quando vimos que Tristian, todo sorridente, e sua família se aproximavam.

Isso me provocou um mal-estar e tanto.

— Queria que mamãe tivesse me deixado ficar em casa.

— E desapontar seus outros admiradores? O mundo acabaria primeiro.

— Que outros admiradores?

Ele apontou para minha direita: ali estava a rainha em seu trono, rodeada de suas damas e cães, me observando bem intensamente.

De imediato, desviei o olhar.

— Nunca sei por que ela me encara tanto.

— Não é por admiração?

— E que motivo uma rainha teria para me admirar? Não fiz nada e falei poucas palavras diante dela.

— Quem é que sabe o que se passa na cabeça de um monarca — disse papai, soltando minha mão. — Nosso dever é sermos respeitosos e leais. Portanto, devemos cumprimentá-la, e você irá ao encontro do seu destino.

Eu não queria me separar dele, mas papai tinha que ficar ao lado de mamãe na fila para cumprimentar a rainha.

— Ela com certeza vai comentar sobre mim hoje — sussurrou Hathor, consertando as luvas. — Estou usando a cor favorita dela e refinei minha mesura. Mamãe disse que foi a mais esplêndida que ela já viu.

— Tomara que seja assim — sussurrei de volta, pois preferia que a atenção fosse toda dela.

— Lady Monthermer — disse a rainha quando terminamos nossas mesuras. — Fiz uma pergunta para todas as jovens aqui. Desejo fazê-la às suas filhas também.

— Seria uma honra. — Minha mãe sorriu e nos lançou um olhar de sobreaviso.

— É simples. O que acham do meu jardim?

A simplicidade da pergunta me surpreendeu.

— É esplêndido, Majestade — disse Hathor. — Uma beleza que somente Vossa Majestade pode manter, pois não apenas abriga as flores mais gloriosas, mas também pássaros, cisnes e outras criaturas da terra em perfeita harmonia.

Que poético.

Não achei que a resposta era inadequada, mas a rainha se limitou a assentir e então olhou para mim.

— Muito bem, lady Afrodite. — Ela disse meu nome com a mesma cadência suave e arrastada de sempre. — Não gosta do meu jardim?

— Não me acho apropriada para julgar o jardim de Vossa Majestade — respondi.

A rainha semicerrou os olhos, e eu estava pronta para mudar minha resposta quando ela se pronunciou.

— Lady Monthermer.

— Sim, Majestade?

— Não permita que ela seja desperdiçada. Faz anos que não vejo uma dessas — disse ela, fazendo bocas se escancararem atrás de nós, minha mãe sorrir como se tivesse sido coroada e Hathor ficar amuada.

— Sim, Majestade. — Minha mãe fez uma mesura e o restante da família também.

A rainha nos dispensou, voltando a atenção ao próximo grupo.

— Minha menina querida. — Minha mãe sorria. — Que abençoada você é por receber tamanho elogio.

— Sim, mamãe, e estou começando a me perguntar se ela não roubou todas as bênçãos ao nascer — disse Hathor antes de sair pisando duro.

— Não ligue para ela. Um dia ela perceberá como é sortuda por sua posição igualmente elevada — aconselhou-me minha mãe.

— Mais uma vez, foi um exagero por uma resposta tão simples. — A verdade era que eu não sabia o que dizer, pois não havia observado os jardins.

— Lady Monthermer.

Tristian estava diante de nós, e meu coração bateu desconfortavelmente.

— Posso falar com lady Afrodite em particular?

Me virei para minha mãe, de olhos arregalados, implorando que ela não deixasse, esperando que me permitisse mais um momento para me preparar.

— Sim, é claro, ficarei por perto — respondeu ela, me soltando. De costas para Tristian, sussurrou para mim: — Seja gentil.

— Lady Afrodite... podemos caminhar? — Ele apontou o caminho.

Assenti, permitindo que ele fosse na frente.

— A rainha a tem em alta estima. Na verdade, todos a têm em tamanha estima que fico ainda mais nervoso...

— Por favor, não diga mais nada! — Parei, sem conseguir aguentar mais. Tristian me encarou, e me esforcei para sorrir, mas como um sorriso ajudaria? — Sr. Yves, o senhor é um homem de excelente reputação e gentileza. Sei o que está prestes a propor, mas devo pedir que não o faça, pois não posso dar a resposta que busca.

— Eu a ofendi?

— Nem um pouco.

— A senhorita me acha desagradável?

— Claro que não.

— Então peço perdão. Estou confuso. — Ele franziu a testa, dando um passo para trás. — Se for pela minha falta de título...

— Não me importo com títulos! — exclamei. — O senhor é um bom homem, um homem gentil, mas não tenho sentimentos especiais pelo senhor. Perdoe-me se o levei a acreditar no contrário. Eu tentei, mas não pude... não pude...

— Esquecer-se do duque? — perguntou ele.

Abaixei a cabeça.

— Peço perdão.

— Sei que a senhorita e ele tiveram... uma história, mas tinha certeza de que a senhorita o considerava totalmente duvidoso.

— Eu o considero duvidoso.

— E ainda espera por ele?

— Não espero por ninguém — falei, irritada. — Simplesmente não quero que o senhor se case com alguém que não corresponda aos seus sentimentos.

— E isso não pode mudar com o tempo? Posso esperar — sugeriu ele.

— Acho que não. E, como alguém que esperou no passado, posso afirmar que é uma experiência dolorosa.

Ele baixou o olhar, assentindo.

— Perdoe-me. Preciso ir.

— Sim, eu entendo — sussurrei, permitindo que ele me deixasse sozinha entre as cercas vivas.

— Muito bem, você acaba de arruinar uma ótima proposta. — Damon estava agora ao meu lado.

— Faz tempo que você está aqui?

— Cheguei a tempo de ouvir o coração daquele homem se partir. Mamãe não quis ficar para ouvir e pediu que eu montasse guarda.

— Até ela se compadeceu dele, mesmo não sendo o noivo que escolheria para mim.

— É difícil não se compadecer dos inocentes.

Olhei para ele cheia de indignação.

— E eu não sou a inocente?

— Você é, mas não mais que ele.

— Está ficando cada vez mais desagradável falar com você, Damon. — Fui andando na direção dele cheia de irritação. — Vocês ficam me jogando em papéis que não desejo, exigindo que eu tome alguma atitude quando não quero agir, me direcionando para lá e para cá. Vocês estão me transformando em uma pessoa sem coração!

— Isso não é o que...

— É mesmo errado querer outra coisa? Se fosse fácil querer o que é prático, lógico, ou o que os outros esperam de mim, você não acha que eu o faria? O que me move é o que me move! Eu gosto de quem eu gosto! A pessoa pode ser confiável ou não... é dela que eu gosto.

— De quem exatamente estamos falando? — questionou ele.

Fiz uma pausa para respirar.

— Ninguém.

— Tem certeza?

— Por favor, não me dê mais sermão. Você já deixou bem explícito o que pensa. Você estava certo na noite do baile. Ele é...

— Eu não estava de todo certo.

— O quê?

— Ainda não o acho confiável ou adequado para você, mas naquela noite ele passou pelo inferno para chegar ao baile por você. O problema foi ter chegado tarde demais.

— Não entendo. — Eu não queria ter outro motivo para continuar a desculpá-lo. — Mas não importa. Mesmo que tenha tentado naquela noite, ele falhou em comparecer hoje.

— Como assim?

— Escrevi uma carta pedindo... pedindo que ele viesse. Ele não respondeu...

— Pelo amor de Deus. — Damon suspirou, abaixando a cabeça. — Não sei se vocês são destinados ou malfadados! Nem por que eu tenho que estar no meio disso!

— No meio de quê?

Ele me encarou com uma expressão tensa, o maxilar retesado.

— Damon?

— Inferno... Ele não chegou a tempo para o baile porque estava ferido.

— O quê? Ferido como?

— Não sei, mas foi bastante sério, por isso eu o segui até a casa dele e fiquei lá até de manhã. E, como ele é uma mula teimosa, não tomou o remédio que o médico prescreveu e piorou.

— Ele...

— Está melhor agora. Mas desconfio de que ainda não tenha lido sua carta, Odite. — Damon soltou uma risadinha irônica e balançou a cabeça. — Entende agora a confusão do destino?

— Preciso vê-lo.

— O quê?

Segurei o braço dele e comecei a correr. Como se minha atitude irritasse os céus, uma chuva começou a cair.

— Odite, precisamos...

— Estou cansada de confusões e mal-entendidos! Preciso vê-lo agora! — gritei, puxando Damon para correr também.

Os convidados da rainha se espalharam, buscando proteção da chuva. Vi que papai nos procurava, mas nada me impediria de continuar, e segui correndo para o local em que a carruagem de Damon aguardava.

— Odite!

— Venha! — gritei para meu irmão.

Eu teria uma resposta naquele dia. A chuva podia inundar o mundo se quisesse. Nada me impediria.

Verity

— Você devia ter ido à recepção da rainha — disse ele enquanto eu o ajudava a descer as escadas.

— Pelo que parece fiz muito bem em não ir — respondi, observando a chuva caindo lá fora. — Mas eu teria me divertido muito em ver a cara daquelas damas afrescalhadas correndo para escapar da chuva e lamentando seus *pobres* vestidos.

— Você se tornou uma mocinha cínica demais para a sua idade, sabia? — Ele deu uma risadinha enquanto chegávamos ao pé da escada.

— Qual é a idade apropriada para ser cínica?

— Para uma dama? Quando estiver velha. Trinta anos, pelo menos.

— Para mim, trinta não é tão velha assim. Na verdade acho que é a melhor idade para se casar.

Evander parou e me olhou, horrorizado.

— Por favor, não faça com que eu me preocupe com isso. Ver você bem casada deve ser a mais simples das minhas tarefas, eu imploro.

Tive vontade de revirar os olhos, mas parei assim que Wallace apareceu.

— Vossa Graça, a correspondência se acumulou...

— Não podemos ter um pouco de paz? Ele acabou de se recuperar.

— Não ligue para ela. Onde ela está?

— Em seu escritório, senhor.

— Muito bem — disse Evander, enquanto íamos até lá. — Você deveria descansar. Não estou tão fraco a ponto de precisar que minha irmã leia minhas cartas — disse ele, indo até a mesa e mexendo na correspondência.

— Está bem, vou ver como estão indo as coisas com o almoço e pegar seu remédio — respondi, caminhando para a porta.

Eu mal havia chegado ao corredor quando ouvi a voz dele ribombar como um trovão, me fazendo pular.

— *Wallace, meu cavalo!*

Me virei para ver o que acontecera. Evander não estava mais à mesa e veio em minha direção tão rapidamente que quase me derrubou.

— *Evander!* O que foi?

Ele não pareceu me ver, então agarrei a barra de meu vestido e corri atrás dele.

— *Evander!* — chamei de novo, mas ele já estava correndo em direção à porta.

Quando cheguei à entrada, ele já estava em cima do cavalo, a chuva atingindo seu corpo assim como todo o mundo. Ele nem sequer vestira um casaco!

— Está fora de si? — gritei da porta. — Não vê que está chovendo? Evander! Você ainda está se recuperando!

Ele simplesmente disparou pelos portões o mais rápido que seu cavalo conseguiu, sua figura ficando distante na névoa e na chuva.

Era esse tipo de atitude que me fazia ter certeza de que, se algum dia eu fosse me casar, seria quando Evander já estivesse casado ou morto.

Afrodite

— Que todos fiquem sabendo que você me forçou a abandonar minha esposa e me tornar seu servo! — gritou Damon do lado de fora, a voz lutando contra a chuva.

— Não tem como consertar? — Minha cabeça estava do lado de fora da janela enquanto o condutor e meu irmão tentavam reencaixar a roda da carruagem, que se soltara ao passar por um buraco.

— Claro que tem, Afrodite. Só que não nestas condições! — Damon ergueu as mãos para cima como se quisesse me lembrar que estávamos na beira da estrada. — Não consigo entender por que você não podia esperar!

— Quer por favor parar de gritar comigo...

— Não vou parar! Estou todo molhado, com frio e coberto de lama! — Ele apontou para a sujeira que cobria seu corpo. — Afrodite... Por Deus, o que está fazendo?

Saí da carruagem, meus pés quase escorregando ao afundarem na lama.

— Pegarei um dos cavalos, então.

— Você não vai fazer isso!

— É isso ou caminhar!

— Minha querida irmã, podemos por favor ir para casa? Ele estará lá amanhã...

— Se eu for para casa, mamãe falará comigo, depois papai, depois você ou Hathor, até mesmo Abena! E vocês confundirão meus pensamentos. Preciso ir — falei, embora não fizesse ideia de como soltar o cavalo. — Me ajude com isso, por favor?

— Não ajudo!

— Você precisa mesmo ser tão difícil? Logo agora, Damon?

— Eu, difícil? No momento, Afrodite, você é a rainha de todas as coisas difíceis!

Olhei feio para ele, a água escorrendo do meu cabelo e pingando nos meus olhos. Cansada de suas reclamações, ergui a barra do meu vestido e comecei a caminhar.

— Afrodite!

— Tudo bem se você não tenta compreender a urgência da minha situação. Pode esperar aqui. De qualquer forma, eu teria vindo sozinha mesmo!

— Afrodite?

Eu me virei, pois aquela não era a voz do meu irmão. Como uma figura saída de um mito, ele apareceu em um cavalo preto — encharcado como eu, sem casaco — do outro lado da estrada, respirando com dificuldade.

— Ótimo. E agora aparece a outra pessoa difícil — resmungou Damon.

Eu o ignorei e olhei para Evander.

— Aonde você está indo?

Eu sabia por que estava ali no meio da chuva, mas o que poderia tê-lo feito sair naquelas péssimas condições?

— Te procurar — respondeu ele, sem tirar os olhos de mim.

— Por quê?

— Só agora li sua carta. — Ele se aproximou. — Diga-me que não o aceitou. — Ele soava magoado. — Afrodite, eu imploro, por favor me diga que não o aceitou — sussurrou ele.

— Não aceitei. Eu estaria aqui se tivesse aceitado?

Ele soltou o ar.

— Graças a Deus.

— Por que você está agradecendo a Deus por eu não ter aceitado? — perguntei, juntando minhas mãos frias. — Isso não quer dizer que estou aceitando você.

— Não entendo. Então por que está aqui?

— Para exigir a verdade. — Agora que eu havia começado, não ia voltar atrás. — Você pediu o meu perdão, e uma segunda chance. Não darei nada disso até que me conte toda a verdade, desde o começo. Não posso tomar uma decisão antes disso.

— Afrodite, eu...

— Se você se recusar a explicar, então o assunto está encerrado. Você não terá perdão nem segunda chance. Estou falando sério. — Mordi os lábios para impedir que as lágrimas caíssem. — E então esta será a última vez que nos falaremos.

— Afrodite, eu quero contar, mas temo...

— Esse temor é maior do que o de me perder para sempre?

— Não é — sussurrou ele. — Nada neste mundo é pior do que perdê-la para sempre. Contarei tudo. E, ao contar, oro para que você perceba que eu a amei por toda a minha vida. Quando aprendi o que era o amor, entendi que era você.

Quatro anos.

Esperei por esse momento por quatro anos, e a sensação era a de que enfim eu poderia respirar, que o peso seria tirado de meus ombros e eu renasceria. Eu sentia que poderia voltar a sorrir de verdade.

— Eu...

— Será que vocês podem ter essa conversa dentro de casa? De preferência perto da lareira — disse meu irmão, agora ao meu lado, segurando as rédeas de um dos cavalos da carruagem. — Querem que todos nós peguemos um resfriado?

Naquele momento desejei tê-lo deixado para trás!

12

Afrodite

Eu mal me lembrava daquela casa, já que só a visitara uma vez, quando criança, com meu irmão e minha mãe. Apenas me lembrava de que era uma casa adorável, ainda mais refinada que a nossa, e que não tocara em nada, temendo ser punida, me mantendo sentada ao lado da lareira, onde me mandaram ficar. Meu irmão fora brincar com outro menino. Minha mãe estava no andar superior com a dona da casa, e eu estava entediada. Então fiquei com fome. Pensando que minha mãe havia se esquecido de mim, saí da sala para encontrar ajuda. A fome se tornara tão forte que eu estava quase à beira das lágrimas quando um garoto mais velho apareceu.

— Você está bem? — perguntou.

Eu estava vendo aquele garoto — agora um homem — diante de mim, usando roupas secas, assim como eu, graças à irmã dele, e me olhando com a mesma expressão tímida e preocupada com a qual me olhara anos atrás.

— Você está bem? — perguntou.

— Eu tinha quatro anos quando você me fez essa pergunta nesta mesma casa — respondi, segurando firme o xale ao meu redor.

— Você se lembra? — Ele sorriu. — Foi quando nos encontramos pela primeira vez. Eu conhecia seu irmão, mas não você.

— Fiquei com medo de minha mãe ter se esquecido de mim. Damon estava brincando...

— E você ficou com fome. Então eu te levei à cozinha e não sabia o que oferecer, mas você já foi encontrando a torta de carne de porco dos criados. — Ele deu uma risadinha que me fez sorrir. — Quando vi, você a estava comendo com as mãos.

— E, claro, bem nessa hora mamãe apareceu. — Eu ri, pois me lembrava dela guinchando meu nome, horrorizada. — Depois disso ela me obrigou a passar mais tempo nas aulas de etiqueta.

— Você não se lembra do que aconteceu antes disso?

Hesitei.

— Não.

— Você adoeceu. O cozinheiro ia jogar aquela torta fora, estava estragada. Você passou mal, e minha mãe... — Ele fez uma pausa, engolindo em seco. Me lembrei de que ela havia morrido naquele mesmo ano. Evander tinha apenas dez anos. — Nossas mães ficaram com medo e chamaram o médico. O cozinheiro, Damon e eu fomos muito repreendidos por não tomar conta de você. Minha mãe ficou ainda mais nervosa que a sua, e isso durou dias, mesmo depois que você melhorou.

— Bem, isso explica por que não suporto olhar para torta de carne de porco até hoje.

— Sim, eu sei.

Ficamos nos encarando, até que a porta se abriu e meu irmão entrou na sala, usando roupas que só podiam pertencer a Evander. Ele olhou para nós dois e, sem dizer nada, foi cuidar do fogo.

— Mandei avisar nossos pais. Passaremos a noite aqui — disse ele, jogando mais lenha no fogo.

— Passaremos? — Papai não gostaria disso, mas mamãe, eu tinha certeza, estava sorrindo diante de sua própria lareira.

— A tempestade não passou, e sua carruagem precisa de conserto — disse Evander. — É melhor irem pela manhã.

— Também é melhor que ela se recolha cedo — interrompeu Damon, agora cutucando o fogo, deixando óbvio que era meu acompanhante. Devagar, ele foi para o outro lado da sala para olhar pela janela, nos dando espaço. — Não liguem para mim. Falem o que precisam falar.

— Acho que é melhor você se sentar perto do fogo — sugeriu Evander, percebendo que eu ainda tremia.

Tremendo mais uma vez, fui até a lareira. Em vez de olhar para mim, ele olhava para as chamas. Ficamos em silêncio por pelo menos três minutos, até que ele começou a falar.

— Você sabe o que aconteceu com a minha mãe? — perguntou, por fim.

Assenti. Todos falavam dela, a grande lady Luella Farraday, amada por todos, exceto por seu marido, o duque.

— Seu pai tinha… — me calei, pois não queria magoá-lo.

— Meu pai tinha uma amante — disse ele. — A srta. Datura Topwells. Ele não se casou com ela, pois buscava uma esposa nobre, mas a manteve mesmo assim. Teve um filho com ela, Fitzwilliam. Tudo isso foi mantido em segredo, inclusive de minha mãe. Ela só descobriu a verdade quando eu nasci. Nessa época meu pai permitiu que a srta. Topwells entrasse em Everely. Era mais do que minha mãe podia suportar, mas ela não podia ir embora, pelo meu bem. Eu era o herdeiro e ele queria que eu fosse criado sob sua supervisão… ao lado do outro filho.

— Ele cresceu com você? — Franzi a testa, pois não me lembrava de ter conhecido o irmão dele. — Sei da existência dele, mas nunca o vi.

— Sim, cresceu. Ao menos meu pai tinha o bom senso de evitar desfilar por aí com Fitzwilliam ou a mãe dele. Mas eles estavam muito presentes em nossa vida.

Eu não sabia que poderia ser ainda pior e não queria saber.

— Não vou entediá-la com esse assunto. Apenas explicarei como isso me forçou a quebrar minha promessa com você quatro anos atrás.

Temi a verdade, mas a desejava mais que tudo.

— Apesar de Fitzwilliam ter sido criado com toda a pompa de ser filho de um duque, conforme crescia ele ficava mais frustrado por duas coisas que não recebia: posição e reconhecimento. Isso piorou quando meu pai faleceu e eu herdei tudo. Ele ficou enfurecido. Achava que o direito ao ducado era dele, não meu. Nunca tivemos um bom relacionamento, mas todo o fingimento morreu com meu pai. Ele exigiu parte da propriedade, o que neguei, e eu expulsei ele e sua mãe de Everely. Também enviei nosso irmão mais novo para Eton. Eu havia esperado por esse momento por anos, então não hesitei. Para evitar que Datura vivesse na pobreza, afinal ela ainda era mãe do meu irmão mais novo e fora esposa de um duque, determinei que ela recebesse uma mesada. Até comprei propriedades para ela em Londres, mas deixei claro que não queria vê-los nunca mais, e que não eram bem-vindos em minha casa. Fitzwilliam jurou vingança. Zombei dele. O que ele poderia fazer? Então ele tirou você de mim.

— Me tirou de você? — Franzi a testa. — Como assim? Ninguém fez tal coisa.

— Perdoe-me. Usei as palavras erradas — disse Evander rapidamente. — Eu quis dizer que ele me fez perder a chance de me casar com você.

— Como ele poderia fazer isso? Se não fosse por causa da tal filha do barão…

— Não foi isso! — ele gritou com tanta força que dei um pulinho. De esguelha, vi Damon se mexer.

Evander deu um passo para trás e olhou para o fogo.

— Peço perdão, mas essa conversa… essa mentira me assombra. Não fiz mal àquela garota. Não sei se Fitzwilliam fez de propósito para me arruinar ou se foi apenas uma série de eventos que trabalharam a favor dele e contra mim.

— Não entendo como as ações dele poderiam afetar você a tal ponto.

— Fitzwilliam assumiu minha identidade. — Evander se voltou para o fogo, que lançou um brilho em seus olhos. — Crescemos juntos, então ele conhecia tudo a respeito da propriedade, até a minha assinatura. Meu pai dera a ele um anel com o selo de nossa família. E não tinha como o mundo inteiro conhecer a minha aparência. Ele tomou Emma, dizendo que ela seria sua duquesa. Quando ela engravidou, contou à família que o duque de Everely era o responsável. O pai dela me procurou uma semana antes da sua apresentação à sociedade, exigindo que eu me casasse com ela. Me recusei e contei a ele que era a mais perversa das calúnias. Mas a moça tinha cartas com a minha assinatura, e ele jurou me levar à corte e arruinar meu bom nome.

— Então você foi lá e se casou com ela? Que tolo — comentou Damon num sussurro, agora afastado da janela.

— Claro que não! Implorei à moça que contasse a verdade! — exclamou Evander. — Mas ela estava aterrorizada e se recusou, pois isso a arruinaria ainda mais. Eu disse a eles que iria à corte e provaria que se tratava de uma fraude. O pai dela ficou furioso e exigiu um duelo.

— Por favor, diga que não o feriu. — Damon suspirou pesadamente.

— Não feri. — Evander franziu a testa. — Não disparei a arma. Tentei argumentar, jurei que não havia me aproveitado da filha dele. Mas o tolo atirou em mim mesmo assim.

— Você se feriu? — Endireitei-me na cadeira.

Ele deu um meio sorriso.

— Não, a bala ricocheteou e quem se feriu foi ele. Testemunhas podem atestar isso. Também tenho por escrito. Recusei o duelo e ele se feriu sozinho. Depois que o homem faleceu na manhã seguinte, me dei conta do destino que restara para a moça e sua mãe. Nenhuma delas ia admitir a verdade, principalmente agora que haviam perdido toda a proteção.

— Então você se casou com ela — sussurrei.

— A coisa toda havia se complicado demais, Afrodite — disse ele, balançando a cabeça. — Se viesse à tona, meu nome estaria arruinado e, por consequência, o de minha irmã também, talvez até o seu.

— Você poderia ter lutado! — contestou Damon.

— E quanto tempo isso levaria? — devolveu Evander. — Como isso seria visto? Como seria quando a barriga dela crescesse e ela estivesse nas ruas, sem um lugar para morar? O pai dela tinha mais dívidas do que deveria. A situação era uma desgraça.

— Por que você não nos contou o que estava acontecendo? Nós poderíamos ter te ajudado, não acha? Você pensa que somos tão preocupados com reputações ao ponto de rechaçá-lo? — perguntei.

— Eu me preocupei justamente por sua família se importar demais — disse ele. — Não era a única questão em jogo. Meu irmão estava... *ainda está* solto, tentando usar meu nome. Claro que me cerquei de cuidados, mudei tudo, até mesmo minha assinatura e alguns detalhes de nosso selo. Tenho homens no encalço dele para que pague por seus crimes, mas Fitzwilliam segue enganando a justiça.

— Foi ele que o esfaqueou?

— Esfaqueou? — Olhei do meu irmão para Evander. — Você foi esfaqueado?

Ele assentiu.

— Esse seu irmão não presta — falei.

— Na época, foi demais para mim. Aceitei o caminho mais fácil, me casando com a moça na esperança de fazê-la escrever uma carta de confissão.

— Ela escreveu?

Ele assentiu.

— Quando ela adoeceu, buscou fazer as pazes, mas não pretendo usá-la.

— Por que não?

— Porque a filha dela é inocente — disse ele sem hesitar. — E ela não tem família. Jurei para a mãe dela que protegeria Emeline.

— Então de que adiantou pedir a carta? — questionei.

— Proteção contra a mãe da mulher, que sabia a verdade mas fingiu não saber, forçando a filha a fazer o mesmo. — Evander me olhou nos olhos. — Não havia nada que eu quisesse mais do que me casar com você. Não seria certo que você se juntasse àquele caos.

— De que forma está menos caótico agora? — resmungou Damon, vindo se sentar conosco, esfregando as têmporas como nossa mãe costumava fazer. — Sua esposa está morta, mas seu irmão ainda está por aí e é violento...

— Tenho evidências suficientes contra ele agora, e Fitzwilliam não tem como se proteger. Ele só precisa ser detido. Eu não devia ter tentado fazer isso sozinho, por isso me feri. Eu... só desejo tanto que tudo isso acabe logo que baixei a guarda. Só cometo um erro uma vez, e é por isso que não posso deixá-la partir novamente.

A última parte ele disse me olhando nos olhos.

E algo em mim se abalou.

— Quero descansar — murmurei, me levantando.

— Claro, você pode usar o mesmo quarto em que se trocou. Devo chamar a criada? — Evander já estava indo até a porta.

— Obrigada — falei enquanto saía e descobria que a criada já me esperava.

— Afrodite?

— Sim? — Parei no pé da escada para olhá-lo.

— Por favor, não conte nada disso à minha irmã. Ela não sabe toda a verdade.

Assenti sem dizer nada.

— Precisa de ajuda com algo, milady? — perguntou a criada quando chegamos ao quarto.

— Não. Obrigada.

— Boa noite, milady.

Quando a porta se fechou, caí na cama e cobri o rosto com as mãos, lutando contra as lágrimas.

Aquele sentimento em meu coração... era alívio.

Alívio por enfim saber... que o problema não era eu.

Não tinha sido porque ele não me queria ou não me amava.

Eu não fui uma tola.

13

Evander

Eu não conseguia dormir. Saber que ela estava tão perto e ao mesmo tempo tão longe me assombrava. Eu via o rosto dela toda vez que fechava os olhos e me lembrava do quanto a desejava. Para manter esses pensamentos afastados, fiz o de sempre — fui tomar um ar noturno para espairecer. Como se... como se fôssemos abençoados, dei de cara com ela no fim do corredor. Seu cabelo castanho e cacheado descia pelas costas, cobrindo parte do longo robe escuro que usava. Com os braços cruzados, ela tocava os primeiros degraus com as pontas dos pés, buscando cada um deles com cuidado.

— Afrodite?

Ao som de seu nome, ela se virou tão rapidamente que quase se desiquilibrou. Por reflexo, eu a segurei pelo pulso, seu corpo pressionado contra o meu, e consegui devolver-lhe o equilíbrio. Os olhos dela tinham o ardor e a curiosidade da terra inteira. Seu rosto estava tão próximo do meu que eu podia sentir sua respiração em meus lábios.

— Você está bem? — perguntei.

Ela assentiu, ainda olhando para mim. Inspirou fundo, e senti seus seios contra meu peito, o que me fez querer segurá-la ainda mais perto. Tive que me lembrar de que eu não era uma fera e sim um homem, e que ela era uma dama. Além disso, temi que ela pudesse sentir meu desejo, então desci um degrau.

— Obrigada — disse ela.

— Não seja por isso — respondi, minhas mãos ainda doendo por tê-la tocado. — Você precisa de algo?

— Não, eu... — Ela deixou as palavras morrerem e seu estômago rugiu alto, denunciando-a. Ela arregalou os olhos e rapidamente cruzou os braços na frente da barriga.

Sorri.

— Está com fome?

— Não como desde o café da manhã.

— Bom, precisamos resolver isso. — Quase a toquei, mas já estávamos quebrando todas as regras de decoro. — Venha, veremos o que sobrou na cozinha.

— Espero que não seja torta de carne de porco.

Eu ri.

— Sim, parece um déjà-vu.

— Pensei que me lembrava de onde fica a cozinha, mas me enganei — disse ela, me seguindo.

— Faz muitos anos. Não se culpe — falei, verificando se não havia ninguém no saguão antes de avançarmos.

— Não me culpo. Só estava me perguntando por que nossas famílias não passavam tempo juntas aqui.

— Depois do falecimento de minha mãe, meu pai se recusou a abrir esta casa.

— Por quê? — perguntou ela enquanto entrávamos na cozinha.

Eu não queria contar apenas coisas negativas de minha vida, mas temi que ela percebesse se eu mentisse ou desviasse de assunto.

— Minha mãe morreu nesta casa — falei, conferindo se sobrara comida. — Só tem pão, leite e maçãs. Será suficiente? Caso contrário, posso chamar a cozinheira.

— É muito tarde para chamar a cozinheira. Está ótimo.

Eu me virei para ela, segurando os itens.

— Mas o leite está frio. Você só toma morno.

— Você se lembra?

Sorri, assentindo, pois me lembrava de tudo a respeito dela. Ou, pelo menos, tudo até quatro anos antes.

— Prefiro morno, mas quem necessita de caridade não deve ser exigente, como diz meu pai. — Ela encontrou copos e pratos, organizando a mesa no centro. — Me acompanha?

— Enquanto você permitir, sim — respondi, sentando-me diante dela.

E, enquanto Afrodite me servia um copo de leite antes de se servir, dividia o pão e cortava as maçãs, repartindo-os entre nós, não pude deixar de me perguntar... essa seria nossa vida? Se tivéssemos nos casado quatro anos antes, seríamos assim? Poderíamos ser assim no futuro?

Eu certamente esperava que sim.

— A intensidade do seu olhar está me deixando nervosa — murmurou ela, mordiscando um pedacinho de pão.

— Perdão. — Olhei para a mesa e mastiguei em silêncio.

— E agora a falta do seu olhar está me deixando triste.

— Então me diga o que fazer.

— Não sei. — Ela suspirou, encolhendo-se. — Evander, não sei o que dizer sobre nada. Você me confunde.

— Ótimo.

— Ótimo? — Ela arfou. — Como isso pode ser ótimo?

— Significa que não estou apenas na sua mente, mas também no seu coração.

— Mesmo que de maneira confusa? — pressionou ela.

— É confuso apenas porque você teme ceder? — Observei o rosto dela para ver sua reação.

— Ceder a quê?

— Aos seus sentimentos, é claro.

— Faz quatro anos. Meus sentimentos podem ter mudado.

— Então por que você rejeitou *Tristian Yves?*

— Porque eu... ele é um bom homem e merece uma dama que o ame, e eu não o amo — respondeu ela.

Embora estivesse afirmando que não o amava, ouvi-la dizer que o tinha em tão alta estima me incomodou.

— Esse não é o único motivo, ou você não teria vindo atrás de mim debaixo de chuva.

Afrodite deu uma grande mordida em seu pão, e eu lutei para não rir. Quando éramos mais jovens, as pessoas diziam que era difícil compreender Afrodite, que ela não se comunicava com clareza suficiente, apenas porque ela preferia ficar em silêncio em vez de revelar seus pensamentos mais secretos. E mesmo assim, para mim, o silêncio dela sempre foi tão claro quanto uma fonte de água doce.

— Faz quatro anos. Pode ser que eu não seja mais a garota que você conheceu.

— Sua cor favorita ainda é azul? — perguntei. — E não qualquer azul, mas a cor do céu no mais claro dos dias? Ainda detesta champanhe mas ama vinho do porto? Ainda considera bolo adequado para o jantar? Ainda xinga as pessoas mentalmente quando está com raiva? Seu livro favorito ainda é o do Samuel Richardson, mas ninguém sabe pois você foi proibida de lê-lo, e eu o passei para você? Eles acreditam que você é a maior fã do Shakespeare?

— Sou fã do Shakespeare — disse ela rapidamente.

— Você gosta apenas de O *mercador de Veneza* e dos sonetos dele. Não se importa com as outras obras, mas acha irritante que teatro nenhum as interprete à altura.

— Porque é verdade, com exceção de *Macbeth*! — reclamou ela, mordendo a maçã com raiva. — Acredito que o teatro está deixando muito a desejar, principalmente agora que Sarah Siddons se aposentou.

Contive um sorriso enquanto ela voltava a se comportar de acordo com minhas lembranças.

— Então você está dizendo que ainda é a garota de quem me lembro.

Afrodite percebeu que havia se revelado.

— Está bem, não mudei muito. Mas e você?

— Temo ter mudado imensamente. — Sem ela, sem sua família, que eu um dia considerara minha, eu me tornara frio.

— De que forma?

— Depois de tudo o que aconteceu, confio bem menos. — Desconsiderando a família dela e Verity, eu acreditava que o mundo era o mais cruel dos lugares, cheio de pessoas oportunistas.

— Bem, antes você não confiava nem se abria muito.

— Mas com você sim, não?

— Não. — Afrodite bufou, partindo um pedacinho de pão raivosamente. — Você e eu conversávamos com frequência, mas você nunca me contou sobre sua família ou como se sentia. Eu o conheço, mas não o conheço. Na época me convenci a não pressionar, já que eu seria... casada com você e descobriria mais tarde.

— Eu...

Ouvimos uma movimentação do lado de fora da porta e, imediatamente, Afrodite se escondeu debaixo da mesa, pois se alguém nos visse juntos a tal hora, vestidos como estávamos, ela estaria arruinada. Fui bloquear a porta.

— Quem é?

Wallace apareceu um segundo depois, sério, segurando uma vela e me encarando, confuso.

— Vossa Graça? O que faz aqui? Tenho certeza de que ouvi...

— Eu estava com fome.

— Posso pedir que a cozinheira...

— Não precisa. Já terminei e vou me recolher. Você pode ir.

De repente, um espirro suave soou atrás de mim, e desejei fechar os olhos e abaixar a cabeça.

— Entendo, Vossa Graça, perdoe-me. Boa noite. — Ele assentiu e partiu.

Afrodite se levantou rapidamente e correu até mim.

— Ele me ouviu? E se ele...

— Ele não dirá nada — garanti a ela. Se fosse outra pessoa eu estaria preocupado com a fofoca se espalhando entre os serviçais ao amanhecer. — Mesmo assim você deve voltar aos seus aposentos, pois não sei a que horas os outros serviçais começam a circular pela casa.

Ela assentiu.

— Ou meu irmão.

Isso era bem mais preocupante.

— Fique atrás de mim.

Ela se apressou para ficar atrás de mim, e eu me esforcei para não sorrir enquanto uma lembrança de Afrodite brincando com as irmãs apareceu em minha mente — ela sempre fora a melhor em se esconder.

Me senti infantil correndo e me esgueirando pelos corredores de minha própria casa... mas, ao mesmo tempo, foi divertido, e fazia tanto tempo que eu não me sentia assim que lamentei alcançar a porta do quarto dela.

— Obrigada! — sussurrou Afrodite, entrando rapidamente, mas, antes que pudesse fechar a porta por completo, vi seu rosto pela mais estreita fresta. — Boa noite.

— Boa noite. "Adeus; calca-me a dor com tanto afã que boa--noite eu diria até amanhã" — sussurrei.

Fiquei ali por um momento, tentando conter minha alegria. Se não temesse ser visto, eu poderia ter ficado na porta dela a noite toda.

Tolo. Eu era, era o que ela fazia de mim. Não percebi quando aconteceu. No início ela era apenas a irmã de meu amigo, a filha de minha madrinha. Só percebi que a amava quando a mãe dela escreveu para me informar que havia conversado com meu pai sobre nosso noivado. Afrodite tinha apenas dezesseis anos na época, e eu ainda estava em Cambridge. Foi como se iluminassem uma sala escura. Fiquei tão feliz. E entendi por que eu estivera tão insatisfeito com todos os... encontros que tive antes. Todos eles me faziam sentir cada vez mais vazio. Porque outra pessoa tinha criado raízes em mim. Então respondi à carta de minha madrinha dizendo que seria um prazer, mas apenas se Afrodite estivesse tão animada quanto eu. Até retornar, eu não sabia que ela sentia por mim algo mais que o amor de uma irmã. Ela era tímida demais para admitir.

E foi como se enfim a sorte estivesse ao meu lado. Meu pai aceitaria. Ele se importava apenas consigo, o nome de nossa família e a linhagem. Desde que ela fosse parte da nobreza, serviria. E quando ele morreu, um ano depois, fiquei ainda mais feliz, pois pensei que Afrodite não teria que ver a feiura de minha família. Eu me livraria deles, e recomeçaríamos. Desejei me casar com ela no mesmo instante; no entanto, a mãe dela insistiu que esperássemos até que ela completasse dezoito anos, pelo menos. Como àquela altura faltava apenas um ano, concordei. Eu teria concordado com qualquer coisa para tê-la.

— Hum... por favor...

Bem quando passei pela porta do quarto de minha irmã, eu a ouvi choramingando e chorando.

De novo não.

— Tão escuro...

Bati na porta gentilmente, mas ela não ouviu.

— Verity? — sussurrei, e fui entrando.

Ela estava paralisada na cama. Agarrava os lençóis, o suor brotava de sua testa.

— Verity! — chamei, agarrando-a, tentando despertá-la.

Ela se sentou, arfando.

— Hã...

— Está tudo bem — falei enquanto ela olhava para todos os lados. — Você está bem.

O terror era explícito no olhar dela, e, naquele momento, ela me abraçou com força. Por isso eu jamais os perdoaria. Meu pai, Datura, Fitzwilliam. Nenhum deles. Nunca.

Afrodite

— Tem certeza que não pode ficar mais um pouco? A senhorita nem tomou o café da manhã — disse Verity comigo já à porta. Meu pai enviara uma nova carruagem logo cedo, exigindo meu retorno.

— Meu pai nos espera. — Sorri, olhando para ela com ternura, e ela me abraçou. — Já me comportei de maneira irregular o suficiente. Não posso ficar mais. Não é adequado.

Verity suspirou pesadamente quando o abraço terminou.

— Muito bem, tomaremos muitos cafés da manhã juntas quando a senhorita se casar com meu irmão.

Arregalei os olhos e tentei encontrar palavras.

— E-eu ainda não aceitei... quero dizer, seu irmão não propôs nem...

— Eu não devia escutar as conversas alheias, mas vendo sua reação, assim como o fato de que nossos irmãos estão agora conversando — ela assentiu para onde Damon e Evander estavam na carruagem —, tenho certeza que a senhorita enfim será minha irmã.

— Eu... — A expressão divertida de Verity me fez lembrar do irmão. — Uma dama não deve ser convencida — enfim consegui dizer, e ela fez uma mesura.

— Sim, Vossa Graça.

— Verity!

Ela deu uma risadinha, deu meia-volta e entrou na casa, sem saber o quanto havia me deixado nervosa. Como poderia ser fácil assim? Eu já tinha pensado como ela, e tudo terminara em dor. E se acontecesse outra vez? E se eu fosse, como meu irmão dissera, malfadada?

— Odite, você está pronta? — chamou Damon.

Assenti, abraçando a mim mesma levemente como se para evitar que as emoções escapassem. Na noite anterior, na cozinha, me senti tão feliz e calma com Evander. Toda vez que ele olhava para mim, parecia que tocava minha alma. Quando cheguei à carruagem, ele estendeu a mão, assim como meu irmão, para me ajudar a subir. Segurei a de Evander, e nossos olhares se encontraram por um instante.

— Vou chamá-la para falar com seus pais — disse ele antes que meu irmão e eu pudéssemos nos sentar. — A senhorita me permitirá vê-la?

— Sim — sussurrei.

Com um sorriso, ele assentiu e deu um passo para trás. O cocheiro, inconsciente de meus desejos, pôs a carruagem em movimento, forçando-me a me virar para olhar para Evander.

— Controle suas expectativas, irmã.

A expressão de Damon me preocupou.

— Não espero nada...

— Espera sim. Então lembre-se, nada está resolvido até estar resolvido. Mesmo agora, sabendo a verdade.

Eu não sabia o que dizer, então fiquei em silêncio e me vi, como sempre, pensando e esperando. Esperando para ver meus pais e contar a eles tudo o que descobrira, pensando no que toda aquela informação agora significava para mim — para *nós*. Mas, acima de tudo, me perguntando por que tudo aquilo tivera que acontecer com ele. Evander sofrera por muito tempo e aguentara tudo sozinho. Quão pouco compreendido ele fora.

Estava tão distraída que a viagem de volta para casa foi quase instantânea. Imaginei que naquele horário minha família estaria ainda despertando para o café da manhã. De fato, a casa aparentava estar silenciosa, mas minha mãe já estava de pé e nos esperava na entrada. Ao me ver, sorriu.

— E então? — Ela se apressou em minha direção. — Evander a pediu em casamento?

— Mãe, ainda é cedo...

— Não! Está muito atrasado — irritou-se ela, interrompendo meu irmão e segurando minhas mãos. — Minha querida, me conte tudo. O que aconteceu? O que ele disse?

— Não importa — interrompeu meu pai, descendo as escadas.

Era raro meu pai se irritar comigo. Mesmo quando eu estava errada, ele deixava a disciplina para minha mãe. Dessa forma, eu não estava acostumada com aquela severidade em seu rosto.

— Afrodite, seu comportamento foi inaceitável. Vá para o seu quarto.

— Papai, ouça-me primeiro. Foi tudo um grande mal-entendido...

— Para o quarto — respondeu ele, seriamente.

— Sim, senhor — murmurei.

— E enquanto estiver lá, faça outros planos para o seu futuro — disse ele tão logo comecei a subir as escadas. — Não importa o motivo, não aceitarei o duque.

— Papai!

— Charles! — arfou mamãe.

— Papai, o senhor não sabe o quê...

— Não preciso saber. Agora vá — ordenou ele, tal qual um rei.

Agarrando minhas saias, subi para meu quarto. Minhas irmãs e Hector espiavam pelo corrimão.

— Onde...

— Me deixem em paz! — respondi, passando correndo por eles.

— Você não pode exigir que a deixemos em paz — chamou Hathor, me seguindo. — Onde você esteve a noite inteira? Papai e mamãe não nos contaram, mas papai ficou muito irritado ao receber o recado de Damon. Primeiro pensei que o sr. Yves a tinha feito fugir. Depois percebi que não fazia sentido, e agora mamãe diz algo sobre Evander? Era onde você estava? Você poderia...

Na porta de meu quarto, me virei para encará-la.

— Hathor, vá perguntar a outra pessoa.

— Difícil, já que você é a única que tem as respostas...

Fechei a porta na cara dela. Não tinha tempo para me preocupar com ela. Precisava descobrir o que fazer, principalmente se Evander nos visitasse bem agora que meu pai já tomara sua decisão. Andei de um lado a outro, sentei-me, tornei a me levantar e andar de um lado para o outro até que, por fim, não consegui fazer algo além de ir à janela e esperar a chegada dele.

Toc-toc.

— Hathor, quer me deixar em paz, por favor? — gritei, mas a porta se abriu assim mesmo.

— Sou eu — disse Silva, já entrando, e meus ombros relaxaram. — Vim ver como você está.

— Você é muito gentil. Gentil demais com a pessoa que rouba o seu marido o tempo todo.

Ela deu uma risadinha, aproximando-se.

— Quando me casei com Damon, ele me alertou de que haveria dias em que talvez estivesse mais ocupado com os irmãos do que comigo.

— Jura? — perguntei, abrindo espaço para que ela se sentasse ao meu lado.

Silva assentiu.

— Ele disse que não sabia como, mas que sempre estaria enrolado com uma coisa ou outra por conta de vocês cinco. E que não tinha poder para fazer essa dinâmica parar.

— Ele está certo. — Eu me encolhi. — Perdoe-nos.

— Acho que a dedicação dele à família é louvável. Mostra que ele tem o coração mole, embora não admita.

— É verdade.

Damon era muito teimoso e se achava sempre certo, mas ouvia e permitia que os outros emitissem sua opinião.

— A conversa já terminou.

— Terminou? Então papai sabe a verdade agora?

Ela assentiu e eu franzi a testa.

— Sim, mas não mudou de ideia. Sua mãe foi quem ficou mais aflita por ouvir sobre os problemas de Evander e depois a mais furiosa quando seu pai declarou que, *mesmo assim*, não vai aceitá-lo.

— Por quê? — Meu coração se partiu.

— Não sei — disse Silva, pousando a mão na minha. — Não se desencoraje. Sua mãe lutará essa batalha, desde que você queira. Você quer?

— Ela ainda lutaria, mesmo contra a minha vontade.

— Mas você quer? — repetiu ela.

Meus pensamentos estavam bagunçados. Eu sabia a verdade. Queria não ter que me esconder. Queria que ficássemos naquela cozinha, falando do que quiséssemos sem nos preocupar com os serviçais. Eu queria... saber tantas coisas mais sobre ele.

— Sim. Mesmo depois de todo esse tempo, ainda quero muito.

— Então...

— Afrodite!

Quase pulei de meu assento ao ouvir a voz de minha mãe na porta. Ela entrou de cara fechada, as narinas inchadas e os olhos semicerrados, com uma postura que chocou Silva.

— Sim, mamãe?

— Vá se banhar. As criadas trarão seus mais belos vestidos, e eu pentearei seu cabelo. Depois iremos caminhar no parque. Mais tarde vamos ao Baile Milbourne. Além disso, amanhã teremos outro café da manhã no parque. Todos esses eventos serão na companhia do duque de Everely. Prepare-se, pois você estará muito atarefada!

E assim ela começou a gritar ordens no corredor.

— Eleanor! Bernice! Ingrid! Venham todas! — ordenou com a força e a fúria de uma rainha, e, em um mero segundo, meu quarto abrigava um pequeno exército. — Se seu pai quer ser teimoso, eu serei ainda mais. Esperei vinte e dois anos por este momento e ele se recusa? *Ah, não!* Veremos o que ele fará quando todos a virem com Evander todos os dias e perguntarem a ele quando será o casamento!

Olhei para Silva de esguelha. Vi que ela tentava conter o riso. Minha mãe estava completamente eletrizada.

— Bem, comecemos. Agora! — Ela bateu palmas e as criadas me levaram... e eu fiquei satisfeita por isso.

14

Evander

— Lembro-me de ter recomendado que Vossa Graça repousasse — murmurou o médico enquanto examinava bruscamente o ferimento em meu ombro. — Tem sorte que seu ombro ficará bom, mas quão bem ele ficará depende de Vossa Graça.

Olhei para minha mão, onde ainda podia sentir o toque *dela*.

— Descansarei mais tarde.

— Então será inútil. — Ele pressionou perto de meu ombro com mais força.

Rangi os dentes e o encarei.

— Está me machucando, dr. Darrington.

— É Vossa Graça que está se machucando. Não deve mais fazer esforço — exigiu ele, entregando-me um frasco. — Tome isto por duas noites. Virei vê-lo em três dias. Vossa Graça estará bem o suficiente até lá.

— Você sempre cuida tanto assim de seus pacientes?

— Sim — disse ele, com seriedade.

Percebi que o dr. Darrington, apesar de muito jovem, era sério e habilidoso. Ele tinha sido ainda mais discreto que o prometido. De acordo com Verity, não havia boatos sobre minha doença ou ferimentos.

— Obrigado — falei.

— É o meu trabalho. — Ele limpou as mãos antes de reunir seus equipamentos na maleta preta de couro.

Olhei para o frasco e depois para ele. Não queria falar do assunto com ninguém, mas pensei em Verity e não pude deixar de perguntar.

— Existe remédio para alguém que...

— Sim?

Ele esperou, erguendo a cabeça e me olhando.

— Tem terríveis pesadelos?

— Quão terríveis?

— Às vezes a pessoa não consegue se mexer; em outras, fica banhada em suor e grita. Depende.

O dr. Darrington franziu a testa.

— Se é o caso, devo prescrever outro medicamento ao senhor...

— Não é para mim — falei, e ele me encarou por um longo tempo antes de assentir.

— Então preciso falar com o paciente...

— Posso lhe contar o que acontece, mas o paciente não quer falar do assunto. Outro médico prescreveu algo para ajudar com o sono, mas nem sempre funciona.

Ele fechou a maleta e se ergueu antes de olhar para mim.

— Vossa Graça, não posso prescrever medicamentos cegamente, baseado na *sua* avaliação da questão. Preciso falar com o paciente e ver com meus próprios olhos.

— Nesse caso, você poderia ajudar?

— Não sei. Mas duvido.

— Não está me dando muito conforto nem confiança, doutor — falei.

— Pesadelos têm origem em outras questões. Dito isso, os remédios podem aliviar o medo e a ansiedade do paciente enquanto ele lida com seja lá qual for a questão.

Aquele era o problema. Verity nunca queria falar das coisas com as quais lidara enquanto eu estava fora. Não sei por que acreditei que nosso pai cuidaria dela. Ele nunca cuidara de nossa mãe. Só se importava comigo, que era seu herdeiro. O que era Verity para ele? Eu deveria ter desconfiado disso.

— Vossa Graça...

Toc-toc.

— Entre.

Eu me virei e vi que minha irmã chegava com uma criada que trazia uma bandeja de sopa e pão.

Ela olhou para nós, confusa.

— Já terminaram? Ele está melhor?

— Muito melhor — respondi.

— Um pouco. Não muito — respondeu o dr. Darrington, sério. — Se isso é tudo, devo ir ver meus outros pacientes.

— O senhor não deseja comer? Eu fiz a criada...

— Não, obrigado, milady. Tenham um bom dia. — Ele inclinou a cabeça antes de sair.

— Não sei se gosto dele. — Verity franziu a testa, olhando para a porta. — Não é muito amigável. Vem, exige ver você e então parte rapidamente.

— Ele é um trabalhador, Verity — respondi, vestindo o casaco e indo até o espelho. — Se desperdiçasse tempo conversando com todos, não cuidaria dos pacientes.

— Não somos *todos*. Você é um *duque*. É de se esperar que ele fosse mais...

— Amigável? — repeti a palavra dela enquanto dava o nó em minha gravata.

Ela sorriu e se aproximou.

— Ah, esqueça esse médico. O que aconteceu com Afrodite?

— Como assim? — respondi enquanto ela se inclinava em minha direção com um sorriso amplo e as sobrancelhas erguidas. Tão intrometida. — Nada aconteceu.

— Aconteceu tudo! Ela veio aqui. Vocês conversaram, não foi? Ela passou a noite. E agora você está se vestindo para ir vê-la.

— Como você sabe que vou vê-la?

— Porque você está feliz.

Olhei para Verity e ela ergueu a cabeça, desafiando-me a discordar. Suspirei e assenti.

— Ainda é... incerto.

— Vá esclarecer então.

— É o que estou tentando fazer, mas alguém está me distraindo. — Cutuquei a testa dela para afastá-la.

— Está bem, vou tricotar ou ler ou fazer algo tedioso como todas as damas devem fazer enquanto vocês saem e se divertem muito. Tudo depois de eu ter passado os últimos quatro dias cuidando de sua saúde. É quase como se eu não tivesse saído nesta temporada.

Deus do céu. Será que ela poderia tentar me culpar mais?

— Eu não a levarei à casa deles. É sério, Verity. Mas temos um baile esta noite, e eu a acompanharei.

— Estou cansada de bailes.

— Você ainda não alcançou seu auge e já está entediada? Não é esse o objetivo de sair? O que mais há para esperar?

— Sim, é claro. O que pode haver mais para uma dama além de um baile? — Ela suspirou e começou a se retirar.

— Por que sinto que você está zombando de mim? — falei, mas ela já havia partido. Eu não queria me distrair. Pelo menos não naquele momento. Ainda tinha muito a fazer.

A primeira tarefa da lista era falar com o pai de Afrodite.

Afrodite

Andei de um lado a outro na sala de estar, esforçando-me para não cutucar minhas unhas. Era meio-dia e ele ainda não tinha chegado.

— Você poderia pelo menos fingir não estar tão ansiosa. Se não por seu próprio bem, pelo meu desenho. — Hathor franziu a testa, erguendo um rascunho horrível que fizera de mim.

— É para *isso* ser eu? Seu talento não é a arte?

— Seria, se você parasse um pouco de andar de um lado a outro como um fantasma errante — respondeu ela, rasgando o papel para recomeçar. — Se ele vier, veio. Se não, você só pode culpar a si mesma por confiar nele.

— Hathor!

— O quê? — Ela bufou. — Estou totalmente do lado de papai nesta guerra.

— Você não sabe o que aconteceu com ele.

Ela se virou e me encarou.

— Então me conte.

Abri a boca para começar a contar, mas então dei as costas a ela.

— Onde você quer que eu fique para a sua pintura?

— Não somos irmãs? Por que você não compartilha comigo?

— Por que devo compartilhar com você?

— Para que eu possa escolher um lado de consciência limpa! Mamãe está a favor dele. Papai, não. E Damon parece estar neutro. Preciso saber para poder...

— Desempatar? — Sorri. — Não é preciso, irmã, pois eu já desempatei.

— Então você o aceitou? — perguntou ela.

— Apresse-se, ou não posarei para a sua pintura...

— Ele chegou — disse Devana, perto da janela. Ela estava tão quieta que eu havia me esquecido de que estava ali. — O duque de Everely chegou.

Hathor e eu corremos para a janela. E lá estava ele, usando um casaco verde-escuro e um colete creme. Perfeitamente arrumado e trazendo consigo uma pequena pilha de livros.

— Que maquinador, usando livros para amolecer o papai — murmurou Hathor, quase pressionando o rosto na janela.

— A palavra correta que você está buscando é *esperto* — devolvi, e, quase como se tivesse me ouvido, ele olhou para a janela. Desviei o olhar rapidamente.

Hathor deu uma risadinha.

— Sim, porque ao fazer isso ele decerto não vai achar que você está avidamente olhando pela janela.

Olhei feio para ela.

— Vou bater em você.

— Esse não é o comportamento de uma duquesa. — Ela me mostrou a língua e voltou para a porta.

— Aonde você vai?

— Quero ver ele entrando e a expressão de papai — respondeu ela, e tive vontade de fazer o mesmo, mas não ousei me movimentar, pois não queria me expor. Devana, porém, foi espiar pela porta com ela.

— Ele entrou — sussurrou ela, e olhou para mim, sorrindo. — Agora mamãe está abraçando ele!

— Sim, mas papai está sério — adicionou Hathor. — Acho que ele não está satisfeito.

Eu me levantei, torcendo as mãos, e então tornei a me sentar.

— Papai está levando ele para o escritório — sussurrou a voz gentil de Devana, mas de repente as duas fecharam a porta e correram de volta aos seus lugares.

Só podia significar uma coisa.

— O que eu falei sobre ficarem ouvindo a conversa alheia? — disse minha mãe assim que entrou.

— Que não devemos fazer isso — respondeu Devana.

— Então por que fizeram?

— Mamãe, não ouvimos nada, então foi mais como espiar — disse Hathor enquanto recomeçava a me pintar.

— Isso também é impróprio para uma dama. — Ela bufou, olhando para as meninas com reprovação, para em seguida fincar os olhos castanhos em mim. Fiquei onde estava e ela veio se sentar ao meu lado, pegando minha mão. — Minha querida, você sofreu por muito tempo.

— Ela ainda não terminou de sofrer, e talvez nunca termine, se papai tiver a palavra final — interrompeu Hathor.

Mamãe a encarou.

— Na sua idade, você não acha adequado amadurecer?

— Não, pois tal maturidade seria desperdiçada, já que Odite é o centro das atenções — resmungou ela. — Pelo que sabemos, ela provavelmente vai receber duas propostas nesta primavera. E eu? Alguém percebeu que esta era para ser a minha temporada?

— Como podemos esquecer se você nos lembra todos os dias? — Minha mãe suspirou. — E prometo, querida, quando eu terminar com sua irmã, você terá minha atenção completa, então se prepare. Sua hora está chegando.

Hathor se levantou, abandonando a arte que fazia.

— Terei de ver para crer. Enquanto isso, vou me preparar para o baile.

— Direto para o quarto, Hathor. Se ousar ouvir a conversa ou espiar, você se juntará a Abena — alertou minha mãe.

— Sim, sim. Eu sei, a louça...

— Chega de louça. Ela se acostumou, então agora irá para a cozinha descascar cebolas!

— Mamãe, que crueldade! — arfou Hathor. — As mãos dela federão por dias!

— Sim, que bom que ela não tem que ir a lugar algum. No seu caso, quem dançará com uma dama que cheira a cebola? — Ela ergueu as sobrancelhas.

Hathor arregalou os olhos, e então sorriu.

— Direto para o quarto, pode deixar. Devana, vamos. Você será minha testemunha, pois ela acredita mais em você do que no restante de nós.

Devana segurou a mão dela, e as duas partiram. Minha mãe balançou a cabeça e então voltou a me dar atenção.

— Você é poderosa, mamãe. — Sorri para ela.

— Vocês me treinaram bem. — Ela riu, apertando minhas mãos. — Não se preocupe com seu pai. Vou convencê-lo.

— Por que ele se opõe? — Se meu pai não apoiasse meu noivado com Evander, partiria meu coração; como eu poderia escolher entre meu pai e outra pessoa? — Pensei que ele gostasse de Evander.

— Ele gostava... ele gosta — garantiu ela, inclinando-se para mais perto. — Ele apenas... se preocupa.

— Com o quê?

— Com tudo, mas principalmente com você. — Ela tocou minha bochecha. — Todo mundo sabe que você é a filha favorita.

— Papai diz que não tem favoritos.

— Um *papai* deve dizer isso, ou causaria revolta entre seus filhos.

— Bom, se eu sou a favorita e quero noivar, ele não me concederia o que desejo?

— Amo muito seu pai, e acredito que ele está acima de todos os homens. Mas, no fim das contas, ele ainda é um homem. Ou seja, acredita que vê coisas que as mulheres não veem. — Ela bufou.

— O que papai acha que vê?

Ela abriu a boca e tornou a fechá-la, balançando a cabeça.

— Não se preocupe. Tudo vai ficar bem.

Eu não gostava de quando ela fazia isso, de quando não me dizia a verdade. Sei que fazia isso para me poupar, mas não saber o que eles estavam pensando ou com que estavam preocupados me fazia sentir como uma criança. Como se todos tivessem permissão para ter essas conversas exceto eu, mesmo quando o assunto era meu destino.

— Por conta das terríveis chuvas, não poderemos ir ao parque como planejei. Mas ainda há o baile esta noite. Você estará linda e Evander ficará sem palavras.

— Isso quer dizer que não poderei vê-lo, mesmo ele estando aqui?

— É melhor não provocar mais seu pai — respondeu ela, consertando os cachos sobre meu ombro. — É uma pena, depois de todo esse tempo para prepará-la para o passeio.

Não falei mais nada, e por fim ela foi se sentar à janela. Pareceu que uma eternidade tinha se passado até Evander sair de nossa casa. Assim que o fez, olhou para minha janela. Não desviei o olhar, como fizera antes, então vi seu sorriso fraco. O que significava? Era bom ou ruim? Como fora a conversa com meu pai? Eu não sabia. Ele apenas sorriu e partiu.

Me levantei do banco e corri para a porta, chegando ao corredor bem quando meu pai saía de seu escritório.

— Diga à sua mãe que vou ao clube ver o sir Larson — afirmou ele enquanto o mordomo lhe entregava cartas na porta.

— Papai...

— Diga a ela para não se preocupar. Voltarei antes do baile.

— Papai! — falei com firmeza, fazendo-o olhar para mim.

— Agora não, querida. Preciso ir. — A expressão dele era firme, então assenti, vendo-o partir.

Eu não estava gostando de nada daquilo.

Era minha vida.

E, já que eles não iam permitir que eu participasse da conversa, eu teria que tomar o controle da situação... ou pelo menos tentar. Não queria perder mais chances. Não queria mais esperar que... terceiros decidissem o que achavam ser melhor para mim.

Naquela noite eu não ficaria em silêncio esperando. Eu agiria.

15

Evander

Não havia nada que eu odiasse mais que um baile... bem, não era verdade. Eu odiava mais estar na presença de meu falecido pai, Datura e seu primeiro filho, mas ir a bailes era a segunda coisa que eu mais odiava, pois eram cheios de mães buscando desesperadamente um par para suas filhas. Elas desfilavam as filhas diante de mim, e todas as filhas eram permissivas demais, e supunham que eu fosse tolo o suficiente para cair diante de seu charme e das táticas de fingir desmaios, esbarrar em mim de leve ou deixar cair seus leques ou lenços em minha frente. Até mesmo os pais participavam dos jogos, embora não tão explicitamente. O método deles era categorizar toda essa situação como uma possibilidade de negócios. *Leve minha filha e, em troca, você receberá tal dote ou acesso a tal banco, ou herdará um tanto de terras.* Era bem revoltante vê-los vender suas filhas ou acreditando que eu fosse avarento e covarde o suficiente para aceitar tais ofertas. Bailes não passavam de uma fachada criada com o único propósito de casar, e casar bem.

Mas a sociedade era assim, e tinha de continuar existindo. Portanto, os bailes precisavam continuar e eu precisava desempenhar minha parte. Isso era complicado, porque, quanto a mim, estava ali em busca de um par para minha irmã. Olhei para Verity enquanto ela cantarolava baixinho, vendo as pessoas dançarem.

— Você não quer um parceiro de dança? — perguntei, pois ela já havia recusado dois.

— Não gosto de ninguém aqui — sussurrou ela.

— Como você sabe, se não conversou com ninguém? — questionei.

— Da mesma forma que você sabe que não existe outra pessoa para você além de Afrodite — provocou ela, sorrindo de leve. — Assim como você, quando conhecer meu par, saberei instantaneamente.

Isso não era verdade, embora ela não soubesse, nem pudesse saber, que eu passara algum tempo procurando por mulheres — bem, não tanto procurando, mas conhecendo — antes que minha madrinha enviasse sua carta.

— Nesse ritmo, você não encontrará ninguém nesta temporada. É o que você deseja? — sussurrei. — Se encontrar alguém que lhe chame a atenção, farei o que estiver ao meu alcance para que seja possível para você, Verity, se ele for apropriado, é claro.

— Não vim aqui por minha temporada, mas pela sua — respondeu ela, levando vinho aos lábios.

— Pela minha?

— Certamente você percebeu os meus esforços. — Ela se inclinou para mais perto. — Ouvi dizer que Afrodite retornaria nesta temporada, portanto pressionei para que você viesse imediatamente. Do contrário, estou certa de que você teria se demorado mais.

Eu a encarei, não inteiramente surpreso, pois já vira as táticas dela antes.

— Como você recebeu notícias de Londres enquanto estávamos em Everely?

Verity sorriu e não respondeu.

Ardilosa, de fato.

— Lembre-se de usar essa habilidade quando começar a armar uma cilada para o seu marido.

— Vou me lembrar. — Ela bufou, sem negar o esforço de armar uma cilada por um marido, como pensei que faria. — Embora eu deva confessar que não pensei nisso, pois minha maior preocupação é você.

— Eu? O que quer dizer?

— Me pergunto se você conseguirá me deixar partir. — Ela ergueu a cabeça. — Sempre fomos só nós dois. E, enquanto me preparo para dividi-lo com outra pessoa, você deve fazer o mesmo. Mas não acho que você conseguirá fazer isso tão facilmente. Pode ser que seu coração fique aos pedaços ao me ver partir para longe, onde não estarei sob sua proteção.

Essas palavras já foram suficientes para deixar meu coração aos pedaços. Ela estava certa, e eu não queria me separar dela. Lembrei de minha conversa com o pai de Afrodite. Vi que ele estava dividido, o que atenuou minha frustração ou até mesmo minha tristeza. Assim como os bailes tinham que acontecer, os pais tinham que se separar de suas filhas.

— E agora devo parar de falar, pois seu par chegou. — Verity riu e se afastou de mim.

De imediato, eu me virei para a porta para observar Afrodite da forma como sempre fazia, como se olhasse para o divino. Como era possível que toda cor fosse feita apenas para ela? Que qualquer coisa que parecia ridícula em outra pessoa se tornasse magnífica nela? Entre todas, ela era a joia da coroa — a mais perfeita de todas as joias. Era o rosto dela que, em público, nunca se franzia nem sorria, permanecendo em um estado constante de serenidade. Era o caminhar dela que parecia adequado para as nuvens do paraíso. Sempre que entrava em uma sala, todos os olhares se voltavam para ela, como se não pertencesse a este mundo.

Quando seus lindos olhos castanhos encontraram os meus, sorri, sabendo quão diferentes suas expressões eram de seus pensamentos e comportamento desejado.

Por fora, Afrodite era inocente, dócil e de voz mansa; por dentro era persistente, curiosa em excesso e às vezes implacável, a não ser que fosse forçada a perdoar. Ela era uma infinidade de coisas, mas o mundo só via uma fração disso.

E a parte mais avarenta de mim queria que permanecesse assim, de modo que apenas eu visse a real Afrodite. No entanto, eu suspeitava de que, assim que ela adquirisse a sabedoria que desejava, seria um recomeço para ela. Desejei fazer parte dessa novidade. Por isso, antes que a família dela terminasse de se acomodar, me vi indo em sua direção, e não era o único. *Tristian*. No entanto, cheguei primeiro, e o olhar dela estava grudado em mim.

— Posso ter sua primeira dança, milady? — perguntei, oferecendo a mão.

— Sim — respondeu ela, colocando a mão na minha. Enquanto eu a conduzia, os olhares dos presentes eram bem mais intensos do que imaginei.

— Os boatos serão consideráveis — afirmei.

— Bem como mamãe planejou. — Ela ficou diante de mim enquanto esperávamos a música começar e os outros tomavam suas posições.

— Como assim?

— Ela acredita que os boatos obrigarão papai a... — Ela não terminou a frase. A música começou, assim como nossa dança.

— Obrigarão seu pai *a quê*? — perguntei, fazendo-a girar.

— Concordar com seja lá o que levou você à nossa porta esta manhã — murmurou ela, indo na outra direção.

— E você ficou sentada à janela?

— Sempre me sento à janela — respondeu ela, o rosto diante do meu, erguendo a mão.

Ergui a mão também.

— Tão finamente vestida?

— Sim.

— Que sorte de quem presencia a cena.

— Sim, acredito que sim, e é esse o motivo de eu ficar à janela.

Não consegui conter meu sorriso, que só fez o burburinho ao redor de nós continuar.

— Me lembrarei desse fato quando nos casarmos, e encomendarei cortinas mais grossas.

Ela quase errou o passo.

— Ainda não recebi o pedido, mas, se tivesse, acho que rejeitaria a oferta de um homem que cobrisse as janelas durante o dia para me aprisionar na escuridão.

— Cortinas? Eu disse cortinas? — Eu a encarei, horrorizado. — Jamais. Eu construiria as maiores janelas para que você pudesse ser admirada.

— Se eu *fosse* sua esposa — corrigiu ela. — Mas não sou.

— Quando você *for*, poderá exigir o que quiser de mim — pressionei, indo para trás dela.

— Para tanto, será necessário um pedido.

— Que desejo fazer — sussurrei quando ela ficou diante de mim. — Mas recebi uma condição.

— Uma condição?

Assenti.

— Seu pai não está satisfeito com a minha situação e não me aprovará até que Fitzwilliam seja encontrado.

— O quê? — perguntou ela um pouco alto demais, bem quando a música e nossa dança terminavam. Ela percebeu rapidamente e ajustou sua expressão triste.

Ofereci minha mão e a conduzi para fora da pista de dança.

— É minha intenção pedi-la em casamento — sussurrei, levando-a para mais longe dos ouvidos atentos. — Pois nada neste mundo me faria mais feliz que tê-la como esposa.

Ela franziu a testa.

— Então tudo o que está impedindo é meu pai?

— Não o seu pai. — Eu não queria que ela o culpasse. — É Fitzwilliam. Seu pai se preocupa que, com uma pessoa tão má me ameaçando, você possa se ferir de alguma forma.

— Você não tem tentado capturá-lo todos esses anos?

— Sim, mas...

— Então é possível que leve mais alguns anos?

— Espero que não...

— Mas poderia. E se ele tiver fugido do país após atacá-lo? — pressionou ela.

— Duvido que tenha fugido. — Eu tinha certeza de que ele só se escondera tão bem até aquele momento graças a Datura. A mulher ainda tinha espiões em Everely. Na verdade eu estava convencido de que ele contara a ela que havia me ferido, e por isso ela fora conferir com os próprios olhos.

— "Espero", "duvido" — repetiu Afrodite com tristeza, estendendo as mãos e abaixando a cabeça. — Quem confia seu futuro a tais coisas?

Senti medo com as palavras dela.

— Afrodite, juro, conseguirei isso e então...

— E então me pedirá em casamento? — Ela ergueu o olhar. — Você não acha que já esperei demais?

— Claro, mas...

— Estou cansada de ser forçada a esperar pela vida que quero, Evander. Vou falar com meu pai.

De olhos arregalados, fiquei na frente dela, impedindo-a.

— Você não pode.

— Por que não?

— Porque ele já tomou uma decisão, então você apenas o irritará. Ele me deu uma tarefa, eu a cumprirei e ganharei sua mão.

— Minha mão já é sua, Evander. Sempre foi sua. Por que meu pai deve...

— Ele é seu guardião.

— Sou maior de idade. Ainda mais agora.

A determinação no olhar dela fez meu coração bater mais forte. Mas eu não podia arruinar minha chance sendo impaciente.

— Você pode ser maior de idade, Afrodite, mas ainda está sob os cuidados de seu pai. Quer que eu seja um ladrão ou, pior, um libertino sem respeito pela ordem das coisas? Ele poderia renegar nós dois. Está disposta a abandonar seu dote? Eu decerto cuidaria de você para sempre, mas seu pai poderia recusar-se a vê-la de novo. A aprovação não é apenas uma formalidade, é paz, e eu não suportaria saber que acabei com a paz de sua família.

— Meu pai jamais faria isso. Você sabe que ele é um homem gentil.

— Mesmo assim, não é adequado tirar vantagem da gentileza e do amor que ele sente por você.

Ela se encolheu. Encarando minha mão, inspirou fundo

— Entendo sua preocupação. De verdade. Pensou na minha?

— Sim.

— Está vendo como todos estão nos olhando?

Eu não precisava olhar para saber.

— Da primeira vez, todos riram e zombaram de mim. Eu nem podia respirar na alta sociedade. E agora estamos de volta ao mesmo ponto. Um pequeno atraso irá me insultar mais e deixar dúvidas a seu respeito. Seja o que você tiver de enfrentar, devo enfrentar junto, caso me permita.

Eu não poderia estar mais loucamente apaixonado por ela.

— Amanhã de manhã voltarei a falar com seu pai e a pedirei em casamento.

— Eu vou esperar... como sempre.

Desejei beijar os lábios dela naquele momento. Tive que me contentar em beijar as costas de sua mão.

Em breve, muito em breve, ela seria minha.

Afrodite

Meu pai não falou comigo no caminho para casa, nem com nenhum de nós quando chegamos. Foi para o escritório imediatamente. Enfim fui me deitar, mas não consegui adormecer, pois meu coração ainda estava disparado. No baile, fui fortalecida pela presença de Evander. Será que eu estava pressionando demais? Eu era teimosa demais? Devia simplesmente aceitar o que ele e meu pai tinham combinado?

Passei a noite inquieta e pensando. A sensação foi a de que eu havia fechado os olhos apenas por um instante e a luz do sol já entrava no quarto. Papai sempre acordava bem cedo quando estava preocupado com algo, pois o silêncio da casa lhe dava tempo para ler. Eu sabia disso porque, quando mais nova, costumava me juntar a ele. Levantei-me e vesti meu robe antes de espiar o corredor. Como estava vazio, desci as escadas em silêncio. Fazer isso me fez lembrar de quando estava na casa de Evander, escapulindo juntos da cozinha. Sentada diante dele, eu ousei sonhar que pudéssemos ser assim, sem ter que nos esconder.

Era esse sonho que me encorajava a ir ao escritório de meu pai. Inspirei fundo, ergui a cabeça e bati na porta.

— Sim? — Ouvi a voz dele.

Entrei e o vi ao lado de suas pilhas de livros, já vestido para o dia. Ao me ver, franziu a testa.

— Como você sabia que eu planejava sair cedo hoje? — perguntou.

— Eu não sabia. Mas o senhor sempre se levanta cedo quando está ansioso — respondi, fechando a porta.

— Por que tenho a sensação de que você está prestes a me deixar mais ansioso? — murmurou ele, voltando ao livro.

— Eu vou. — Sorri. — Evander virá me pedir em casamento hoje.

— Falei com Evander ontem.

— Mas o senhor não falou comigo.

— Porque não há nada a falar, minha querida — respondeu ele, voltando à mesa para pegar sua maleta.

— Pelo contrário, papai. É a minha vida.

— E é por isso que estou fazendo tudo o que posso para garantir que seja uma vida boa e segura. Você está envolvida pelos sentimentos e não enxerga — respondeu ele, sério.

— Prefiro ser cega a não sentir nada — argumentei.

Ele riu, balançando a cabeça,

— Afrodite, falaremos disso mais tarde...

— Não. O senhor vai me ignorar e se esconder de mim.

— Está sendo ridícula. Não estou me escondendo de você. Estou nos poupando de conversas que não darão em nada. Não mudarei de ideia...

— Então me casarei sem sua permissão, e meu casamento será o dia mais feliz e mais triste da minha vida.

Ele paralisou, chocado.

— Você... está me ameaçando?

Balancei a cabeça.

— Não, papai. Estou dizendo a verdade. Estou dizendo o que quero.

— E o que você quer não é tão fácil de fazer.

— Mas pode ser. Evander...

— A família de Evander é cheia de problemas. Alguns deles você desconhece ou não entende!

Dei um passo à frente.

— Por toda a minha vida ouvi do senhor, de minha mãe e de minhas babás que devo ficar ao lado de meu marido. Mesmo que a vida dele seja cheia de problemas. Não falavam sério?

— Vejo que todos esses anos que passei tentando educá-la foram desperdiçados. O livro que lhe dei, a história do "pássaro dourado", você não aprendeu sobre os infortúnios que as pessoas passam quando não aceitam conselhos dos mais sábios?

— Aprendi — respondi e, vendo o livro na mesa dele, me aproximei e o peguei para mostrar. — Deste e de todos os livros que o senhor já me deu. Toda história, papai, tem dificuldades. Assim como o senhor não pôde me proteger da primeira vez que meu coração foi magoado, não pode me proteger agora. Não sei o que acontecerá, mas confio que terei uma vida ainda mais feliz. Só peço que o senhor não seja outra dificuldade a superar. Fique do meu lado. Mesmo que pareça arriscado, papai, fique do meu lado e confie em mim.

Ele pegou o livro de mim e o pousou na mesa.

— Agora temo tê-la educado bem demais, pois você é boa em seus argumentos.

Sorri, ousando ter esperanças.

— Então o senhor dará a ele sua bênção?

Ele franziu a testa.

— Você não pode esperar que ele se esforce um pouco mais? Depois do quanto se decepcionou, não acha aconselhável que ele sofra um pouco? Ao menos até o final da temporada?

Balancei a cabeça.

— O senhor não acha que ele sofreu o suficiente? Ao menos uma coisa não pode ser fácil para ele?

— Ele tem um ducado cheio de fortunas e poder por direito de nascença — disse ele, e tive certeza de que vencera.

— E o senhor recebeu seu título, cheio de sua própria fortuna e poder, junto a uma esposa e filhos amorosos, um lar tranquilo... bem, pelo menos às vezes é tranquilo — falei.

Ele riu e veio me abraçar.

— Querida, você preenche meu coração desde que nasceu.

Eu apertei o abraço.

— E ainda o farei, só não tão de perto, quando o senhor o aceitar.

— Ah, está bem! — Ele bufou e suspirou, me soltando. — Mas não diga nada a ele. Eu o farei se humilhar diante de mim ao menos mais uma vez!

— Papai!

Quão abençoada eu era?

16

Afrodite

Havia uma tulipa branca e vermelha à minha espera ao lado do assento da janela. Decerto ele não a havia colocado ali pessoalmente. Eu tinha certeza disso. Mesmo assim, ao vê-la, intacta e esperando por mim, só fiquei mais animada. Minha mãe se sentou em silêncio, como se não tivesse notado. Inspecionei a tulipa com cuidado, tocando as pétalas. Ele já havia me enviado uma tulipa dessas no passado. Na época fiquei tão curiosa que mais tarde pesquisei o significado da flor estranhamente bonita em um livro de botânica. O vermelho expressava amor profundo e o branco simbolizava perdão.

— Por que ele está aqui de novo? — perguntou Hathor, atraindo minha atenção enquanto entrava com nossas irmãs. Olhei pela janela e vi Evander no portão falando com um dos porteiros, que permitiu sua entrada.

— Obviamente ele está aqui por Odite — respondeu Abena, e todas as minhas irmãs se reuniram ao meu redor.

Evander olhou em minha direção, sorrindo. Até deu uma piscadela. Devana e Abena riram.

— Vir aqui dois dias seguidos é um pouco agressivo, não? — perguntou Hathor, sentando-se.

— Acho que você está com ciúme, isso sim. — Abena mostrou a língua, e Hathor olhou feio para ela. — Odite será duquesa, e você será uma solteirona...

Hathor pegou uma almofada e a jogou na cabeça de Abena.

— Hathor! — chamou minha mãe. — Perdeu o juízo?

— Nem um pouco, mamãe. Apenas encontrei um alvo.

— Pois acho que perdeu o juízo, sim! Você é uma jovem dama! Se esqueceu disso? — disse minha mãe, olhando para Abena, que segurava a almofada como se achasse adequado atirá-la de volta. — E você. O que te falei sobre provocar sua irmã?

— Para não fazer isso.

— Então por que continua, querida?

Abena deu de ombros.

— Eu não sabia que falar a verdade era o mesmo que provocar!

— Vou acabar com você, sua danadinha! — gritou Hathor, levantando-se para brigar com Abena, apesar dos avisos de nossa mãe. Antes que a guerra começasse, meu pai entrou no cômodo.

— Sim? — perguntou minha mãe antes que eu o fizesse.

Papai respirou fundo e balançou a cabeça.

— Pensei muito sobre o assunto, mas não posso aceitá-lo.

Foi como se ele tivesse me dado um tapa no rosto. Eu o encarei, atordoada. Minhas palavras tinham sido em vão? Ele não havia prometido?

— Ele está indo embora — disse Hathor.

Eu me virei para vê-lo passar pelo portão sem olhar para trás.

— Papai — arfei, agora me voltando para ele. — O que...

— O que você fez? — gritou minha mãe a plenos pulmões. — Charles! O que você fez? Chame-o agora, ou nunca mais falarei com você! Como você pôde? Eu...

Parei de ouvir enquanto sentia, mais uma vez em minha vida, o mundo desmoronar. Não estava acreditando no que meu pai tinha feito. Antes que eu pudesse dizer alguma coisa, senti um beliscão forte no meu braço. Hathor sorria para mim.

— Ele está no jardim, te esperando — sussurrou ela.

Não entendi até ver a expressão divertida de meu pai enquanto minha mãe o rodeava e praguejava. Quando viu que eu o encarava, ele me deu uma piscadela.

Ah... eles eram terríveis.

— Bem, você vai ou não? — perguntou Hathor.

— Você vai me pagar por isso — sussurrei para ela.

Enquanto minha mãe continuava a gritar, saí correndo da sala, virei à esquerda no corredor e desci as escadas que davam nas portas duplas para os jardins. E lá estava ele, ao lado dos zimbros.

— Você tramou com o meu pai?

Evander se virou para mim, sorrindo.

— Me perdoe. Foi um pedido dele, e achei melhor acatar do que arriscar a oportunidade. Ficou chateada?

— Nem um pouco — menti, colocando minhas mãos nas costas enquanto me aproximava dele. — Eu soube desse joguinho imediatamente.

— Entendo. — Ele olhou para mim com cuidado. — Então não devo esconder essa parte por mais tempo.

Eu me aproximei e ele abriu a boca, mas não disse nada. Apenas riu com suavidade.

— O que é?

— Tudo — respondeu ele, erguendo a cabeça para me olhar. — Estou diante de você, Afrodite, cheio de *tudo*, do medo à esperança, da maior das felicidades e, acima de tudo, do mais profundo amor. Faz muito tempo que eu a amo em um nível e paixão que quase me enlouquece. Vê-la é como ver o sol, e os últimos quatro anos sem você me deixaram em um abismo escuro. Pensei que jamais escaparia dele, e então você voltou para a minha vida. E agora sei que, assim como os pássaros precisam do céu e os peixes da água, eu preciso de você. Não conheço honra maior que ser chamado de seu marido... se você me aceitar. Quer se casar comigo?

Inspirei como quem estivera submersa por um longo tempo e só agora, depois de voltar à superfície, poderia preencher os pulmões com ar. Meus olhos doíam por causa das lágrimas, um sorriso se espalhava em meu rosto, e eu desejava falar, mas o nó em minha garganta não permitia. Só consegui assentir.

— De verdade? — perguntou o tolo homem.

— Sim — a palavra saiu como um gritinho. — Sim, serei sua esposa.

Ele soltou o ar e riu. Tomando minhas mãos nas dele, levou-as aos lábios e as beijou.

— Então vamos enfim nos casar.

— Sim. — Era a única palavra que eu sabia dizer.

Nos encaramos, nossos rostos tão próximos que certamente teríamos nos beijado se não fosse pela risadinha que ouvi atrás de mim.

Eu me virei e vi Devana cobrindo a boca de Abena. Mas Abena se livrou e disse:

— Então está mesmo acontecendo?

— Abena! — falei, séria, olhando feio para ela. Mas Evander riu e ergueu nossas mãos entrelaçadas.

— Sim, está mesmo acontecendo. Tenho sua bênção? — perguntou ele.

— Sim! — Devana assentiu, feliz.

— Se queria nossa bênção, não deveria ter pedido antes? — questionou Abena, cruzando os braços.

— Abena! — repreendi.

— A senhorita está certíssima, milady. — Evander entrou na brincadeira. — Como posso compensar o atraso?

Olhei para ele.

— Evander, você não precisa...

— Você deve deixá-la nos visitar — disse Abena, séria. — Ou eu posso ir visitá-la... muitas vezes.

— Claro! Todas vocês são bem-vindas em Everely, e jamais estaremos longe. Viremos quantas vezes sua irmã desejar.

Abena o observou por um momento e assentiu. Depois olhou para mim e voltou correndo para casa. Devana ficou vendo a garota se afastar, mas em seguida se concentrou em mim.

— Desculpe interromper, mas podemos salvar papai agora?

— Salvar papai de quê?

— De mamãe. Ela ainda está com raiva.

Arregalei os olhos.

— Ele ainda não contou para ela que estava apenas brincando?

Ela fez que não, balançando a cabeça de cachos loiros.

— Seu pai é muito peculiar. — Evander riu. — Devemos ajudá-lo?

— Por favor. — Assenti, totalmente consciente de que ainda estávamos de mãos dadas, porque o toque dele era como fogo morno. Não queimava, mas me fazia sentir um tanto estranha. Embora estivéssemos noivos, segurar as mãos daquela maneira era um tanto ousado. Isso fez os olhos de alguns dos criados que nos viram quase saltarem, enquanto outros sorriram e mais alguns desviaram o olhar rapidamente. Tive certeza de que até a hora do chá a fofoca já teria se espalhado.

No entanto, não consegui dar atenção a mais nada além de minha mãe, irritada, dando ordens.

— Levem todas as minhas coisas para outro quarto! Não falarei com ele! Nem desejo vê-lo, já que ele não se importa nem um pouco com minha...

— Madrinha! — chamou Evander.

— Agora não, Evander. Estou muito irri... — As palavras morreram enquanto ela se virava. Ela pousou os olhos castanhos em nossas mãos e voltou a nos encarar. Nada perguntou. Virou-se para a porta, onde meu pai estava ao lado de Hathor.

— O que você estava dizendo, meu amor? Eu não me importo com o quê? — perguntou meu pai, tentando conter a risada.

— Você. Ah! Mais tarde! — gritou mamãe com ele, e então voltou a atenção para nós. — Digam que estão noivos.

— Sim, mamãe! — falei sorrindo. — Estamos.

— Finalmente! — gritou ela, tal qual uma criança, o que me fez rir. Ela correu para nós e pousou uma mão em nossos braços. — Não se preocupem com nada. Cuidarei de tudo! Vocês estarão casados até o final da semana!

— Da semana? — perguntamos em coro eu, meu pai, Hathor e até mesmo Damon, que havia acabado de entrar com Silva.

— Sim! — Minha mãe olhou para nós, confusa. — Não poderei trabalhar mais rápido que isso. Você precisa de um novo vestido e...

— Uma semana não é cedo demais? — perguntei.

— Não — respondeu ela, instantaneamente.

— É sim, mamãe — disse Hathor. — As pessoas pensarão em algum tipo de escândalo se eles se casarem tão rápido.

— Não me importo — disse ela, e então perguntou a Evander: — Você se importa?

— Nem um pouco. Eu me casaria hoje se pudesse.

— Talvez vocês não se importem, mas precisarão de uma licença especial — relembrou-os papai. — Sei que faz um tempo, querida, mas o anúncio deve ser lido em três domingos consecutivos.

— Então conseguiremos a licença especial. — Minha mãe bufou.

— Mamãe, de verdade, podemos esperar...

Ela olhou para mim, severa.

— Não permitirei que nada interrompa esse casamento *de novo*, pois para mim já se passou tempo demais. Portanto, será feito em uma semana. Entendido, querida?

Que constrangedor.

— Sim, mamãe.

— Então está decidido! Venha, querida! Devemos nos preparar e chamar a modista imediatamente! — Ela me arrancou de Evander e me puxou escada acima. Olhei para ele, pois não havia me despedido e, na verdade, nem desejava. — Vamos. Vamos. Logo ele a terá. Precisamos acertar tudo! Hathor! Venha ajudar sua irmã.

— Com o quê? — perguntou Hathor atrás de mim. — Não sou a modista!

— Hathor! — A voz de minha mãe era séria.

Eu a ouvi resmungar enquanto nos seguia. Olhei para em Evander enquanto pude.

Evander

— Então você venceu — disse Damon, entregando-me uma taça de conhaque.

— Ainda temo a espera. — Sorri, olhando para a bebida. — Acho que não acreditarei até ouvir o anúncio oficial, perante todo o mundo, de que ela é minha esposa.

— Você acha que pode acontecer alguma coisa para desestabilizá-lo outra vez? — perguntou ele.

Não que eu acreditasse nisso, mas temia estar feliz demais.

— Quando temos a vida perturbada, começamos a pensar que ela jamais estará completa outra vez, que um bom momento sempre será seguido por um ruim. Como se fosse uma punição pela ousadia de estar feliz.

— Você não está passando grande confiança, e desejo muito a felicidade da minha irmã — disse ele.

— Eu também. — Assenti. — Garanto que farei todo o possível para que seja assim.

— Ótimo. Agora, como você convenceu meu pai? Ele estava pronto para a batalha. Não ouvia nem a minha mãe.

Dei de ombros, pois sinceramente não sabia.

— Duvido que tenha sido algo que eu disse ou fiz. Acredito que tenha sido a sua irmã.

— Ah, agora faz sentido. — Ele riu, balançando a cabeça.

— Como assim?

— Quando meu pai deseja ser uma montanha, ele é uma montanha. Nem minha mãe ousa desafiá-lo. No entanto, Afrodite é como uma brisa. Ela simplesmente passa direto por ele. É o talento dos favorecidos.

— Então você também não sabe como ela faz isso? — Ri dele.

— Não. Mas será um prazer vê-lo sentir isso na pele, pois acredito que você terá menos sucesso que meu pai em negar algo a ela.

— Talvez você esteja certo. — Eu não conseguia pensar em nada que negaria a ela.

— Permita-me perguntar, então — continuou ele, sério, então lhe dei toda a minha atenção. — O que você fará com a garota que está criando? Minha irmã a criará? Já conversaram sobre esse assunto?

Essa foi uma das questões que o pai dela mencionou como motivo para resistir à nossa união. Já tinha pensado no assunto.

— Emeline está sob os meus cuidados. Ela tem uma babá e em breve terá uma governanta. Afrodite não precisa se envolver se não quiser. A criança terá cuidado feminino de qualquer forma.

— Sua irmã foi criada nos braços de babás e governantas. Acha que isso é aconselhável? A criança não precisa de uma mãe?

Bebi antes de responder.

— Fiz mais por Emeline e pela mãe dela do que qualquer pessoa neste mundo. Pode ser frio da minha parte, que Deus me perdoe, mas não penso muito no assunto. E não ousarei irritar ou perturbar sua irmã por causa de uma criança.

Damon assentiu.

— Compreendo. Eu só o relembrei porque... pensei em Verity.

Eu o encarei, estupefato com a conexão.

— Afrodite jamais machucaria Emeline. Você sabe disso.

— Sei. Eu me referi ao fato de seu pai não se preocupar com ela. Desejo paz ao seu lar, Evander. Mas, assim como o verdadeiro pai dela está contra você, espero que essa menina não se revolte quando você dedicar sua atenção ao futuro com Afrodite.

Quando ele se tornara tão perspicaz?

— Farei o meu melhor para demonstrar gentileza e cuidado com ela.

— Peço perdão por me intrometer em seus assuntos pessoais.

Antes que eu respondesse, soou uma batida na porta.

— Entre.

Afrodite chegou, olhando para nós com curiosidade.

— O jantar está servido. Mamãe pediu que eu os chamasse.

— Na hora certa — disse Damon, saindo.

— Está tudo bem? — perguntou ela.

Eu queria dizer que sim, mas as palavras de Damon não saíam de minha cabeça.

— Ah, não, você está hesitando. O que ele disse?

Sorri diante da expressão dela.

— Damon apenas me lembrou de que devo ser bem mais sincero com você.

— Como assim?

Pousei o copo na mesa e me aproximei dela.

— Contei a você a história toda. Mas acho que não fui claro. Você sabe que cuido da filha de minha falecida esposa como se fosse minha.

Ela assentiu.

— Sim, você disse.

— Afrodite, faço mesmo o meu melhor para cuidar da menina como se fosse minha. Na verdade, ela e o mundo acreditam que sou o pai dela. Eu disse ao seu irmão que espero que você a trate com nada além de cordialidade.

— Você acha que eu não o farei? — Ela franziu a testa.

Estendi a mão para tocar-lhe o ombro, mas vi uma criada se aproximando, espiando, e me contive.

— Por experiência pessoal, acredito que é difícil criar uma criança que não é sua. Só quero que você me informe como gostaria de lidar com a questão. Não ficarei decepcionado. Sei que você é gentil. Apenas desejo garantir que você entre no nosso casamento bem consciente.

— Obrigada, mas não sei exatamente o que seria preciso de mim. Estou pronta para enfrentar a questão com você — respondeu Odite.

— E eu com você. — Peguei a mão dela e a beijei. — Agora vamos jantar antes que as criadas quebrem o pescoço de tanto espiar.

Ela suspirou, balançando a cabeça.

— Agora entendo por que mamãe quer que nos casemos tão rápido.

— Isso a desagrada?

— Claro que não, embora parte de mim se preocupe que minha mãe tenha forçado um pouco — respondeu ela.

— Jamais. Estou eternamente em dívida com ela. Minha mãe me deixou com duas benfeitoras poderosas.

— Duas? — Ela inclinou a cabeça para o lado.

— Fui enviado para buscar o casalzinho — disse Damon, de braços cruzados e testa franzida na porta. — E não gostei, pois não quero ver *fogo* em seus olhos.

Afrodite olhou ao redor.

— Fogo? Mas a lareira não está acesa para reluzir em nossos olhos.

Mordi o lábio para disfarçar meu divertimento, pois ela não percebia que ele não falava de fogo literal, mas sim de desejo. Ah, graças a Deus eu teria de esperar apenas uma semana, pois havia certa perversidade dentro de mim, uma fera que ansiava por retirar toda a inocência dela. Aquilo brilhava tão profundamente que o irmão dela percebeu e ficou desconfortável.

Fiz um esforço para contê-la, pedindo a Deus que aquela semana fosse a mais curta da história da humanidade.

17

Afrodite

Eu sempre soube que minha mãe era uma força a ser reconhecida, mas não sabia que operava milagres. Não faltou quem dissesse que seria impossível fazer o que ela queria em uma semana. A modista disse que não tinha tecido para fazer o vestido, o padeiro disse que não tinha tempo para fazer o bolo. O cozinheiro reclamou, dizendo não ter mãos suficientes para criar o banquete, o decorador disse que não havia tempo para preparar a casa, e, acima de tudo, os convidados disseram que não conseguiriam comparecer tão em cima da hora. Mesmo assim, tudo estava pronto, e a última convidada havia confirmado sua presença — a rainha!

Eu me deitei na cama e fiquei olhando para o vestido, pendurado e pronto para meu casamento pela manhã. Era de um branco belíssimo, com detalhes dourados e prateados. Quanto mais eu o observava, mais hipnotizada ficava com os detalhes.

Toc. Toc.

— Entre — falei, ainda sem conseguir parar de olhar para o vestido.

— Estava dormindo? — perguntou Hathor.

— Não — murmurei. Ela estava de camisola, o cabelo preso na touca. — O que foi?

Ela fechou a porta e se deitou ao meu lado, virando-se algumas vezes até encontrar uma posição confortável e olhar para mim.

— É sua última noite aqui.

Franzi a testa.

— Não é. Prometo que voltarei...

— Mas é sua última noite aqui como lady Afrodite Du Bell. Da próxima vez que você vier, será Vossa Graça, a duquesa de Everely. Será uma mulher casada, e não terei permissão para entrar em seu quarto como fiz agora. Mesmo que o duque não esteja com você.

— Está dizendo que sentirá falta de entrar no meu quarto quanto te der na telha?

— Estou dizendo que sentirei falta... — Ela pensou por um instante. — Sentirei falta de estarmos no mesmo lado da linha. Você a cruzará, será esposa e saberá... seja lá o que as esposas sabem. E eu ainda serei uma criança.

— Você acha que mamãe te deixará em paz? Assim que eu partir, você terá o que sempre sonhou: atenção total. — Para o bem ou para o mal, às vezes. — Você logo se juntará a mim do outro lado, como esposa.

— Hummm. Verdade — murmurou ela, e virou-se para ficar deitada de costas, encarando o teto. — Mas aí pelo que vamos brigar?

Eu ri e também me virei de costas.

— Não sei, mas somos irmãs, então tenho certeza de que encontraremos algo.

— Prometa que tomará cuidado, Odite.

— Com o quê?

— Tudo. Você será a senhora de sua própria casa. Terá um marido para cuidar. Mamãe diz que não é fácil, mesmo que ela faça parecer que é. E também há toda a propriedade para gerenciar. Mamãe diz que é de suma importância entender o funcionamento da casa e garantir o respeito dos serviçais e, ainda mais importante, que gostem de você. Eles já tiveram uma senhora, então podem ficar contra você. Que bom que mamãe permitiu que Eleanor vá te ajudar. Ela é muito diligente, mas apenas uma criada ao seu lado não é suficiente. Uma casa não funciona sem serviçais.

— Eu sei — falei, sorrindo com a preocupação na voz dela.

— Além de tudo isso, há, é claro, os arrendatários. Todos os fazendeiros e os moinhos do duque. Como a nova senhora, terá que fazê-los gostar de você. Mamãe diz que é difícil porque eles acham que somos esnobes. Nas primeiras semanas... não, no primeiro ano, é importante que você esteja ao lado deles nas colheitas boas ou ruins.

— Eu sei.

Mamãe já havia me falado sobre tudo isso, pois estava me preparando para ser a duquesa de Everely desde... desde que eu conseguia me lembrar. Ela não me ensinou a cuidar de *qualquer* propriedade. Me ensinou a comandar Everely. Não me ensinou a lidar com *qualquer* arrendatário. Me ensinou a lidar com os arrendatários de Everely. Talvez fosse esse o motivo de ela querer que eu completasse dezoito anos antes de me casar e ser obrigada a cuidar de uma propriedade tão grande. Mas, na verdade, pensando em toda a minha educação e lições, fora bastante arriscado da parte dela, porque o que aconteceria se eu não me casasse com Evander?

— E o que mais me preocupa — disse Hathor, virando-se para me olhar na escuridão — é a família dele.

— O que você sabe da família dele?

Ela não devia saber de nada. Evander contara a verdade unicamente para meu pai, minha mãe, Damon (por consequência, Silva) e eu.

— Ele já tem uma filha. — Ela franziu a testa com força. — Pensou em como lidará com ela?

Balancei a cabeça.

— Não.

— Você deve pensar nisso agora, Odite. — Alguém poderia pensar, naquele momento, que Hathor era a mais velha entre nós.

— Claro que não é de sua natureza ser cruel. A criança não tem culpa. Você tem o seu nome e é bonita demais, mas ainda assim tem seus sentimentos, não é? Será que ver a criança te deixará magoada?

Para ser sincera, eu não havia pensado no assunto.

— Ficarei bem, tenho certeza.

— Você sabe que essa sua confiança cega é sua característica mais irritante? As coisas não funcionam simplesmente porque você tem certeza.

— Sim, eu sei. — Eu estava me casando quatro anos mais tarde que o planejado, entrando em uma família bem mais complicada que imaginei que fosse. — Sinto muito se é irritante, mas não sei mais o que dizer.

— Eles vão te comer viva. — Hathor suspirou. — Principalmente a madrasta dele, a duquesa-viúva. Mamãe ficou muito insatisfeita por ter que convidá-la para a recepção. Ela acha que a mulher é muito cruel e cheia das piores intenções. E concordo com mamãe, pois quem age como ela, torturando a antiga duquesa, lady Luella, tem muita malícia. Não confie nela de jeito nenhum, pois ela é como a serpente no Jardim do Éden.

— Mais alguma coisa? — Tentei não rir.

— Sim, você...

Toc. Toc.

— Entre — respondeu Hathor, embora aquele fosse o *meu* quarto. Eram Devana e Abena.

Eu me sentei na cama.

— O que vocês estão fazendo?

— Podemos ficar aqui? — perguntou Devana enquanto Abena já subia na cama.

— Claro. — Eu ri, abrindo espaço para que Abena ficasse entre Hathor e eu.

Devana fechou a porta e também se instalou no meio.

— Do que vocês estão falando? — perguntou Abena.

— Um plano para perder você na floresta — murmurou Hathor.

— Já sei como fazer isso. Mas eu deixaria comida para ela. — Eu ri, fazendo todas, menos Abena, darem risadinhas.

— Ou dizer para mamãe que Abena foi quem estragou os sapatos favoritos dela. Ela com certeza fugiria para a floresta por causa disso — disse Devana.

Mesmo no escuro, vi Abena fazer um biquinho.

— Por que estão implicando comigo? — perguntou ela.

Eu a abracei com força.

— Porque você é a menor, e estou brava por você ter provocado Evander hoje.

Hathor riu.

— Não acredito que você zombou do duque.

Abena arfou.

— Não zombei.

— Ela zombou! — confirmou Devana.

— Eu só disse que, se ele continuasse olhando tão intensamente para Odite, tropeçaria e cairia de cara no chão. E ninguém quer se casar com a cara suja de lama.

— Isso é provocar — dissemos a ela.

Ela cruzou os braços enquanto ríamos.

— Todo mundo diz que estou provocando, mas só estou falando — resmungou.

Eu entendia como ela se sentia.

— Fale menos, então — sugeriu Hathor.

— Não quero. Gosto de falar.

— Jura? — respondemos em uníssono mais uma vez, o que nos fez dar risada.

Estávamos as quatro juntas na cama, comigo quase caindo pela lateral, mas não importava. Hathor estava certa. Era a última vez que ficaríamos daquele jeito... as garotas Du Bell. Logo cada um teria sua própria casa, a própria família, seríamos mães. Era surreal pensar nisso, e eu já estava quase lá.

Conversamos noite adentro. Quando senti que havia acabado de fechar os olhos, ouvi uma voz tenebrosa.

— O que é isto?

— Humm...?

— Não — choramingou Abena, virando-se para longe da luz e chutando a lateral do meu corpo.

— Ai! — Rolei.

— Hathor, Devana, Abena, levantem-se agora! — A voz de minha mãe era como um trovão. — Eu a mandei para a cama cedo para que ela pudesse estar descansada esta manhã, e vocês ficaram todas aqui brincando!

— Mamãe, estou bem...

— Quieta! — Ela apontou para mim e deu um tapa no traseiro de Abena. — Vamos lá, mocinha, levante-se!

— Mamãe, estou cansada...

— Então vá para o seu quarto. — Ela se inclinou e falou diretamente no ouvido de Abena. — *Agora!*

Abena se sentou, tampando os ouvidos.

— Mamãe!

— Vá. Sua irmã tem muito o que fazer. Não deixarei que logo hoje você me distraía.

Resmungando, Abena desceu da cama. Minha mãe dirigiu o olhar para mim.

Sorri para ela.

— Bom dia.

Ela balançou a cabeça.

— Você devia tê-las expulsado. Olhe só para você, está tão cansada!

Esfreguei os olhos.

— Mamãe, foi nossa última vez juntas. Estou bem. Eu... — Não tinha palavras para explicar como eu estava. Já era de manhã. Era o dia do meu casamento, e olhei para o vestido que me esperava.

— E o nervosismo do dia do casamento chegou — disse ela. — Entendeu por que precisava descansar? O nervosismo consome muita energia, e hoje você vai precisar dela. Vamos. Um banho vai ajudar.

Eu me entreguei a ela de olhos fechados porque era o dia do meu casamento, e, embora tenha dito que estava bem, uma partezinha não estava nada bem. Voltei-me para minha mãe.

— Tudo sairá como eu desejo? — perguntei.

— Sim — respondeu ela, sem hesitar.

— Como você tem certeza? Da última vez...

Ela segurou meu rosto com ambas as mãos.

— Porque eu desejei que assim fosse. Hoje será tudo o que você sonhou, e à noite... — Ela fez uma pausa, abaixando as mãos. — Esta noite, você se tornará uma esposa.

— O que isso quer dizer exatamente? — Seria como o que vi no arbusto? Ia doer? — Mamãe...

— Explicarei antes que você parta com ele esta noite. Agora venha, vamos torná-la uma noiva à altura de seu nome.

Nervosismo. De repente, esse sentimento engoliu todo o meu ser. Tudo o que eu queria — tudo de que eu precisava — era que o dia saísse como planejado.

Por favor.

Evander

De manhã, quando acordei, fiquei na cama por mais dez minutos. Eu não havia dormido mais que três ou quatro horas porque estava ansioso demais. Até rezei. De verdade, rezei.

Cheguei mais cedo à igreja e rezei outra vez.

Estava apenas com minha irmã, e ela não disse nada, sentada quieta no banco. Damon chegou com Silva meia hora mais tarde; ainda uma hora antes do casamento. O rosto dele estava cheio de raiva.

— Está tudo bem? — perguntei, levantando-me de um pulo.

— Você é o mais irritante dos homens! — gritou comigo. A esposa dele agarrou-lhe o braço, puxando-o para trás.

— O quê...?

— Perdoe Damon! Chegaram boatos de que Vossa Graça havia deixado Londres esta manhã. Todos ficaram preocupados, e ele foi até a sua casa para procurá-lo. Lá disseram que Vossa Graça já havia partido, mas não explicaram para onde, então ele entrou em pânico.

— Não entrei em pânico — mentiu Damon, e então olhou para mim. — Por que você chegou tão cedo?

— Não consegui esperar — respondi, sincero.

— Ele está tão ansioso que nem posso ficar com raiva dele — resmungou Damon para a esposa.

— Voltarei e informarei para que todos se acalmem — disse ela.

— Vou com você — adicionou Verity, levantando-se e enlaçando o braço no dela.

Eu as observei partir antes de olhar para Damon, que se aproximava. Ele se sentou no banco e espanou o chapéu.

— Estou exausto, e ainda é de manhã.

— Afrodite também acreditou que eu havia partido? — perguntei.

— Você poderia culpá-la por acreditar?

Não.

— Meus serviçais, aqui pelo menos, sabem ser discretos. É por isso que eles não foram contundentes, embora eu tenha deixado claro que estava indo para a igreja. Perdoe-os. Perdoe-me. Eu deveria ter mandado um recado.

Embora eu não soubesse como poderia dizer a eles que não consegui ficar em casa por medo de que tudo não passasse de um sonho.

— Todos estão à flor da pele. Não precisa se desculpar — respondeu ele.

— Sim. — Assenti, recostando-me e inspirando.

Não havia nada a dizer. Não havia mais nada a fazer, então ficamos ali, esperando até que todos enfim chegassem. Até que ouvimos a porta se abrindo, a conversa das irmãs mais novas. Todas vestiam cores de primavera, e Hathor me olhou de cima a baixo. Devana apenas sorriu gentilmente, mas Abena acenou para mim, e eu acenei de volta. Hector, o irmão mais novo, estendeu a mão para mim.

Damon riu, mas eu levei o menino a sério e apertei-lhe a mão.

— Cuide de minha irmã — disse Hector.

— Sempre. — Assenti para ele.

— Eu estava esperando para dizer isso depois do casamento — murmurou Damon.

— Nunca espere para dizer o que deseja. Aprendi isso faz muito tempo — respondi, indo até o meu lugar enquanto os clérigos entravam.

Assenti para ambos. Eles pareciam bastante entediados, mas assentiram de volta — o que na verdade foi reconfortante. Para eles, era como um dia qualquer. Quando minha irmã e Silva chegaram com a mãe de Afrodite, que entrou com o maior dos sorrisos no rosto, eu sabia que havíamos conseguido.

Então, nem cinco minutos mais tarde, a música começou e a porta se abriu pela última vez. Afrodite entrou de braço dado com o pai, segurando um buquê de tulipas vermelhas, e roubou minha alma. Eu não conseguia parar de olhar para ela.

Meu coração martelou tão alto, e minha mente estava tão focada, que não ouvi a voz do pai dela quando eles se aproximaram de mim, trazendo-a. Só olhei para ele quando ela fez o mesmo. Ele apenas deu uma risadinha e beijou a bochecha da filha antes de se afastar.

O padre falou e falou com palavras abençoadas, mas ela e eu só nos importávamos com uma parte, as poucas palavras finais.

— Lorde Evander Eagleman, você aceita lady Afrodite Du Bell como sua legítima esposa? Promete amá-la e respeitá-la deste dia em diante, na alegria e na tristeza, na saúde e na doença, até que a morte os separe, de acordo com a comunhão sagrada de Deus?

— Aceito — respondi.

Ela ouviu a mesma pergunta.

Seus olhos brilhavam quando ela sussurrou:

— Aceito.

— Então, pelo poder a mim conferido, eu declaro os votos de casamento selados, e que de agora em diante vocês sejam conhecidos por todos como esposa e marido. Você já pode beijar a noiva.

Finalmente, pensei. Com uma mão na nuca e outra na cintura dela, eu a trouxe para perto. Beijá-la... foi um sonho antigo sendo realizado.

Finalmente.

PARTE DOIS

18

Afrodite

Meus lábios ainda formigavam. Já fazia certo tempo que tínhamos nos beijado na igreja, mas eu só conseguia me concentrar na sensação dos lábios dele nos meus. Depois da cerimônia, não podíamos conversar, pelo menos não livremente, já que devíamos dar atenção aos convidados que foram ver com os próprios olhos que éramos, de fato, marido e mulher.

Marido e mulher.

Olhei para Evander ao meu lado, meu dedão brincando com a aliança de ouro no meu dedo. Ele era meu marido. Eu podia ficar ao lado dele em público, podíamos dar as mãos e falar e rir sem ninguém julgar quão próximos ou distantes estávamos.

Devo tê-lo encarado por tempo demais, porque ele olhou para mim, erguendo as sobrancelhas. No entanto, antes que ele pudesse dizer alguma coisa, olhei para a multidão de pessoas na minha casa — quer dizer, na casa dos meus pais — que estavam ali para nos celebrar. Exceto por Datura, a madrasta de Evander. Quando ela se aproximou, percebi que ele ficou tenso, fechando a mão, então fiz o que agora me era permitido. Pousei a mão na dele, o que o fez segurar a minha.

— Bem-vinda à família, querida — disse Datura, com um sorriso gentil. — Já não era sem tempo, mas tudo acontece por um motivo.

— Sim, e tenha certeza que *jamais* esquecerei o motivo — sussurrou Evander para ela.

Datura o ignorou.

— Querida, caso você tenha alguma pergunta sobre Everely, estou aqui para ajudar como puder.

— Obrigada — respondi. Quando vi que Evander estava prestes a falar de novo, adicionei: — No entanto, acredito que o problema já esteja resolvido quando a carta chegar a você.

— Ah, querida, não acha que ficarei em Londres, acha? — perguntou ela.

— Onde mais você estará senão em Londres, Datura? — devolveu Evander.

— Em casa, é claro — afirmou ela, e a doçura em suas palavras me fez desconfiar. — Everely é minha casa.

— Deixei claro...

— Sim, sim, eu sei. Você não deixará que eu fique na propriedade. Não importa, consegui uma propriedade para mim não muito longe. Nasci em Everely, então ficarei lá até morrer. Além disso, gostaria de ver seu irmão Gabrien com frequência, e ele não gosta de Londres.

Evander bufou. Tive esperança de que a conversa parecesse cordial aos olhos alheios, já que ela sorria e ele se esforçava para permanecer calmo. Mas ali, perto deles, dava para sentir... o ódio.

— Quero parabenizar lady *Everely*, mas parece que minha presença está sendo ignorada.

Percebi então que a rainha, sim, *a rainha*, se aproximava, usando seu tom de vermelho favorito, segurando o cetro de ouro. Imediatamente, fiz uma mesura baixa. Datura desapareceu.

— Majestade — falei, assim como Evander, antes de me erguer devagar para olhar para ela.

A rainha inclinou a cabeça de lado, e eu permaneci calma, sem dizer outra palavra antes que ela falasse comigo. No entanto, ela olhava para Evander.

— Sua mãe não era de chorar — disse de repente, e as palavras me deixaram ansiosas por ele. — Não importa quem ou o que enfrentasse, nem uma lágrima caía de seus lindos olhos. Hoje, no entanto, acredito que ela choraria de alegria ao ver quão afortunado você é, duque.

— Sim, também acredito, Majestade.

— Confio que você será mais sábio que o antigo duque e manterá os arruaceiros longe daqui — murmurou ela antes de se voltar para mim. — Parabéns, lady Everely, embora eu tema que seu trabalho esteja apenas começando, pois a última pessoa com esse grande título deixou muito a desejar. Faça todos se lembrarem do que nos distingue.

Fiz outra mesura.

— Sim, Majestade.

Ela deu meia-volta, assim como a pequena e pessoal esfera de damas que a acompanhava. Apenas quando ouvi seu cetro batendo no chão enquanto ela se afastava endireitei o corpo, ainda um tanto confusa. Lembrar a todos o que exatamente? Eu havia respondido que sim porque o que mais se pode dizer à rainha além de *obrigada* e *sim?*

— Me pergunto se este era o melhor momento para tal conselho — sussurrou Evander, sorrindo ao olhar para mim. — Desejo que Everely seja seu refúgio, para que faça o que quiser sem se preocupar.

Lá estava de novo, aquela adrenalina, aquela sensação na garganta, descendo pelo meu corpo, confundindo meus pensamentos e emoções. Eu estava tão feliz que queria sorrir, rir e dançar até o fim dos tempos. Queria cantar e também queria que o tempo parasse e que ficássemos apenas naquele momento. Ele estendeu a mão para tirar um cacho da frente do meu rosto e eu quis beijar-

-lhe a mão ou, melhor ainda, que ele me beijasse outra vez como fizera na igreja.

Era tudo tão esplêndido.

— Posso roubar minha filha uma última vez?

Mamãe sorria para nós, embora seus olhos castanhos brilhassem com... lágrimas. Mamãe jamais chorava.

— Sim, é claro — respondeu Evander, soltando minha mão.

Minha mãe enlaçou o braço no meu e me conduziu para longe.

— Mamãe, está chorando? — perguntei.

— Claro que não. Senhoras casadas não choram em público. É criancice. — Ela bufou e ergueu a cabeça. — E você não é mais uma criança.

— Casada ou não, sempre serei sua criança, mamãe.

Evander

O motivo de lady Monthermer ter levado Afrodite para longe era bem óbvio, ainda que fosse tradição. Mesmo assim, não pude deixar de imaginar o que ela dissera, porque, quando Afrodite retornou, seu rosto estava... perplexo e ligeiramente alarmado. Ela parecia realmente perdida. Tanto que ficou quieta pelo restante da noite. Só quando o último convidado partiu e começamos a nos despedir da família dela e de Verity, que decidiu permanecer com eles até o final da temporada, Afrodite falou.

— Abena? — chamou a irmã mais nova, abrindo os braços. Abena nunca conseguia segurar a língua, mas naquele momento estava ao lado do pai, os olhos avermelhados e a boca fazendo biquinho. — Você não vai se despedir de mim?

A menininha abaixou o olhar.

— Tchau.

— Você se despediu, mas não desejou o melhor para mim. Exijo um abraço — disse Afrodite. Mesmo assim, Abena se recusou.

Então, Hathor e Devana agarraram os braços dela e lhe deram um empurrãozinho à frente. As três irmãs se jogaram contra minha esposa. Dei um passo à frente para pegá-la caso caísse, pois ela cambaleou um pouco com o impacto. Ficou firme, e elas se abraçaram com força.

— Você tem que escrever para a gente! — declarou Hathor.

— Mulheres casadas não têm muito tempo para escrever, Hathor — disse a mãe delas.

— Encontrarei tempo — disse Afrodite, rindo.

— Podemos ir te visitar? — questionou Devana.

— E mulheres casadas não têm tempo para entreter suas irmãzinhas — adicionou a mãe delas, balançando a cabeça.

— Encontrarei tempo — respondeu Afrodite.

Hathor e Devana a soltaram, mas Abena continuou abraçando-a firme. Afrodite se inclinou para apertar as bochechas da irmã.

Elas se abraçaram mais uma vez, então Hector deu um passo à frente e a abraçou.

— Papai diz que ser feliz é o mais importante — disse ele —, então seja feliz.

— Prometo que serei.

Ele olhou para mim, me encarando, e, devo dizer, para um garoto tão jovem, ele sabia fazer um olhar bem maléfico.

— Faça ela feliz.

— Será o trabalho de minha vida.

Eu a observei se despedir dos pais. Estivera tão concentrado na pequena Abena que não havia percebido o outro rosto avermelhado ali — o de lorde Monthermer. Ele ficara engolindo em seco e assentindo consigo mesmo, arregalando os olhos e segurando as próprias lágrimas antes de abraçá-la. Não sei o que ele sussurrou no ouvido dela, mas sei que a fez sorrir. Os dois compartilharam uma risadinha antes que ela desse um passo para trás. Olhei para minha irmã.

— Você não vai chorar e me abraçar? — perguntei.

— Por quê? Eu o verei em três semanas, no máximo um mês — disse ela, sem se preocupar.

— Não dê trabalho a eles, Verity — aconselhei, olhando para ela com seriedade. Na verdade eu estava preocupado com sua saúde e com o fato de outras pessoas saberem de sua condição, mas ela estava tomando os remédios prescritos pelo dr. Cunningham. — Obrigado por tomar conta dela — falei para minha madrinha, que assentiu e parecia estar contendo as próprias emoções também.

— Vocês devem ir agora — disse o pai dela.

— Certo — respondi, esperando por Afrodite. Ela se aproximou, eu a ajudei a entrar na carruagem e entrei também.

Ela olhou mais uma vez para a família, acenando enquanto eles acenavam de volta. Seus olhos só marejaram de lágrimas quando eles estavam longe demais para vê-la na escuridão. Ao ver uma lágrima escapar, eu a limpei com o dedão. Alarmada pelo meu toque, ela olhou para mim.

— Perdoe-me, não estou triste... estou apenas...

— Triste — respondi ao ver que ela não parecia ter a palavra.

— Estou feliz. É só... as duas coisas.

— Entendo — sussurrei. — Quando eles voltarem a Belclere Castle, nós os convidaremos para uma visita, ou podemos ir até eles, se você preferir.

— Obrigada. — Afrodite sorriu.

Como era possível que o sorriso de uma mulher comandasse todos os meus pensamentos, toda a minha vida?

— Vamos para Everely agora? — perguntou ela.

— Iremos, mas não imediatamente. Gostaria de passar algum tempo mostrando a você um pouco das outras cidades, já que sei que você gosta da sua liberdade.

— Isso parece agradável... E esta noite? — perguntou ela, suavemente.

— Esta noite ficaremos na minha, *na nossa* casa aqui — respondi. Perguntei-me outra vez o que disseram que ela devia esperar da noite de núpcias.

A viagem de volta à casa foi silenciosa, e, quanto mais nos aproximávamos do destino, mais ansioso fui ficando. Foi como se a fera em mim estivesse à mesa, batendo o punho, exigindo comer, e diante dela houvesse um banquete. Eu tinha fome dela, ansiava por ela, e, agora que a tinha, temia que a fome fosse tão séria que me fizesse esquecer de mim e, ainda mais importante, me esquecesse quão delicada ela era nessa questão.

— Bem-vinda ao lar, Vossa Graça — disse o lacaio ao abrir a porta da carruagem.

Estendi a mão para Afrodite e ela desembarcou, olhando para a casa como se nunca a tivesse visto antes.

— Vossa Graça — disse o lacaio para ela, que o encarou por um momento mais antes de assentir.

— Vamos — sussurrei, conduzindo-a para dentro, onde a criada já esperava. — Sua criada foi direto para Everely, então garanti que alguém estivesse aqui para cuidar de você esta noite.

— Obrigada — disse ela.

— Por aqui, Vossa Graça — disse a criada, conduzindo-a para a escadaria.

Como eu não a segui, Afrodite parou e olhou para mim.

— Você não vem?

— Vou. Preciso conferir algumas questões para nossa viagem amanhã — menti, pois tudo já estava confirmado. Não havia nada a fazer, mas desejei dar a ela um momento. — Não vou demorar.

Entrando em meu escritório, sentei-me e fechei os olhos. Desejei tomar conhaque, mas não o fiz, pois precisava me manter sóbrio. A espera era torturante.

Depois do que esperei ser tempo suficiente, enfim me levantei e fui até a porta do quarto. Ao abri-la, vi a criada que subira com Afrodite descendo.

— Deixou sua senhora? — perguntei.

— Ela me dispensou, Vossa Graça.

Olhei para a escada.

— Ela já está pronta para dormir, então. — Eu não estava perguntando, e sim afirmando para mim mesmo.

— Sim, Vossa Graça.

Caminhei devagar, ansioso novamente. Quando cheguei à porta, não sabia se seria melhor bater ou não, mas resolvi ser cauteloso.

— Entre.

Não tinha certeza do que esperava, mas com certeza não era vê-la na espreguiçadeira, lendo, usando o mesmo vestido, exceto que o cabelo cacheado estava solto e os pés descalços. Ela se levantou, deixando o livro de lado.

— Você não se trocou? — perguntei.

— Devo?

— Não está desconfortável?

Ela balançou a cabeça.

— Não.

O que eu deveria dizer?

— Muito bem. — Apenas assenti, indo para minha mesinha de cabeceira e tirando a gravata. Ficamos em silêncio e tudo estava muito... tenso. Eu não sabia como quebrar o gelo.

— Devo me despir?

— Deve?

Afrodite assentiu.

— Mamãe disse que... você... você pode...

— Posso o quê?

— Querer me despir? — disse ela, apressada.

Tentei não sorrir muito.

— Não sou contra, mas não acho que seja a atitude mais comum.

— Então o que devo fazer? — Ela suspirou, deixando cair os ombros.

Com isso, ri com vontade.

— O que você deseja fazer?

— Não sei. Por isso estou perguntando!

Larguei a gravata atrás de mim e me apoiei na mesinha, cruzando os braços.

— O que sua *mamãe* te disse?

— Nada que faça sentido — resmungou ela.

— Por quê?

— Devo repetir?

— Divirta-me, por favor. Quero saber por que você parecia tão assustada depois que falou com sua mãe.

— Mamãe... disse... que dói... e que eu sangraria. — Ela apertava as mãos. — E não fez sentido para mim, porque vi aquela moça no arbusto e ela não parecia estar machucada ou sangrando.

Segurei o riso, olhando para minhas botas.

— Você está rindo de mim.

— Não estou!

— Pode até ser, mas está com vontade.

Olhei para ela, assentindo.

— Um pouquinho.

— Não ria. É injusto. Não é culpa minha se sou ignorante nesse assunto! — irritou-se ela. — Toda vez que tentei saber, disseram que meu marido me explicaria e que eu saberia depois de casada. Bem, aqui estou, casada, e aí está você, meu marido. Então explique.

— Muito bem. — Sentei-me ao lado dela. — Sua mãe está certa. Pode doer e pode ser que você sangre um pouco, mas apenas na primeira vez. A mulher que vimos no arbusto provavelmente já havia passado dessa fase.

— Então esta noite vai doer?

— Apenas por um momento, e então, com sorte, será uma experiência prazerosa para nós dois. — Toquei a bochecha dela antes de me inclinar à frente e beijar sua bochecha. — Sempre cuidarei de você; confie em mim.

— Confio — disse ela, sorrindo.

Eu assenti e me levantei, conduzindo-a até o espelho. Só então afastei o cabelo dela e beijei seu pescoço. Ela fechou os olhos, então toquei a parte superior de seu vestido e fui puxando as mangas devagar. Pouco antes que caísse, ela o segurou abaixo dos seios, os olhos encontrando os meus no espelho.

— Confie em mim — repeti.

Afrodite assentiu, permitindo que eu a ajudasse a se livrar do vestido. Então, desfiz os laços de suas roupas íntimas, um a um, até que ela ficou diante de mim como Vênus. Ela inspirou, nervosa, sem olhar para mim pelo espelho.

— Agradeço a Deus por permitir que eu tenha essa visão — sussurrei no ouvido dela. — Juro que a adorarei pelo resto da minha vida.

Fui para a frente dela, ergui sua cabeça, abracei-a e beijei-lhe os lábios.

19

Afrodite

O beijo foi diferente daquele na igreja. Muito diferente, pois a língua dele estava na minha boca e ele me abraçava com força. A sensação das mãos dele diretamente na minha pele queimava. Senti que mal podia respirar, como se ele roubasse todo o ar de meus pulmões. Quando nossos lábios se separaram, cambaleei e apoiei meu corpo no dele, respirando com dificuldade. Ele umedeceu os lábios, respirando pelo nariz por um momento antes de se inclinar um pouco à frente e, quando me dei conta, me carregava. Foi uma curta caminhada até a cama, onde ele me deitou com gentileza, e eu o observei tirar o colete e a camisa até que estivesse diante de mim apenas de calças. Quando ele subiu na cama, engoli em seco e congelei.

Ele sorriu, tocando meu rosto.

— Confie em mim — sussurrou outra vez.

— Confio — repeti.

Pensei que ele fosse me beijar na boca mais uma vez, mas ele pousou os lábios no meu pescoço. Fechei os olhos, minha boca se abrindo enquanto eu me inclinava para mais perto, a mão dele no meu ombro. Quando percebi, estava deitada de costas e ele beijava o centro do meu peito, entre meus seios, e depois cada um deles. E, bem como eu havia testemunhado naquela noite no jardim, ele abocanhou meu mamilo. Arfei, não só por causa daquela sensação, mas porque a mão dele estava... entre minhas pernas.

— Evander... — Senti seus dedos me massageando, o fogo se espalhando pelo meu corpo, o desejo pulsando em minha pele e sentindo uma dor no baixo-ventre, como ele mencionara uma outra vez. — O que... o que está acontecendo? — Enfim encontrei as palavras.

Ele ergueu a cabeça.

— Lembra-se de quando eu disse que, se você fosse habilidosa, poderia encontrar liberação sozinha?

Assenti e então mordi o lábio inferior ao perceber que os dedos dele estavam dentro de mim.

— Era disso que eu estava falando — sussurrou ele, observando meu corpo se movendo em suas mãos. — Você pode fazer isso sozinha, mas eu prefiro te dar esse prazer.

Era isso, prazer. Estava sobre mim, confundindo meus pensamentos e sensações, fazendo-me estremecer. Eu nunca havia sentido aquilo antes, e, quanto mais buscava sentido, mais perdida ficava. Ele me beijou outra vez, a língua dentro da minha boca e a minha língua na boca dele. A velocidade da mão dele se intensificou com os sons que eu fazia.

— Me desculpe. Não posso mais me conter — sussurrou ele.

Conter? Como era isso de se conter? Logo encontrei a resposta: ele se ajoelhou diante de mim e abaixou as calças, libertando-se. Vi... sua virilidade. Disseram-me que aquilo entraria em mim, mas eu não sabia como caberia.

— Afrodite — sussurrou ele, inclinando-se sobre mim, meu olhar passando pelo corpo dele. — Se eu pudesse desejar algo agora, seria encontrar as palavras para expressar o quanto eu a amo.

Sorri.

— E eu desejo o mesmo para você.

Ele segurou minhas coxas e meu coração doeu de excitação e medo. Encheu meu rosto de beijos, tantos que fechei os olhos, e me entreguei a todos eles.

— Vai doer só por um instante. Não vou me mexer até você se sentir pronta — disse ele, e eu assenti. Envolvi o pescoço dele com meus braços. De repente, senti que ele entrava em mim e me encolhi. — Eu te amo — sussurrou ele no meu ouvido.

Mordi o lábio, inspirando devagar.

— Agradeço a Deus por você enfim ser minha esposa — disse ele, me beijando no rosto. Mas, exceto por isso, ele ficou parado, esperando enquanto eu o abraçava com força. Não sei quanto tempo ficamos assim até que, enfim, parou de doer.

Então abri os olhos.

— Evander...

Foi como se ele soubesse exatamente o que eu desejava dizer. Ele se moveu, me fazendo arfar, pois eu não estava esperando a sensação. Era ainda melhor que os beijos e os dedos, pois, toda vez que ele estocava, toda a dor se transformava em prazer, o olhar dele perdido no meu.

— Mais? — perguntou ele.

Assenti.

— Diga — exigiu ele.

— Mais. — Com as mãos nos ombros dele, mordi o lábio enquanto ele me dava mais do que pedi, dessa vez indo mais fundo.

— Mais?

— Sim... tudo — falei.

— Como quiser. — Evander segurou minhas coxas e estocou outra vez, com mais força, e não parou.

— Ah... ahh... oh... Evan... der... ah. — Cobri a boca para evitar gritar.

— Não, não cubra a boca, preciso te ouvir — disse ele enquanto me preenchia de formas que jamais pensei serem possíveis. Como não tirei a mão, ele se inclinou e mordiscou meu mamilo.

— Evander! — arfei.

— Sim, bem assim. — Ele sorriu, lambendo minha pele enquanto eu ouvia o som dos corpos se movendo, a cama tremendo conosco.

Eu me virei, buscando um pouco de ar, e vi meu reflexo no espelho do outro lado do quarto... meu rosto, agora, parecia-se com o da mulher no arbusto, como o da srta. Edwina Charmant. Entendi por que ela estava daquele jeito. Como eu poderia estar diferente quando todo o meu corpo estava sendo alçado a tais novas alturas?

A pressão no meu baixo-ventre aumentou. Aquilo era divino — a sensação era essa. Eu queria mais. Meu peito estava em chamas, mas eu queria mais.

Evander se sentou, puxando meus quadris para mais perto dele, estocando com mais força, mais rápido, tremendo, grunhindo como uma fera. Era a isso a que ele se referira quando conversamos? Eu não sabia e não me importava.

Gritei, agarrando os lençóis, encolhendo os dedos dos pés enquanto me liberava. O ritmo dele diminuiu apenas por um segundo, preenchendo-me, antes de fechar os olhos e parar.

Quando tornou a abrir os olhos, respirava com dificuldade.

— Não terminei com você ainda, esposa.

Eu não sabia o que mais restava a fazer, mas me sentia bem demais para me importar.

— Como quiser, marido.

Evander riu, deitando-se ao meu lado.

— Permita que eu me recupere primeiro.

— De quê? — provoquei.

— De você — disse ele, de olhos fechados e sorrindo. — Sempre de você.

Sorri, observando-o, embora minhas pálpebras também estivessem pesadas.

— Estamos casados — sussurrei, pousando a mão no peito dele.

Ele a segurou e a beijou na palma.

— Somos — respondeu já beijando meu ombro. — E é um milagre e tanto.

— Um milagre? — perguntei, aconchegando-me a ele, procurando me aquecer, e sentindo o lençol me cobrindo. Ele estava deitado de lado, me observando. — Você achou que jamais nos casaríamos?

— Depois de tudo o que aconteceu, pensei que houvesse perdido minha chance para sempre — respondeu ele, as pontas dos dedos na minha pele. — Até pensei em rezar para que você encontrasse alguém mais digno que eu, embora eu temesse ouvir tal notícia. Por isso evitei a sociedade durante a primavera.

— Fiquei longe da sociedade — respondi. — Temendo encontrar você e sua... falecida esposa.

— É crueldade da minha parte dizer que não a considerava minha esposa? Nem a tomei como tal.

— Você não...

— Não — respondeu ele.

— Então pelos últimos quatro anos você...

— Cuidei da questão sozinho, pois recusava outras mulheres — confessou ele. — Considerei como minha punição.

— Então ninguém mais o teve?

— Temo não ser tão inocente assim. — Ele deu uma risadinha, enrolando um cacho do meu cabelo.

— Então você era um devasso?

— Eu era... eu era... — Ele lutou para encontrar a palavra. — Um homem.

Fiz uma careta que o fez rir e se inclinar para beijar meus lábios.

— Não se preocupe. Você é a única que me conhecerá como agora.

— Promete?

Ele assentiu.

— Com a mão sobre a *Bíblia*.

Sorri, abraçando-o e apoiando a cabeça no peito dele.

— Tenho uma confissão a fazer.

— O quê?

— É uma coisa meio feia.

— Sou a última pessoa a julgar.

— Todo esse tempo, mesmo quando você estava com outra pessoa, eu ainda o desejava. Desejei... amaldiçoei sua esposa, querendo nada além de que ela caísse morta para que você voltasse para mim. Eu sabia que era cruel e tolo pensar assim, mas não conseguia evitar. Disse a mim mesma que era justificado, já que você foi prometido a mim primeiro. Então, quando soube que ela falecera, fiquei... em parte culpada e em parte alegre, mas busquei conter minhas expectativas, pensando que você estava magoado com a perda e ainda não ia me querer.

Foi bom dizer a verdade em voz alta.

— Se você deve confessar, eu também devo, para que possamos encerrar esse assunto — disse Evander, as mãos desenhando círculos nas minhas costas. — No começo, eu odiava Emma. Eu culpava a ela e toda a sua família por meu infortúnio... até mesmo vê-la me enchia de fúria. Eu a evitava e passava a maior parte do tempo em outro lugar. Nos quatro anos em que estivemos casados, falei com ela o mínimo possível. Achava que havia feito o suficiente. Parte de mim ainda acredita nisso. No entanto, minha frieza com ela, a pressão de gerenciar uma propriedade que não conhecia, o peso da culpa que ela sentia, o estresse da maternidade e o coração partido que Fitzwilliam lhe dera aos poucos a enlouqueceram. Voltei depois que ela teve uma crise. Em certos dias ela ficava quieta como se estivesse morta. Em outros tentava fugir; para onde, não sei. Ela corria pela floresta como uma louca, ferindo-se, e nós a buscávamos e a trazíamos de volta. No fim das contas, fiquei tão cansado da vergonha das ações dela que a prendi na casa sob constante vigília, mas isso pareceu apenas piorar a condição dela.

— Os médicos não podiam tratá-la?

Ele balançou a cabeça.

— Busquei vários, mas eles só conseguiam acalmá-la. E, naquele estado, ela chorava e se desculpava comigo. Implorava por perdão. Dizia que estava com medo e que não tinha outra forma de salvar a si ou à criança. Tivemos uma conversa sincera, e vi que ela era tão vítima quanto eu. Prometi que protegeria a ela e à menina para sempre. Ela confessou seus pecados no papel quando sua condição piorou tanto que sabíamos que não duraria até a primavera. A morte dela foi calma. A criada veio até mim e disse que ela havia partido durante o sono. Senti tristeza pela perda, mas também certo alívio.

Pensei em todos os boatos que ouvira sobre ele nos últimos anos, insinuações do quanto ele era cruel, de como maltratava a esposa, de como ele era um mentiroso sem honra, e que era tal qual o pai. Me impressionava como tudo fora mal interpretado.

Ele deve ter se sentido tão solitário.

Abracei-o mais forte, agora certa de que não mencionaria mais aquela mulher e de que, para amenizar as maldições que lançara, eu trataria a filha dela com tanta gentileza quanto possível.

— Teremos uma vida feliz, Evander.

Evander

Estava tão contente de tê-la nos braços enquanto ela dormia. Eu não esperava que tivéssemos aquela conversa tão cedo. Mas fiquei feliz de encerrar o assunto… ou, pelo menos, encerrar minha raiva e culpa com relação a Emma. Pela graça de Deus, eu estava onde queria estar com a mulher que amava. Podia permitir que aquela dor passasse.

Teremos uma vida feliz, Evander. Como eu desejava que assim fosse, e realmente lutaria para que acontecesse. Ainda me preocupava com Fitzwilliam à solta. As pessoas que contratei não o tinham localizado, e, com Datura de volta a Everely, temi não ter paz até que os dois respondessem por suas ações, isto é, até que estivessem despojados de tudo e confinados sem nada na mais escura das prisões. Prisão não seria o caso de Datura, mas ao menos ela devia ser excluída de toda a sociedade para sempre.

A única preocupação que eu tinha ao atacar com tanta fúria era Gabrien. Meu irmão mais novo era diferente deles. Como eu destruiria sua mãe e irmão mais velho sem arruiná-lo e criar outro coração vingativo?

Minha mente estava tomada de preocupações e medos, mas Afrodite se aconchegou no meu pescoço e murmurou meu nome. Abracei-a. Eu não sabia o que estava por vir, então, por enquanto, aproveitaria aquele momento ao máximo. Eu *a* aproveitaria ao máximo.

Calma, pensei, sentindo-me endurecer quando os seios dela roçaram no meu peito. *Haverá muitas noites assim.*

Afrodite

Um cantarolar suave e gentil me tirou da terra dos sonhos e me levou de volta à realidade. Quando abri os olhos, ele estava ao meu lado, sorrindo, tocando meu ombro. Eu o encarei, maravilhada, sem acreditar que acordara com tal visão.

— Bom dia, esposa.

Sorri.

— Bom dia, marido.

Ele sorriu, inclinando-se para beijar meu ombro.

— Me desculpe por acordá-la.

— Estou feliz por ser acordada. — Meus sonhos estavam acontecendo na realidade, então para que eu precisaria dormir? — Faz tempo que está acordado?

— Não — respondeu ele, deitando-se mais perto de mim para que eu pudesse sentir seu corpo contra o meu.

Eu tinha o péssimo hábito de dormir de bruços, então tentei virar o pescoço para olhar para ele. No entanto, ao fazer isso, uma dor se espalhou pelo meu corpo.

— Como eu temia.

— Como você temia? — repeti quando enfim consegui rolar sob o lençol.

— Fui mais bruto do que deveria — respondeu ele.

— Estou bem. — Dolorida, mas muito bem.

Evander sorriu, beijando os nós dos meus dedos.

— Você gostou?

Minha mente se encheu com tudo o que ele mostrara e fizera e com como me senti.

— Sim, muito.

— Eu também — disse ele enquanto nossas mãos se entrelaçavam e nós sorriamos.

— Estamos mesmo casados. — Dei uma risadinha.

— Estamos. Lady Afrodite *Eagleman*, duquesa de Everely.

Era só um nome, mas me enchia de alegria. Segurando o lençol, sentei-me.

— Quando partiremos para esse ducado, Vossa Graça?

— Nunca me chame de Vossa Graça — disse ele, sentando-se também. — A alta sociedade deve me chamar assim, estranhos também, mas minha esposa deve me chamar apenas de Evander... ou de meu amor.

— Muito bem, *Evander...* — Eu mal terminara de falar e os lábios dele já estavam nos meus. Ele me encheu com tanta paixão que fui forçada a me recostar contra o travesseiro, soltando o lençol. Inspirei ao sentir o toque frio dele no meu peito.

Então ele parou e ergueu a cabeça.

— O que foi?

— Você ainda está dolorida, e devemos nos lavar. Venha, pedirei que tragam água quente para nós — disse ele, saindo da cama.

Devido a sua nudez, agora explícita, desviei o olhar e vi uma manchinha de sangue seco no lençol. Envergonhada, tentei escondê-la, fazendo-o rir. Quando olhei para Evander, ele me observava.

— Está rindo de mim?

— Sim, pois você é preciosa, principalmente quando está com vergonha.

Semicerrei os olhos.

— Não estou com vergonha.

— De verdade? Então venha até aqui. Sem o lençol!

Fiquei boquiaberta.

— Não posso!

— Por que não?

— Porque... — Eu não tinha outro motivo além da vergonha. Então fiquei em silêncio e ele riu, indo até a porta.

— Suas roupas! — arfei, segurando o lençol com força.

Evander enfiou a cabeça fora da porta, e não pude ver com quem falava, mas ele estendeu a mão pela porta entreaberta. Trouxe um jarro, ainda tão nu quanto veio ao mundo. Então foi até a mesa e despejou a água quente na bacia que já estava ali. Olhou por sobre o ombro para mim, o vapor da água subindo atrás dele.

— Venha. Devemos nos limpar enquanto eles preparam o banho.

— Está acordado há quanto tempo para ter preparado tudo isso? — perguntei.

— Não foi necessária tanta preparação. Informei aos criados que preparassem água para esta manhã — respondeu ele.

— Então essa é uma prática comum?

— Eu não diria que é. Acho que é mais um desejo meu — disse ele.

— Um desejo seu?

— Que você fique diante de mim, em toda a sua glória, enquanto eu a limpo. — Ele olhou para mim. — Você permite?

Nunca tinha ouvido falar nisso, mas havia tanto de que eu nunca tinha ouvido falar. Então assenti e me aproximei dele.

— Solte o lençol — ordenou ele.

Hesitei antes de soltar, mas fiquei diante dele tão nua quanto ele estava.

Evander me olhou nos olhos, esfomeado. Eu estava tão arrebatada que me assustei com o pano molhado tocando minha pele.

Ficamos em silêncio enquanto ele colocava meu cabelo de lado para limpar meu pescoço e meus ombros e então acariciar meus seios. Entreabri os lábios. Ele se inclinou e os beijou suavemente antes de continuar, vez ou outra tornando a molhar o pano.

— Abra as pernas — ordenou ele. Abri, mordendo os lábios enquanto ele me lavava. O tempo todo ele não deixou de olhar para o meu rosto. — Você parece excitada, esposa.

— Não é porque você está tentando me excitar?

— Apenas encontrei uma desculpa para ver e tocar todo o seu corpo à luz do dia, para sempre ter a visão gravada em minha mente. Sonhei muitas vezes em fazer isso. — Ele beijou o espaço entre meu ombro e pescoço, fazendo-me estremecer. — É bem mais tortuoso na realidade.

— Tortuoso?

— Você não vê? — perguntou ele.

— Ver o quê?

Ele conteve o sorriso, inclinado a cabeça para o lado.

— Quer aprender algo sobre os homens hoje? Não contarei se você não quiser saber.

— Liberte-me de minha ignorância — respondi.

Ele inspirou e disse:

— Olhe como cresci por você.

Olhei para baixo, vendo que sua virilidade aumentara.

— E qual é a lição nisso?

— É um sinal de que eu a desejo muito outra vez — respondeu ele, aproximando-se. — Quando todo o meu corpo se enche de necessidade, eu cresço, implorando por alívio em você. Isso dói muito.

— E você deve continuar nessa agonia? — perguntei, sentindo as chamas estremecerem dentro de mim.

— Não gostaria, mas você está...

Beijei os lábios dele suavemente.

— Desejo mais da noite passada. Posso ter?

Largando o pano e me erguendo, Evander me levou de volta para a cama e se deitou sobre mim. Ele me beijou no rosto e depois na orelha.

— Você pode ter tudo o que quiser em abundância, meu amor.

Estremeci.

Ah, era muito melhor que meus sonhos.

20

Afrodite

Era difícil aproveitar a vista com a pressão do olhar dele sobre mim.

— Pare de me olhar assim.

— Assim como?

— Como se estivesse... pensando em fazer algo que não deve — respondi, me mexendo no assento.

— Não sei o que você quer dizer, pois sempre a olhei assim — disse ele com um sorrisinho, me olhando de cima a baixo. — A única diferença agora deve ser você.

— Eu?

— Sim, acredito que você tenha sido corrompida, meu amor. — Ele riu. — Aprendeu muito nas últimas duas semanas, não foi?

Fiquei boquiaberta. Mas não podia discordar dele. Evander por vezes me olhara assim antes, eu só não sabia o que o olhar significava. Agora, sabia muito bem que, quando ele ficava em silêncio e relaxado, o olhar pairando sobre mim, e havia o mais breve sorriso no cantinho de seus lábios, minhas roupas logo seriam arrancadas. Ele dissera que não desejava que eu sentisse como se tivesse sido tirada de uma propriedade e levada a outra. Por isso fizemos muitos desvios em nossa jornada. Descansando sob árvores, visitando outras cidades. Nunca me sentira tão livre. Por fim, estávamos chegando a Everely. Ainda dois dias inteiros a mais do que o planejado — por quê? Porque acabamos estendendo nossa permanência por várias horas para nos aproveitarmos. Eu já não sentia a dor da primeira vez. Agora, era tomada por ondas de paixão a ponto de me sentir enjoada, mas do tipo mais prazeroso.

Roubei-lhe um olhar, e ele ainda me encarava.

— Você pede que eu não te olhe assim, mas faz o mesmo — disse ele e, com dois movimentos rápidos, fechou as cortinas de nossa carruagem, nos deixando quase no escuro.

— Evander! — reclamei quando ele tomou minha mão, puxando-me para si. — Não podemos. É muito perigoso, e estamos quase lá...

— Então só um beijo — respondeu ele, e senti sua respiração nos meus lábios. — Imploro, esposa, não me negue.

Ele se inclinou e eu fiz o mesmo, fechando os olhos e me deixando levar, envolvendo o pescoço dele com os braços enquanto ele abraçava meu corpo com firmeza. Ele mentira. Não era só um beijo. Tinha o toque dele também.

— Evander, não podemos. — Gemi quando os lábios dele encontraram meu pescoço, estremecendo enquanto sua língua traçava minha pele. — Quando chegarmos, mas não na... na carruagem.

— Muito bem. — Ele mordiscou o lóbulo da minha orelha. — Quando chegarmos, farei você gritar meu nome alto, para todo o mundo ouvir.

— Evander! — repreendi, e a resposta dele foi tocar entre minhas pernas. Encarei o olhar afogueado dele.

— Sim?

Eu havia aprendido tanto, mas tinha certeza, assim como o sol estava no céu, que havia muito mais que ele ainda tinha para me ensinar.

Isso me excitava — a falta de decoro e civilidade dele —, pois o desejo carnal era diferente de tudo que eu havia experimentado.

— Não vejo a hora — sussurrei, e ele beijou meus lábios mais uma vez.

— Você será minha perdição — murmurou ele.

Dei uma risadinha, tirando um momento para ajustar meu vestido e minhas luvas. Evander esperou que eu terminasse de me ajeitar e abriu as cortinas, deixando entrar a luz do sol, que me cegou por um momento, e então se revelou tão bela, iluminando a propriedade dele, ainda distante, elevada em uma colina, cercada de árvores.

A Casa Everely era ainda mais expressiva que nossa casa em Belclere, e era possível se perder em Belclere. A Casa Everely na verdade um dia fora chamada de Palácio Everely. Foi dada à família Eagleman pela rainha Anne e era uma das maiores propriedades da Inglaterra, tendo mais de mil e oitocentos acres. Tinha vários jardins e seu próprio e lindo lago. Havia até dois grandes rios que corriam pela propriedade, nos quais algumas cidades pescavam, embora as rochas dificultassem. Tudo ali era verde, vasto e lindo. Parecia excessivo para um homem e uma mulher governarem, mas era nosso. Em geral eu tinha odiado as lições de mamãe, mas agora, conforme nos aproximávamos, não poderia estar mais grata, pois a mera visão do lugar podia fazer alguém tremer.

— Gostou? — perguntou ele.

— Quem não gostaria? — perguntei, meu olhar ainda grudado na construção à nossa frente. — É uma visão esplendorosa.

— Ótimo — respondeu ele.

Conferi minhas roupas mais uma vez e ajustei o chapéu. Me arrumar sem uma criada era bem mais desafiador do que pensara; as mulheres que trabalhavam nas pousadas nunca eram adequadas, mas consegui. Porém, naquele momento, eu me preocupava com não parecer adequada. Todos da casa iriam nos receber.

— Estou bem? — perguntei.

Ele ergueu as sobrancelhas.

— Está perfeita, como sempre. Por quê?

— Não posso estar como sempre estive, pois não sou mais aquela Afrodite. Sou agora a duquesa de Everely. Devo estar adequada.

Ele deu uma risadinha.

— Não há nada com que se preocupar. Temo que a Casa Everely não tenha visto adequação há um bom tempo. Você é mais que suficiente.

A carruagem parou. Diante da casa, vi fileiras — sim, fileiras, o dobro da quantidade com a qual eu estava acostumada — de pessoas esperando. Inspirei fundo para me acalmar, e Evander sorriu.

— Não ria de mim — falei rapidamente.

— Perdoe-me — disse ele. — Você está levando tudo muito a sério.

— Como deve ser feito — lembrei-o.

Ele desceu e estendeu a mão. A criadagem fazia mesuras e alguns abaixavam a cabeça.

— Bem-vindos, Vossas Graças — disse um homem alto de cabelos brancos.

Eu tinha certeza de tê-lo visto na casa de Evander em Londres.

— Afrodite, este é o sr. Hugh Wallace, meu mordomo-chefe. Ele veio à frente com a sua criada para preparar tudo para nós — explicou Evander. Em seguida, disse para Wallace: — Espero que não tenha havido problemas.

— Não, Vossa Graça.

— Obrigada, sr. Wallace, pelo seu cuidado — falei, sorrindo.

Ele apenas assentiu e deu um passo para trás. E, quando o fez, vi Eleanor esperando entre as criadas, o que me confortou. Eu falaria com ela mais tarde. Mais urgente, no entanto, era a garotinha, com pouco mais que quatro anos, toda de branco, pele clara e cachos cor de bronze logo atrás de uma velha babá vestida de preto. Ela estava quieta demais para uma menina de sua idade. Se fosse Abena, teria corrido atrás da carruagem.

Evander me conduziu degraus acima até ela.

— Afrodite, eu gostaria de apresentá-la à minha filha, Emeline — disse ele.

— Olá, Vossa Graça. — A menina se atrapalhou com a mesura e quase caiu, mas a babá a segurou com cuidado.

— Perdoe-a, Vossa Graça. Ainda estamos praticando — disse a babá.

— Esta é a sra. Watson. É a governanta e também babá de Emeline — explicou Evander. — Cuida dela desde que a menina nasceu.

Isso não é adequado. Como uma governanta cuida de seus deveres e de uma criança ao mesmo tempo?

Sorri para a mulher e olhei para a menininha, que parecia preferir estar atrás da sra. Watson que diante dela. Agachei-me para ficar da altura dela, pois devíamos todos parecer gigantes para ela. Quando criança, eu não gostava de como todo o mundo parecia alto.

— Olá, Emeline — falei com gentileza. — Como você está?

Ela agarrou a saia da sra. Watson e disse:

— Bem... Vossa Graça.

Eu queria dizer a ela que não precisava me chamar de *Vossa Graça*, mas como me chamaria? Mamãe? Não pareceria certo ainda.

— Espero que nós duas sejamos boas amigas — falei, me levantando. Em seguida, disse para a sra. Watson: — Posso apenas imaginar seu esforço. Obrigada.

— Não seja por isso, Vossa Graça — disse ela, abaixando a cabeça.

— Fizemos uma longa jornada. Descansaremos e a veremos no jantar — disse Evander, para minha surpresa, pousando a mão na cabeça de Emeline antes de me conduzir para dentro da casa.

Olhei para trás e vi a sra. Watson, agora abaixada, falando com a menina e acariciando-lhe o cabelo.

Tive a sensação de que levaria algum tempo até encontrar abertura com a pequena Emeline...

— Evander! — arfei quando ele me puxou para si.

— No que você está pensando?
— Me solte — falei, conferindo se alguém havia visto. — Evander...
— Acredito que tínhamos um acordo para quando chegássemos na casa... e eis que aqui estamos, e quero minha noiva! — respondeu ele, correndo comigo.

Tentei não rir, mas não consegui evitar enquanto ele me puxava.

O que ele me ensinaria agora?

Não precisei esperar muito pela resposta.
— Evan... der... — gemi, enquanto o fogo no meu baixo-ventre crescia. Eu não sabia que era possível usar a boca de maneira tão prazerosa. Ele agarrou minhas pernas, enquanto alternava entre movimentos circulares com a língua e seus lábios me sugando. Mordi minha mão para evitar gritar mais alto. E, para me punir por isso, ele parou cedo demais.

— O que eu te falei sobre me negar ouvir seus gemidos? — disse ele, sério, engatinhando pela cama até que seu rosto estivesse perto do meu.

— Que você negaria minha liberação — falei, presa no olhar dele.

Senti meu gosto nos lábios dele quando fui beijada.

— Não, eu disse que você teria que fazer sozinha.

Evander havia me alertado, mas eu não sabia o que realmente queria dizer até que ele direcionou minha mão para entre minhas pernas. Era constrangedor e ao mesmo tempo emocionante vê-lo me observando fazendo aquilo.

Mas minhas mãos não eram ágeis como as dele nem tão boas quanto sua boca. Fiquei tão frustrada que só podia implorar.

— Por favor...

— O quê? — perguntou ele, tirando o cabelo da frente do meu rosto.

— Eu... eu... preciso de você.

— Para fazer o quê? Estou aproveitando a visão.

Frustrada, sentei-me, empurrando-o até que se deitasse na cama, e subi em cima dele.

— Tem outra forma de eu conseguir sozinha, certo? — perguntei, encarando-o.

— É mesmo? — Ele ergueu as sobrancelhas.

— Sim — respondi.

Estendendo a mão para trás, agarrei sua virilidade, que estava quente, pulsando ao mero toque. Ele inspirou fundo, e senti seu peito se expandindo sob mim. O olhar dele estava muito sério.

— E o que você vai fazer agora?

Mordi o lábio, esperando que funcionasse como meu cérebro dissera que funcionaria, movi meu corpo para cima dele e então fui descendo devagar. Pensei que a sensação seria a mesma, mas era diferente. Meu corpo formigava enquanto ele me preenchia. Era tanto de uma vez que apoiei as mãos no peito dele. Quando ele e eu éramos um outra vez, me vi incapaz de parar de me movimentar acima dele. Então ele me agarrou pela cintura e deu uma estocada súbita.

— Ah, Evander! — De olhos fechados, eu o cavalguei. Era bem melhor que minhas mãos.

Quando paramos, estava escuro. Ele disse que podia pedir que o jantar fosse servido no quarto. Mas eu não queria que a casa pensasse... pensasse que eu estava fazendo exatamente o que estivera fazendo por horas. Além disso, não queria deixar a pequena Emeline esperando. No entanto, quando chegamos à mesa, que não era tão longa assim, havia apenas duas cadeiras em uma ponta. A sala inteira também estava um tanto escura, pois as velas não eram tão intensas, e a decoração muito... antiga.

— O que foi? — questionou Evander quando viu que eu não fui me sentar, apesar de o lacaio já estar pronto para afastar a cadeira para mim.

— Você costuma comer aqui?

Ele hesitou, pensando.

— Não, agora que estou pensando no assunto. Geralmente faço as refeições no escritório. Verity come na sala de estar ou, quando pode, no jardim. Por quê?

— Estava apenas me perguntando. — Sorri, indo me sentar, mas ele me pegou pelo pulso e me girou entre os braços. — Evander.

— Eu conheço você e a maneira como pensa. Vai perturbar sua mente, e então você não focará no agora, mas sim em seus pensamentos. Então pare já com isso — exigiu ele, ainda me segurando apesar de não estarmos sozinhos.

Eu me inclinei para que só ele pudesse me ouvir, mas a sala estava tão silenciosa que tive certeza de que eles me ouviam, apesar de meus esforços.

— Não faz nem um dia inteiro desde que cheguei, então não quero criticar nada.

Talvez fosse porque eu sempre estivera à barra da saia de minha mãe ou devido a todas as lições, mas, imediatamente, sem muito esforço, vi que as coisas não estavam em ordem.

— É sua casa também. Se há algo errado, apenas ordene que mudem. Não me importo — sussurrou ele.

— Não quero que a criadagem me ache exigente demais — respondi baixinho, pois também não queria ter essa conversa diante deles.

Eu era a recém-chegada. Não podia agir como se tudo precisasse de minha atenção. Era necessário ter equilíbrio. Ele ergueu as sobrancelhas e riu.

— Vamos jantar no terraço — instruiu Evander, pegando minha mão para me conduzir.

— Estava tudo bem com a mesa de jantar.

— Não estava. E os lacaios teriam permanecido lá, deixando-a mais desconfortável — disse ele.

— Eu estaria desconfortável praticamente em qualquer lugar, pois ainda preciso me acostumar.

— Você não ficará desconfortável no terraço — garantiu ele, e então me abraçou. — E certamente não na nossa cama.

Afastei o rosto, e Evander riu.

— Podemos simplesmente comer sem que você...

— Sem que eu o quê?

— Tente me seduzir.

— De jeito nenhum.

— Evander.

— Afrodite. — Ele pronunciou meu nome no mesmo tom.

Ele abriu a porta do terraço, e fiquei sem ar observando a noite cálida. Diante de nós havia uma pequena mesa redonda que dava vista para um lago artificial. As árvores farfalhavam dos dois lados, e no céu, tal qual uma pintura, estava a lua.

— Que lindo — falei, dando a volta na mesa e saindo na extremidade do pátio. — Eu poderia jantar aqui todas as noites.

— As tempestades de primavera e o inverno severo vão fazer você mudar de ideia. Mas, se quiser, dia ou noite, sempre que o clima estiver agradável como o de hoje, podemos ficar aqui fora.

— Vamos precisar de uma cadeira para Emeline — respondi. — Onde ela está?

— Enquanto você se vestia, a sra. Watson me informou que Emeline jantou mais cedo e se recolheu. Você não precisa se esforçar...

— Você fica dizendo isso, mas não estou — respondi. — Quando eu era mais jovem... na verdade, é mentira. Apenas semanas atrás, eu não desejava nada além de um bom livro, doces, leite quente e uma bela vista. Eu desejava que me deixassem em paz e poder ir aonde quisesse. Me sentia como um pássaro em uma gaiola, exposta toda vez que alguém exigia que eu me apresentasse ou fosse exibida.

— Eu sei. É exatamente por isso que não quero que você se preocupe com nada aqui — respondeu ele.

— A questão é essa, Evander. Não estou preocupada. E, magicamente, não me sinto mais como se estivesse presa na gaiola. Era frustrante que apenas o casamento pudesse me oferecer tal liberdade. Mas, agora que estou casada, sinto que a porta se abriu e fui libertada, e, em vez de voar para longe, escolhi construir um ninho.

— Não entendo.

Peguei a mão dele.

— Quero que este lugar seja um refúgio para nós três, pois desejo ser parte da vida dela também. Talvez um dia ela até me chame de mamãe.

Evander apenas me encarou, o que me forçou a me acalmar.

— Estou sendo otimista demais? — sussurrei. — Perdoe-me, pois quando penso no meu futuro e vejo que não será tedioso, fico feliz. Há tarefas de verdade para mim agora em vez de apenas estar bonita em um baile ou praticar meu bordado.

— Você me impressiona.

— Ainda preciso fazer algo, Evander, então não fique impressionado com tão pouco.

Ele ergueu minha mão e beijou os nós dos meus dedos.

— Você fez mais do que jamais saberá.

Fiquei feliz em ouvir, mas não respondi porque a porta se abriu. Os lacaios entraram, arrumaram a mesa e trouxeram o jantar. Evander me conduziu até a mesa, e, sob o luar, comemos, rimos e conversamos sobre nada importante.

Foi glorioso.

21

Afrodite

Fazia vários dias que havíamos chegado, e eu sentia como se tivesse passado quase todos eles deitada. A viagem *e* Evander haviam me deixado exausta. Eu não podia continuar daquele jeito. Levantei-me cedo. Evander ainda estava nu e adormecido. Parte de mim queria ficar nos braços dele. No entanto, eu realmente queria ser uma boa senhora. Parecia irônico, já que inúmeras vezes eu havia reclamado desse trabalho, imaginando por que meu futuro não podia ser mais animador do que cuidar de uma casa. Por que eu não podia viver uma aventura como aquelas sobre as quais lia? Ainda havia uma parte de mim que queria ver aquelas maravilhas. Mas, no momento, havia um desejo muito maior a conquistar nessa batalha. Minha prioridade era Everely, e era essencial para o bem--estar de todas as vidas ali.

— Milady… quero dizer, Vossa Graça. — Eleanor sorriu ao aparecer em minha sala privada.

Fiquei satisfeita por minha mãe escolhê-la para ser minha criada. Apesar de ser apenas alguns anos mais velha que eu, estivera ao meu lado por grande parte da minha vida. A mãe dela também trabalhara para minha mãe.

— Teve tempo de se instalar? Peço desculpas, sei que é mais cedo que o seu horário habitual — falei. Eu havia pedido na noite anterior que ela viesse cedo.

— Sim, estou bem familiarizada agora. Devo trazer o café da manhã ou a senhora vai esperar pelo duque?

— Antes disso... — Me aproximei. — Me conte. Como são as coisas por aqui? O que eles dizem? Os criados e os arrendatários. Quanto mais informação eu tiver, melhor, e não pense em me poupar.

Ela assentiu.

— Sim, eu sei, Vossa Graça, e queria falar com a senhora quando estivesse totalmente instalada, pois é muita coisa.

— É tão ruim assim? — Puxei uma cadeira para me sentar, gesticulando para que ela se sentasse também, já que tinha a sensação de que seria mais fácil ouvir estando sentada.

— Vossa Graça, não desejo ofender o duque, mas Everely está uma bagunça. — Ela balançou a cabeça. — Nunca vi ou ouvi falar de uma grande casa administrada de tal maneira.

— Como assim?

— Metade da criadagem não é permanente. Ao que parece, quando seu marido se tornou duque, ele dispensou a maioria dos contratados pela duquesa-viúva Datura, mas não substituiu vários deles porque não gosta de manter muitas pessoas na casa. A esposa anterior parecia não se importar com tais coisas. Parece até que ela não vivia aqui, pois nada passou por manutenção nos últimos anos. As velas estão em mau estado, as louças e os talheres desparelhados, e a contabilidade da senhora está desatualizada. Além disso, os cômodos não são espanados diariamente. Apenas dia sim, dia não, pois priorizam os cômodos que o duque e lady Verity utilizam. A limpeza não está como deveria porque as criadas que permaneceram são velhas demais para o trabalho pesado. Descobri que a duquesa-viúva contratou a maioria delas já mais velhas porque se preocupava... — Ela se interrompeu, franzindo a testa.

— Não pare agora. É melhor contar tudo.

Eu sabia que não receberia boas notícias, mas a frustração dela me deixou preocupada, pois Eleanor não tendia a se exaltar.

— A duquesa-viúva se recusava a contratar jovens, pois temia que elas seduzissem o antigo duque. Quando ela saiu daqui, o sr. Wallace continuou a contratar criadas mais velhas. Agora elas estão ainda mais velhas, e, embora eu não queira falar mal de idosos, é impraticável para elas limpar e cuidar da casa inteira. E elas sabem disso, pois passam a maior parte do tempo conversando na cozinha do que trabalhando. E, quanto à cozinha, a cozinheira... a senhora provou a comida a noite passada, então acredito que possa julgar por si mesma.

Não que a comida fosse ruim. Só não era boa.

Suspirei.

— O que você recomenda?

— Renovação. Corte toda a criadagem e recomece com pessoas novas e com o treinamento adequado.

— Não posso — respondi. — Vai parecer cruel da minha parte dispensar a casa inteira na minha primeira semana, principalmente se são idosas.

Principalmente depois de ter passado metade do tempo na cama.

— Acho que até já esperam por isso — respondeu ela.

— Por quê?

— Eles ouviram falar da senhora, Vossa Graça. — Ela deu uma risadinha. — Eles a chamam de "a favorita".

— A favorita de quem?

— Da rainha, principalmente, e também do próprio duque. Como esse apelido começou, não sei. Mas eles acham que a senhora pode desdenhar deles.

— Mais um motivo para não dispensá-los.

— Se os mantiver aqui, como cuidará da casa? Vossa Graça me perdoe, mas, neste caso, me parece melhor ser vista como uma pessoa severa. A reputação de Everely na cidade e entre os arrendatários não é como deveria.

— Os arrendatários não estão satisfeitos? — Isso seria pior que a situação com a criadagem.

— Pelo que entendi, parece que não se trata do cultivo nem do gerenciamento. Acredito que as terras e moinhos do duque estejam funcionando como devem. Essa seria a primeira coisa que comentariam. Não sei qual é a verdadeira reclamação deles.

— Então, para resumir, a casa está uma bagunça, a criadagem não é adequada e os arrendatários estão insatisfeitos por motivos desconhecidos?

Ela assentiu.

— Sim, Vossa Graça.

— Eleanor, isso quer dizer que *tudo* está errado.

Ela se encolheu e assentiu mais uma vez.

— Sim, Vossa Graça.

Como isso era possível?

Temo que seu trabalho esteja apenas começando. A última pessoa com esse grande título deixou muito a desejar, dissera a rainha, e agora eu compreendia. Muito fora dito sobre Everely e Evander por anos. Eu ignorara tudo, pois não podia suportar ouvir. O que ouvi não foi agradável, então, se *eu* havia recebido notícias quando tentava evitá-las, Deus sabe o quanto a rainha ouvira, pois ela adorava observar a vida da nobreza como se fosse um teatro. Estávamos a muitos quilômetros de distância, mas o olhar dela estava, de fato, sobre Everely. Não apenas o dela, mas o de toda a sociedade.

— Não posso falhar, Eleanor — falei enquanto olhava pela janela. — Preciso que tudo esteja em ordem. A única questão é como.

— Faz tempo que a situação está assim, Vossa Graça. Não se pressione. Tenho certeza de que com o tempo...

— Não. — Balancei a cabeça, me levantei e fui até a janela para ver o sol já alto no céu. — Sinto que todos os olhares estão em Everely e em mim. Se as pessoas estão observando, devo mostrar a elas que não fui libertada da minha gaiola para parecer perdida e impotente.

Além disso, eu não queria que a reputação de Everely, e principalmente a de Evander, ficasse ainda mais manchada. O que diziam a respeito dele era injusto. Eles não sabiam a verdade. Então, tudo o que eu podia fazer era mostrar que as coisas ficariam em ordem. Para isso, eu precisava que Everely fosse a melhor de todas as propriedades.

— Vossa Graça?

Sorri e me virei, vendo que Eleanor também se levantara.

— Vamos priorizar a casa e a criadagem. Me encontrarei com todos para ver a habilidade deles com meus próprios olhos. Se alguém não estiver à altura, ainda o manterei na posição, mas também contratarei outras pessoas.

— Então os deixará como estão?

Assenti.

— Eles não estão acostumados a ter uma senhora para impressionar ou a ter que manter o emprego. Em vez de dispensá-los de uma vez, contratarei bons trabalhadores. Quanto mais trabalharem, mais os outros sentirão suas posições ameaçadas. Então se aposentarão por livre e espontânea vontade ou trabalharão melhor.

— E se eles simplesmente não fizerem nada e deixarem que os novos trabalhadores cumpram suas obrigações?

Sorri.

— Então eu gentilmente pedirei que se aposentem. Até lá, muitos meses terão se passado, e não parecerá que dispensei a casa toda e contratei meus próprios funcionários. Só parecerá que uma velha criada está indo morar com a família.

— Muito bem, Vossa Graça. Farei os anúncios das vagas e ficarei atenta — respondeu ela.

— Ótimo. Obrigada. Esse é o plano para a casa. Daqui dois dias vamos nos encontrar com os arrendatários, já que é comum a nova senhora visitá-los com presentes, e veremos as coisas com nossos próprios olhos. Descobrirei quais são as reclamações deles.

— Entendido. Vossa Graça gostaria de ver os criados agora ou depois do café da manhã?

— Quero ver Emeline primeiro. Mas não sei onde fica o quarto dela. Você sabe?

— Sim — disse Eleanor, indo até a porta. — Como a sra. Watson é ao mesmo tempo babá e governanta, precisei ir vê-la no quarto da criança para esclarecer algumas questões, pois ela raramente está com os outros funcionários.

O tom de Eleanor me fez perceber que ela também notara que aquilo era impróprio e não estava satisfeita com a desordem. Eu a segui para o corredor. A grandeza da casa era de admirar. De pinturas a esculturas, tudo era deslumbrante, mas percebi que havia poucos retratos da família de Evander. Havia, no entanto, uma pintura de uma jovem com a mais clara das peles marrons e o cabelo cacheado preso para trás, ao lado de um Evander ainda garoto. A mulher tinha nos braços um embrulho de seda branca, o menor dos bracinhos estendido em direção ao rosto dela.

— Lady Luella? — perguntei, pois não me lembrava de seu rosto.

— Sim, foi encomendado pelo duque. É a única pintura dela aqui.

— Sério? Achei que teria mais.

— Depois do falecimento de lady Luella, o antigo duque mandou que removessem todas as pinturas dela, que sumiram, ao que parece, pois ninguém sabe onde estão.

— Sumiram? Como é possível?

Eleanor balançou a cabeça.

— Não tenho certeza. Pelo que entendi, o duque, seu marido, encomendou novos trabalhos, mas não gostou dos resultados, com exceção deste. Infelizmente o artista faleceu e conseguiu fazer apenas este retrato.

— Como você sabe de tudo isso?

— Srta. May-Porter — respondeu ela, como se eu soubesse de quem falava. — A criada da despensa ficou encarregada de me atualizar quando cheguei, já que a sra. Watson estava cuidando da menina. Ela adora falar e não precisa de estímulo para continuar a conversa.

— E o que mais você soube? — perguntei.

— Coisas demais para resumir, Vossa Graça, e não sei até que ponto é verdade.

— Essa é a natureza da fofoca. — Ri. — Verdade ou não, é melhor eu saber o que está sendo dito. Eleanor, confio que você seja meus olhos e ouvidos. Quero saber de tudo, do bom e do ruim.

Ela me olhou, curiosa.

— Devo dizer, Vossa Graça, não sei se a senhora mudou ou se está apenas sendo você mesma sem reservas.

Pensei no assunto, mas não consegui obter uma resposta.

— Não tenho certeza. Preciso de tempo para entender.

— Claro, Vossa Graça. Aqui estamos — disse ela, parando à porta. Eu não sabia em que local da casa estávamos nem quanto tempo tínhamos levado para chegar até lá.

Preste atenção, Afrodite, pensei. Não seria bom me perder.

Eleanor bateu à porta antes de abri-la, e lá estava a sra. Watson, penteando os cabelos de Emeline.

As duas ficaram tensas ao me ver.

— Vossa Graça. — A sra. Watson fez uma mesura e ajudou Emeline a se levantar, mas a menina teve dificuldade na mesura. — Bom dia. Eu não a esperava tão cedo.

— Está tudo bem. Eu apenas queria ver Emeline e perguntar se ela gostaria de tomar o café da manhã comigo — falei, olhando para a menina.

Emeline olhou para a sra. Watson, segurando as saias dela.

— A menina já comeu, Vossa Graça — disse a sra. Watson.

— Tão cedo? — Franzi a testa.

— Não consigo fazê-la ficar parada por tempo suficiente para cuidar de seu penteado a não ser que esteja comendo. Eu havia acabado de devolver a bandeja quando Vossa Graça chegou.

Olhei para Emeline, que me encarava como se eu fosse um monstro, ainda mais assustada naquele momento do que em nosso primeiro encontro. Na verdade ela parecia mais assustada a cada dia. O que acontecera? Eu era mesmo tão assustadora?

— Emeline? — chamei suavemente. — Espero que almocemos juntas então. Quero que sejamos amigas.

Ela me observou com cuidado.

Sorri mais uma vez e então falei com a sra. Watson.

— Vou deixá-la terminar seu trabalho, mas, por favor, garanta que a menina almoce comigo.

— Sim, Vossa Graça — respondeu ela.

— Até mais tarde, Emeline. — Acenei para ela.

A resposta de Emeline foi fraca. Eu não queria forçar minha presença, então saí da sala rapidamente.

— Pensei que as crianças gostassem de mim. Ela parece ter medo de mim, não parece?

— Dê tempo a ela, Vossa Graça. Não deve ser fácil se ajustar a uma madrasta — observou Eleanor.

Certo, madrastas nunca são gentis nos contos de fadas.

— Mais uma tarefa para a minha lista.

— Agora, a criadagem?

Assenti.

— Sim, e gostaria de ver o registro de todos os que trabalham aqui. Esses dados estão com a governanta, não? — Parei, lembrando que a governanta estava cuidando de Emeline. Eu não queria perturbá-la outra vez. — Precisarei falar diretamente com o mordomo, então.

— Então espere na sala de estar, Vossa Graça, e eu o informarei que quer vê-lo.

Desejei ir direto lá para baixo, mas me lembrei da última vez que invadi o espaço da criadagem em minha própria casa. Se criados que me conheciam havia anos ficaram desconfortáveis com minha presença, seria pior ali, principalmente porque eu não era mais a filha de um nobre, mas sim a duquesa.

Eu ia conseguir. Precisava apenas dar um passo de cada vez.

Evander

Quando acordei e vi que estava sozinho, senti uma leve preocupação. Apenas ver os pertences dela no quarto me garantiu que ela não era um sonho. E então me perguntei por que ela se levantara tão cedo.

A resposta chegou com o criado, que informou que minha esposa pedira para se reunir com a criadagem.

Eu sabia que Everely não estava em perfeitas condições, mas não achava que as coisas estivessem tão drásticas a ponto de Afrodite ter tanta urgência ou severidade. Pensei que ela aguardaria alguns dias para se ajustar, e, embora tivéssemos passado um bom tempo nos divertindo a caminho de casa, eu não estava satisfeito. Algum dia estaria? Essa era a verdadeira pergunta.

— Faz quanto tempo que você trabalha aqui? — Ouvi a voz dela enquanto me aproximava.

Sem querer interromper, ouvi da sala ao lado cada pessoa informando nome, posição na casa e tempo de serviço.

— Devo anunciar sua presença, Vossa Graça? — perguntou Wallace, ao meu lado.

Balancei a cabeça, negando, e espiei pela fresta da porta. Afrodite estava sentada, tendo ao lado sua criada, que anotava as informações.

— Não temos esses registros? — perguntei a Wallace.

— O administrador as procurou, mas aparentemente grande parte se perdeu ou está desatualizada. Ele disse que criaria um novo registro, mas a duquesa preferiu fazer assim — explicou ele.

— Há quanto tempo ela está fazendo isso?

— Quase duas horas, Vossa Graça.

Duas horas?

— Ela pelo menos tomou café da manhã?

— Acredito que sim, Vossa Graça. No entanto, eu teria que perguntar à criada dela.

— Não é preciso. — Se Afrodite tivesse fome, ela certamente encontraria comida. Eu não precisava me preocupar com isso. — Por que você não está lá?

Ele endireitou a postura.

— Eu mantenho um registro atualizado de meus papéis, assim como das recomendações. Entreguei a ela primeiro. A senhora disse que não precisava delas e pediu que eu continuasse como estou.

Estava claro que Wallace estava orgulhoso de si. Era divertido porque ele raramente demonstrava. Devoção? Constância? Sim, mas era como se ela tivesse lhe dado um tapinha no ombro.

— Muito bem, não vou perturbá-la. — Afastei-me da porta para ir ao meu escritório. — Onde está o administrador? Quero falar com ele a respeito dos moinhos. Chegou alguma carta?

Se eu conhecia bem a família dela, eles certamente já teriam escrito.

— Eu as coloquei em sua mesa, Vossa Graça — disse ele, abrindo a porta para mim. — E chamarei o administrador.

— Obrigado.

Como esperado, havia algumas cartas para Afrodite. Uma de cada uma das irmãs, da mãe e até mesmo do irmão mais novo. A proximidade da família dela me impressionava. Verity e eu éramos próximos, mas seria necessário que eu me ausentasse por pelo menos seis meses antes que ela pensasse em escrever. Fazia pouco mais de uma semana que Afrodite estava comigo. Com cuidado, deixei as cartas dela de lado, e pediria ao lacaio que as entregasse diretamente a ela a partir de agora.

Conferi o restante. Algumas eram de arrendatários. Mas a última, sem remetente, me interessou. Imaginei que poderia ser um bilhete informando um conflito de porcos na propriedade ou talvez uma disputa por terras. Em vez disso, a primeira palavra fez uma onda de fúria me atravessar. Precisei de toda a minha força de vontade para não rasgá-la em pedacinhos.

Irmãozinho,

Soube que você se casou outra vez. Parabenizo-o por enfim ter sua amada e querida Afrodite. Eu ainda não a conheci, mas sua determinação em obtê-la durante todos esses anos indica que os boatos são verdadeiros e que ela é uma beleza de outro mundo. Tal beleza deve ser vista pessoalmente, não? Como tenho saudade de Everely...

Atenciosamente,
Seu irmão mais velho

Amassei o papel, e mais uma vez amaldiçoei meu pai pela ruína que lançara sobre nossa família. Ele estava vindo? Muito bem. Que viesse, assim eu não teria mais que desperdiçar fundos e homens na busca por ele. Que viesse para que eu pudesse me livrar daquele bastardo de uma vez por todas.

— Vossa Graça.

— O que foi? — gritei enquanto a porta se abria.

— O administrador — respondeu Wallace.

Inspirando fundo, assenti.

— Deixe que entre, e chame o chefe da guarda.

Eu precisava garantir que a casa estava segura, garantir que minha família estava segura. Jurei proteger todas elas — Afrodite, Verity, Emeline. O mundo era cruel, e eu não queria que elas descobrissem o quanto.

22

Afrodite

Todos estavam quietos.

Evander comia em silêncio.

Emeline comia em silêncio.

Sendo assim, eu também comia em silêncio.

O dia anterior também fora assim. Eu havia perguntado na noite anterior se algo estava errado, mas Evander apenas me beijou, disse que não e se recolheu. Eu estivera tão ocupada durante o dia, buscando soluções para as questões da casa, que não havíamos conversado muito, e então ele se recolhera pelo resto da noite. Eu quis saber onde ele estivera no dia anterior. No entanto, ele não dissera uma palavra, e já era o segundo dia que ele estava estranho.

— Você está bem? — enfim perguntei.

— Sim, é claro — disse Evander, parecendo confuso. — Por quê?

Pensei em perguntar, mas me lembrei de Emeline. Ela comia o mesmo que comera no almoço do dia anterior, devagar e em silêncio.

— Só estou perguntando — falei, observando a menina. Se eu não a conhecesse, pensaria que estava tentando nos fazer esquecer de que estava ali. Mas era apenas uma criança e não podia ter tal discernimento, então talvez fosse apenas sua personalidade. Devana também era quieta, embora não dessa maneira... Além disso, Devana era mais velha. Fosse qual fosse o caso, eu não queria pressionar a menina. Mas também queria que soubesse que eu não a ignorava. Fazer as refeições assim, ao nosso lado, a ajudaria a ficar mais confortável... era o que eu esperava. — Deveríamos encomendar uma pintura — falei, levando a colher à boca. — Da família. O que você acha?

— Pode ser — murmurou ele, levando o garfo à boca.

— Você tem um artista de preferência? Vi seu retrato com sua mãe e irmã, ele é adorável. Ele fez o resplendor de sua mãe brilhar.

— Sim.

— Então você não tem um artista em mente?

— Não, você pode escolher o que preferir.

Evander parecia distante e frio, e eu não sabia o motivo. Ele não queria falar sobre a pintura? Ou talvez não quisesse falar da mãe. Tudo bem. Eu me concentraria em Emeline.

— Amanhã irei à cidade, Emeline. Quer ir comigo? — perguntei enquanto ela hesitava ao levar uma cenoura à boca.

— À cidade? — interrompeu Evander, com uma careta. — Para quê?

— Tradição — respondi, sem saber por que ele me olhava daquela forma. — Me ensinaram que a nova senhora da casa dá presentes aos arrendatários e vai à cidade, para que as pessoas possam vê-la e conhecê-la... no caso, a mim. Você não me ouviu ontem à noite? Perguntei se era aceitável dar pão.

O olhar confuso dele indicava o contrário, o que me fez imaginar se havia me ignorado a noite toda sem que eu me desse conta.

— Você quer dar pão a eles?

— Não apenas pão, é mais uma cesta de guloseimas, com pão, geleias, frutas e outros mimos. Estão preparando agora — expliquei.

— Se os criados já estão preparando as cestas, não podem eles mesmos entregá-las? — perguntou Evander, levando a taça aos lábios.

— Isso não vai contra o propósito todo? Se sou eu que estou me familiarizando com eles — devolvi.

— Não vejo por que isso é necessário.

Eu estava ficando irritada.

— Não vejo por que isso seria um problema.

Evander franziu a testa, recostando-se na cadeira.

— É perigoso vagar por aí, Afrodite.

— Vagar? Esta terra não é sua? Não estarei vagando.

Ele suspirou como se eu estivesse sendo difícil. Antes que eu pudesse perguntar o real motivo da objeção, Wallace entrou na sala de jantar com uma carta, e me lembrei que não estávamos a sós. Olhei para Emeline, que agora parara de comer de vez.

— Deixe os criados entregarem as cestas em seu nome — disse Evander, de olho na carta e já se levantando. — Preciso ir. Eu a verei mais tarde.

Ele não esperou resposta e se retirou, deixando Wallace na sala de jantar conosco.

— Está tudo do vosso agrado, Vossa Graça? — perguntou Wallace.

— Sim, está tudo bem.

Na verdade não estava. Mas eu não podia me manifestar em voz alta, pois não era justo descontar minha raiva nele ou na criadagem.

— Vossa Graça? — chamou a sra. Watson ao entrar, com as mãos juntas na frente do corpo. — Se tiverem terminado, posso levar Emeline para as lições dela.

— Não — falei, vendo que Emeline estava pronta para partir. Pousei minha mão sobre a dela. — Que tal tirar o dia de folga das lições e caminharmos nos jardins?

Emeline me encarou antes de olhar rápido para a sra. Watson, que não parecia aprovar.

— Vossa Graça, é crucial que Emeline se devote às lições...

— Sim, eu sei, já fui criança. — Levantei-me, o lacaio se aproximando para puxar minha cadeira, e fui até Emeline. — Lições são fundamentais, mas o tempo em família também. Emeline e eu passearemos por apenas uma hora. Enquanto isso, sra. Watson, você pode cuidar de seus deveres de governanta. Deixei uma lista de afazeres. Minha criada não conseguirá cumpri-la sozinha.

Ela piscou repetidamente e assentiu.

— Claro, Vossa Graça. Cuidarei disso agora e as encontrarei daqui a uma hora no jardim.

— Excelente, obrigada.

Esperei a mulher se despedir de Emeline com um olhar e dando um pequeno sorriso antes de por fim sair para cuidar de seus afazeres. Quando ela partiu, me ajoelhei ao lado da menina, que estava sentada tão adequadamente quanto podia, as mãos juntas no colo, a boca uma linha fina.

— Emeline, quero que saiba que desejo de verdade ser uma boa mãe para você. Espero que você também seja uma boa amiga para mim. Quer caminhar comigo? — Ofereci a mão.

Ela hesitou, mas aceitou, e eu a conduzi para fora da sala. Pelo que eu entendera da conversa com os funcionários no dia anterior, a sra. Watson era muito protetora com relação a Emeline, que por sua vez dependia dela. Fiquei grata por a menina ter a atenção e cuidado de alguém durante todos aqueles anos. Ao mesmo tempo, eu precisava entrar na vida dela agora, ou perderia a chance. Meu desejo era que Emeline me procurasse, e não a governanta. Não importava a situação da menina, nem quem era seu verdadeiro pai — para o mundo, ela era a filha do duque. Portanto, era uma dama da casa e estava sob meus cuidados. E eu garantiria que fosse o melhor cuidado.

— Emeline. — Olhei para ela. — Você é a filha do duque, portanto pensarei em você como minha filha. Você pode até me chamar de mamãe, se desejar. Eu sempre a ajudarei.

Ela apenas me encarou.

Essa menina encarava demais. Olhei ao redor.

— Mas primeiro vou precisar de um mapa. — Dei uma risadinha, franzindo a testa e olhando para ela. — Estou um pouco perdida. Você sabe chegar aos jardins? Ou onde estamos?

Esperei silêncio, mas, quando tentei voltar por onde viera, Emeline me puxou à frente com toda a sua pouca força, virando à esquerda, depois à esquerda outra vez antes de virar à direita no corredor. Em alguns minutos, estávamos diante das portas de vidro que conduziam ao jardim.

— Você conhece a casa toda? — perguntei, impressionada.

Ela assentiu devagar.

— Você é impressionante. Quando eu tinha a sua idade, me perdi algumas vezes na minha própria casa, e meu irmão tinha que ir me procurar. — Ri e abri a porta, permitindo que ela saísse primeiro. Não tinha certeza do que fazer, mas percebi que, talvez como Devana, eu devesse deixá-la falar quando quisesse. — Eu também fui muito quietinha, até que nasceram minhas irmãs, e elas falavam muito, então aprendi a me impor. Mesmo assim, eu não falava tanto quanto minha irmã Hathor, e ninguém fala mais que minha irmã Abena. Ela só tem dez anos. Quando ela vier nos visitar, espero que você possa mostrar a casa a ela. Na verdade, antes que ela venha, você pode mostrar tudo para mim? Assim não parecerei tola diante dela.

Olhei para baixo, e Emeline apenas me encarava.

Está bem, talvez tentar conversar menos. Sorri, caminhando com ela, o que era melhor do que nada... mas dez minutos depois ela soltou minha mão para tentar pegar uma borboleta. Foi uma ação simples, mas demonstrou que ela estava um pouco mais confortável.

— Vossa Graça?

Virei-me e vi que Eleanor corria em minha direção.

— O que foi, Eleanor? Já terminaram as cestas?

— Não — exclamou ela, tentando recuperar o fôlego. — Perdoe-me, Vossa Graça, mas precisam da senhora agora!

— Agora? Por quê?

— A duquesa-viúva está aqui e se recusa a ir embora, e o duque não está satisfeito.

— Ah não! — Comecei a correr com ela, mas me lembrei de Emeline. A menina estava colhendo flores. — Emeline?

Ela olhou para mim.

— Sinto muito. Tenho trabalho a fazer, mas brincaremos mais tarde. Venha, precisamos voltar — falei, pegando a mão dela.

Eu não queria correr, pois não era adequado, e os passinhos curtos da menina também não me permitiriam. Temi a cena entre Evander e a madrasta. Esperei até entrarmos e eu me localizar.

— Eleanor, leve-a para a sra. Watson, e então me encontre na entrada — falei, entregando a mão de Emeline para Eleanor antes de tocar gentilmente o rosto da menina. — Teremos outro dia inteiro para nós, querida, prometo.

Bati a poeira da frente de meu vestido antes de entrar no saguão, onde vi as costas largas de Evander, a luz do sol entrando pela porta aberta diante dele. Ele parecia um guardião solitário, o corpo inteiro rígido como se fosse de mármore.

— Não sei quantas vezes preciso dizer que você não é bem-vinda aqui, Datura. — A voz dele era séria e fria.

— Eu tenho direito a...

— Não tem! — gritou ele, dando um passo à frente.

Por sorte eu os alcancei naquele momento, pousando a mão no ombro dele. Evander olhou para mim.

Sorri, vendo apenas raiva no olhar dele.

— Querido, soube que temos uma companhia inesperada?

Ele deu um passo para trás.

— Datura veio ver Emeline, ou é o que diz.

— Ela é da família, não é? — disse a mulher, ainda aos pés da escada, cercada pelos guardas. — Desde meu retorno a Everely, ouvi diversos boatos de que ela está sendo negligenciada. A duquesa prefere dormir.

Parecia que de alguma forma ela ouvira falar dos dias que eu tirara para descansar.

— Está perfeitamente enganada, viúva — respondi educadamente apesar da raiva, descendo as escadas. — Emeline está sob os melhores cuidados. Na verdade, nós duas estávamos no meio de uma caminhada pelos jardins quando fui informada da sua presença.

Segurando seu cajado, uma nova adição, ela semicerrou os olhos azuis e ergueu a cabeça. Como conseguia fazer isso com uma peruca tão grande era um mistério.

— Sim, é claro, minha querida. No entanto, não posso apenas aceitar sua palavra. Emeline é muito importante para mim, e desejo saber se está sendo bem cuidada.

— Naturalmente. Mas, viúva, as crianças precisam de rotina. Caso tivesse informado seu desejo de vê-la, eu teria arranjado um momento apropriado. Devo dizer, fazer um visita sem avisar e exigir vê-la é altamente impróprio, mesmo sendo parente da criança. Ou se esqueceu das regras de etiqueta? — perguntei.

Tudo o que eu observara na viúva, de suas roupas ao cabelo e à forma de falar, me dizia que ela queria ser respeitada, apesar de não ser de berço nobre. Então, insinuar que ela não tinha maneiras era um insulto e tanto.

Ela apertou o cajado com mais força, rindo amargamente.

— Altamente impróprio? Posso perguntar por que é altamente impróprio fazer uma visita sem avisar? Porque quando sua mãe entrou com tudo aqui, anos atrás, ela foi considerada uma heroína.

— Como é? — Arregalei os olhos. — Minha mãe jamais agiria de maneira inadequada.

— Já passou da hora de você ir embora, Datura. — A voz grave de Evander soou atrás de mim. — E não retorne. Minha filha não precisa de seu cuidado. Criança nenhuma precisaria, eu garanto.

O olhar dela se voltou para ele.

— Se algo acontecer a ela, não ficarei calada...

— Ah, não duvido, mas não seria pelo bem de ninguém além do seu. Recomendo que pense bem antes de me provocar, Datura, e que passe o recado para Fitzwilliam.

Ela bufou e balançou a cabeça.

— Não falo com Fitzwilliam desde que você cruelmente nos expulsou de nossa casa.

— Esta. Não. É. A. Sua. Casa — sibilou ele, e segurei seu braço para acalmá-lo.

— Obrigada por vir, viúva. Espero que faça uma jornada segura de volta. — Forcei um sorriso e estendi a mão, apontando para a carruagem dela.

— Voltei para Everely, e não serei expulsa outra vez — disse ela para Evander antes de dar meia-volta dramaticamente.

Nós a observamos entrar na carruagem. Evander se dirigiu aos guardas, erguendo o dedo indicador.

— Jamais permitam que essa mulher entre aqui outra vez. Não me importo se tiverem que se jogar diante da carruagem dela. Entendido?

— Sim, Vossa Graça. — respondeu um dos homens, abaixando a cabeça.

Sem dizer outra palavra, Evander marchou escada acima. Se ele achou que eu não iria perguntar, estava enganado.

— O que está acontecendo? — perguntei, seguindo-o. — Ela realmente veio aqui porque pensou que Emeline está sendo maltratada? Por que...

— É mentira — respondeu ele. — Ignore o que ouviu.

— Isso é bem difícil — falei, ficando diante dele. — Explique o que ela quis dizer sobre minha mãe. Aconteceu algo...

Evander segurou meu rosto e se inclinou para perto, beijando minha testa.

— Não se preocupe com isso, querida. Está tudo no passado. Apenas a ignore. Ela não voltará.

— Ela não voltar não muda o fato de que veio *agora*. Não entendo. Explique o que ela quis dizer sobre minha mãe. Além disso, por que...

— Vossa Graça — interrompeu Wallace, em um momento muito conveniente para seu senhor.

De testa franzida, virei-me e vi três homens corpulentos e brutos, usando roupas escuras de algodão, segurando seus chapéus. Eles sorriram educadamente, e fiz o mesmo.

— Os arrendatários que Vossa Graça chamou, senhor.

— Ah, sim! — disse Evander, dando a volta. — Obrigado por virem. Temos muito a conversar em relação à próxima colheita.

Os três continuaram a me encarar. Evander olhou para eles.

Wallace começou a falar, mas dei um passo à frente, estendendo a mão.

— Olá, senhores. Sou lady Afrodite Du... Eagleman. — Era a primeira vez que eu me apresentava. — Bem-vindos à Casa Everely.

— Obrigado, senhora... quero dizer, Vossa Graça. — O primeiro homem limpou a mão na camisa antes de apertar a minha.

— Bem-vinda também — respondeu o segundo homem, igualmente limpando a mão antes de apertar a minha.

— Obrigada. Eu não esperava por vocês hoje. Planejei visitar todos amanhã — falei enquanto o terceiro aceitava minha mão.

— Vossa Graça pretende visitar seus arrendatários? — perguntou o primeiro, de cabelos e barba castanho-avermelhados, chocado.

— Sim, é claro. É a tradição, não é? Perdoem-me, como se chamam?

— Certo, sou Noah Stevenson — respondeu o ruivo, e apontou para o homem de nariz torto ao seu lado. — Este é Seth Rowan. — Então apontou para o outro. — E este é Homero Toule.

Sorri e olhei para o último homem, de cabelos escuros e olhos claros.

— Homero? Como na *Ilíada* e na *Odisseia*?

Ele me encarou, confuso.

— Odisseia como uma jornada, Vossa Graça? Nunca estive fora de Everely.

Foi o suficiente para eu me sentir muito tola. Quando eles teriam tempo para ler as obras da antiga literatura grega?

— Ah, esqueça. Seu nome apenas é familiar. Por favor, não quero atrasá-los. — Olhei para Evander, que balançava a cabeça, divertido. Eu o ignorei. — Mandarei que sirvam o chá.

Wallace os direcionou:

— Por aqui, por gentileza.

— Obrigado, Vossa Graça — disseram para mim antes de partir. Evander deu uma risadinha.

— Você certamente é filha de seu pai.

Eu o preferia assim, relaxado, me provocando. Não o Evander que estava enfurecido diante de sua madrasta. Eu tinha perguntas, mas, por motivos óbvios, não era o momento de fazê-las.

— Conversaremos mais tarde — falei.

Ele cerrou os dentes, mas não respondeu, deixando-me e partindo sozinho.

Realmente, nada era simples ali... principalmente Evander.

23

Afrodite

Agora eu tinha uma nova janela favorita. Ficava em nosso quarto, e tinha um cantinho confortável para sentar ao lado do vidro. Eu nunca vira algo como aquilo, mas amava muito. Podia me imaginar lendo ali... se um dia encontrasse tempo para ler outra vez. Mamãe estava certa. Gerenciar uma casa era uma tarefa que exigia atenção dia e noite, e eu estava muito cansada. Era minha responsabilidade ajustar cada cômodo, cada detalhe, das tapeçarias às almofadas, ao tipo de móvel que permaneceria ou seria removido e em qual ângulo ficaria. Todo cômodo precisava ser remodelado, e cada mudança precisava de minha aprovação. Era meu dever discutir com a cozinheira que tipo de refeição se esperava. Sem mencionar meu relacionamento com Emeline. Minha mente girava, e eu não conseguia me lembrar de ter falado tanto quanto fizera nos últimos dias. Desfrutei de um momento de silêncio, olhando para a escuridão das árvores, pois sabia que não duraria muito. Ainda havia mais uma conversa que eu precisava ter antes de o dia acabar.

— Você está acordada.

Eu o vi entrar em silêncio, já tirando a gravata. Levantando-me, cruzei o quarto até ele.

— Está tudo bem. Posso...

— Eu gostaria — interrompi. — Você prefere que eu não o faça?

Os olhos castanhos dele observaram meu rosto. Então Evander soltou os braços.

— Prossiga.

Depois de deixá-lo apenas de calças e roupas íntimas, toquei a cicatriz em seu ombro. Ainda estava avermelhada e não havia retornado ao tom marrom-claro e bronzeado do restante do corpo dele. Evander estremeceu, e me inclinei para beijá-la gentilmente. Ele enlaçou minha cintura.

— Não está chateada comigo? — perguntou ele, pousando a bochecha em minha cabeça. — Você passou o dia me encarando.

— Eu não estava encarando — murmurei, inclinando-me para seu abraço. — É apenas o meu rosto.

Ele riu.

— Conheço bem o seu rosto. Eu o estudo há muitos anos. Sei quando você está entediada e quando está chateada. E você está chateada, mas não sei o motivo.

Eu me afastei do abraço.

— De verdade, você não sabe?

— Então está? — Ele ergueu a sobrancelha. — E não, não sei. Pensei que talvez fosse devido à perturbação desta tarde, mas você estava chateada antes disso.

O fato de ele não entender o motivo me deixou ainda mais chateada. Eu não queria perder essa chance de falar a sós.

— O que aconteceu com Datura...

— Como falei — interrompeu ele, massageando meus braços —, esqueça aquela mulher. Datura quer atenção. Quer ser importante. Ela chega sem se anunciar quando tem oportunidade e sempre com desculpas esfarrapadas. É melhor ignorá-la.

— Mas o que ela quer? Certamente ela sabe dos crimes do filho mais velho. Ela não tentaria ficar fora de seu caminho para evitar mais conflitos? Fitzwilliam...

— Ela existe pelo conflito. Os dois são assim. Você não deve se preocupar com eles.

— O que ela disse de minha mãe...

— Não entendo aquela mulher, e gostaria de parar de falar dela — disse ele.

Lutei contra a vontade de pressionar.

— Então agora a questão está resolvida?

— Não. Também falei que gostaria de entregar presentes aos arrendatários, e você *ordenou* que eu não faça isso — respondi, aumentando um pouco o espaço entre nós, pensando que não deveria ter tirado suas roupas porque estava bem irritada com ele.

— Eu estava apenas cuidando de sua segurança.

— Mas esta não é a sua terra? Seus arrendatários? Você pode trazê-los para dentro de casa, mas não tenho a liberdade de andar entre eles?

— A casa e a propriedade estão cheios de pessoas que podem protegê-la. Ir até a vila são outros quinhentos...

— Então devo permanecer na casa? — questionei.

— Há jardins, muitos campos, junto a...

— Pensei que você não quisesse me tirar de uma gaiola e me colocar em outra. — Mordi o lábio para não gritar, e tentei falar com calma. — Ou as duas semanas depois do casamento foram meu único alívio? Agora serei mantida dentro de casa como antes, com a desculpa de que é pela minha segurança!

— Não busco prendê-la...

— "Quando nos casarmos, você será livre para ser quem quiser ser. Juro." Você não disse isso?

Ele sorriu.

— Ainda se lembra disso?

— Lembro de tudo o que você já me falou, e considero ser a verdade.

— Se quer tanto visitar os arrendatários, tudo bem. Vá. — Ele franziu a testa e foi até a bacia com água.

A questão ainda parecia não resolvida, mas eu não tinha mais argumentos. E observá-lo pegar o pano para limpar seu pescoço embaralhou meus pensamentos. Eu não sabia se queria chutá-lo ou beijá-lo. Então escolhi nem uma coisa nem outra. Tirei meu roupão e me deitei na cama, virei de lado e fechei os olhos com força.

— Ainda está chateada?

Não respondi.

— Vou interpretar como sim.

Sentei-me e o encarei.

— Você me deixa frustrada.

— Que tipo de frustração? Como você agora sabe, existem dois tipos. — Evander sorriu enquanto tirava as calças e as roupas intimas, mas mantive o olhar em seu rosto.

— Não a do tipo que você prefere!

— Não permiti que você visite os arrendatários, como deseja?

— Permitiu. — *Calma. Devo permanecer calma.* — Sim, Vossa Graça, obrigada pelo gesto magnânimo.

— Esse sarcasmo é necessário? — Ele franziu a testa, apoiando-se no balaústre, ainda bastante nu.

— Boa noite. — Tentei cobrir o rosto com o lençol, mas ele o segurou e não soltava. — Solte!

— Não! Não vamos dormir com você se sentindo assim. Se quiser liberdade, diga de uma vez.

— Isso não é liberdade. É uma ordem — sibilei, tentando segurar o lençol com toda a força, mas ele era bem mais forte e brincava comigo. — Evander, que infantilidade! Solte!

— Solte você.

— Já estou deitada. Por que devo soltar?

Ele deu de ombros e puxou com mais força, arrancando o lençol de mim e jogando-o para o lado. E, quando o lençol se foi, vi claramente quão duro ele estava. A visão me fez estremecer. Ele agarrou meu tornozelo e me puxou em sua direção. Seus olhos brilhavam de desejo.

— Preciso de você, esposa — sussurrou ele. — Como pode ver, minha condição ficou bem grave.

— Sim, estou vendo — respondi, mas mantive o rosto sério. — E se eu recusar?

Ele franziu a testa.

— Serei forçado a resolver a questão sozinho.

Semicerrei os olhos.

— Como exatamente?

— Muito bem. Se você quer aprender, demonstrarei.

Em vez de erguer minha camisola, ele se segurou. Observei enquanto movia a mão para cima e para baixo, percorrendo sua virilidade, o peito subindo e descendo, a respiração ficando mais rápida enquanto me observava. Não pude desviar o olhar, e a pressão no meu baixo-ventre começou a crescer, junto à dor entre minhas pernas. Ele começou devagar, mas logo acelerou o ritmo, assim como a respiração. Como se eu estivesse hipnotizada por ele ou tivesse sido arrebatada pelo meu próprio desejo, estendi a mão e o toquei. Ele ficou parado por apenas um momento antes de soltar, permitindo que eu tomasse todo o seu calor em minha palma.

Continuei o que o vi fazer, subindo e descendo a mão por seu comprimento. Ele umedeceu os lábios, as narinas inflando.

— Mais rápido — foi tudo o que ele disse, e eu obedeci.

Quanto mais eu fazia, mais ansiava, mas estava consumida pela expressão de prazer no rosto dele, o gemido que emitia, e era uma alegria saber que eu podia fazê-lo se sentir assim. Mas também me lembrava das coisas que ele fizera comigo... como ele usara a boca em mim. E assim me movi para fazer o mesmo, mas ele me impediu.

— O que está fazendo?

— Não posso? — perguntei.

— É impróprio para alguém como você.

Eu o encarei.

— Como assim?

— Uma dama.

— Então aquelas que não eram damas fizeram isso com você?

Ele engoliu em seco, endireitando os ombros antes de falar.

— Ter você assim é mais que suficiente... eu... não poderia nem pensar...

Lambi a ponta e ele deu um pulo.

— Afrodite!

O gosto era estranho, salgado. Corri a língua pelo comprimento. Ele se contorceu, então o beijei, e logo não havia mais reclamações, apenas um arfar profundo e um gemido.

— Coloque na boca — ordenou ele.

— Na boca? — repeti.

— Se quiser me dar prazer assim, coloque na boca... para chupar... a não ser que não queira...

Eu não tinha certeza de como faria tudo caber, mas fiz como ele pediu. A mão dele afastou meus cachos.

— Da mesma forma que fez com a mão, faça com a boca, para cima e para baixo.

Fiz devagar, e ele guiou minha cabeça.

— Isso, mas chupe mais.

Chupei e o senti estremecer na minha boca. E, assim como com a mão, levou alguns momentos antes de o ritmo aumentar um pouco.

— Ah... sim... — Ouvi ele gemer acima de mim.

De repente, Evander se afastou, e pensei ter feito algo errado. Ele se deitou no lençol, grunhindo enquanto se agarrava.

— Fiz algo errado? — perguntei.

Ele me olhou de olhos arregalados, o peito subindo e descendo.

— Errado? Não. Pecaminosamente perfeito? Sim. Absolutamente sim.

— Isso é bom ou ruim?

— Deixarei que você decida. — Ele sorriu. Empurrou-me na cama, erguendo minha camisola e me tocando entre as pernas. — Olhe só como você ficou molhada. Não vou te negligenciar.

— Evander! — Arfei, porque a boca dele grudou instantaneamente em mim. Quando a língua dele me tocou, perdi os sentidos.

Como aquilo havia acontecido? Eu estava furiosa com ele. Havia
tantas coisas sobre as quais eu queria falar e que queria que ele me
explicasse, e mesmo assim ali estava eu, mal conseguindo respirar,
quanto mais ter uma conversa.

Ele sempre fazia isso, dominava minha mente, meus sentidos e
sentimentos, me deixando trêmula.

— Evander! — gritei, arqueando as costas, e a resposta dele foi
me erguer mais em direção a sua boca.

Juro, ele era o rei de todos os meus sonhos, o lorde de todas as
minhas paixões, o capitão de todos os meus desejos.

Ele me deixava indefesa.

Evander

Naquela noite não sonhei, Afrodite havia satisfeito todos os meus
sonhos. Talvez tenha sido por isso que despertei enquanto ela tentava sair de meus braços. Eu a vi pegar o lençol, enrolá-lo no corpo
e se levantar em silêncio.

— Fugindo de mim? — sussurrei.

Assustada, ela olhou para mim.

— Desculpe, eu te acordei?

— Sua ausência me acordou — respondi, tocando a pele dela.
— Aonde vai?

— Preciso me aprontar e revisar os presentes antes de sair. — Ela
estava de fato dedicada à tarefa.

— Não pode esperar até o sol nascer?

— São trabalhadores — relembrou-me ela, e me perguntei o que
sabia de tais coisas. — Quando o sol estiver alto eles não estarão
em casa.

Sorri.

— Que senhora atenciosa você é.

Ela franziu a testa.

— Está zombando de mim?

Balancei a cabeça.

— Não, falo sério. Os arrendatários não sabem a sorte que têm.

— Desejo cumprir meus deveres.

— Você foi triunfante nos seus deveres maritais. — Eu me aproximei, colocando o cabelo dela atrás da orelha. — Ainda estou extasiado por ontem à noite... você me surpreendeu.

— Evander, não fale desse assunto — disse ela, escondendo o rosto de mim.

— Agora está tímida? — provoquei, erguendo seu queixo.

Afrodite me encarou como se estivesse com raiva, mas era mais constrangimento.

— Na hora não pareceu...

— O quê?

— Pouco natural.

— Parece pouco natural agora? — perguntei.

Ela balançou a cabeça.

— Não, é só que... nunca me imaginei agindo daquela forma. E então serei uma dama outra vez? Todo o mundo me vê... como adequada.

Ri alto, beijando as bochechas dela, e então seus lábios.

— Ninguém jamais deve saber o que acontece entre marido e mulher. Seus momentos pecaminosos são para mim e apenas para mim. Para sempre.

Beijei a lateral do pescoço dela, descendo para os seios.

— Evander — murmurou ela, inclinando-se para meu toque. — Não posso me distrair. Tenho que ir.

Suspirando, ergui a cabeça.

— Está bem. — Beijei os lábios dela mais uma vez. — Vou com você.

— Sério?

— Sim, sério. Faz certo tempo que não vou à cidade.

— Então vou me apressar — disse ela, pegando o vestido e se retirando para sua sala privada.

Me levantando, espreguicei-me. Não queria ir, mas não queria ficar longe dela. Além disso, eu me preocupava com ela, principalmente depois que recebera a carta de Fitzwilliam e por saber que Datura estava morando a menos de dez minutos de minha casa. Estavam tramando algo, eu tinha certeza. Mas quando atacariam? E como? Eu preferia que atacassem *de imediato* para que eu enfim pudesse me livrar deles em vez dessa ignorância que me torturava.

— Evander?

— Sim? — Eu me virei e vi a cabeça dela espiando pela porta.

— Emeline irá conosco.

— Você deseja levar a menina?

Ela assentiu.

— Será bom irmos todos juntos. Afinal de contas, somos uma família, certo?

A bondade dela me deixava mais humilde.

— Claro, mas não tenho certeza se ela está acordada.

— Enviarei alguém... na verdade, vou me vestir e irei buscá-la.

— Como quiser. — Sorri.

Ela sorriu e voltou para a sala.

Quanto mais dedicada ela era, mais eu desejava observá-la, mantê-la por perto.

Ah, céus, uma vida inteira disso?

Nada me faria mais feliz.

Afrodite

— Devo informá-la de boatos que ouvi, Vossa Graça, na cidade — sussurrou Eleanor enquanto seguíamos pelo corredor vazio até o quarto de Emeline. — Acredito que seja o que trouxe a viúva aqui.

— Diga.

Eleanor franziu a testa, o rosto muito sério.

— Aparentemente os boatos são de que a senhora é cruel... com a menina.

Arfei.

— Como é?

— Dizem que a senhora detesta a presença dela, pois é uma evidência... da antiga esposa do duque. E que a senhora desconta a raiva na criança.

— Isso é horrível. — Por que eu maltrataria uma criança por conta de sua mãe? Mesmo que não tivesse sido um conjunto de situações trágicas, Emeline não tem culpa. — É muito bom que ela nos acompanhe. Sermos vistos juntos ajudará a encerrar esses boatos. Mas você deve buscar a fonte. — Olhei para ela. — Muito foi dito a respeito da viúva, mas ela não criaria tais mentiras, certo?

— Não sei dizer ao certo, Vossa Graça. Cada um me diz uma coisa. Pensei em comentar com a senhora, já que acabei de vir da cidade.

Entendi o que ela quis dizer. Suspirei enquanto ela abria a porta. Lá dentro, a sra. Watson estava outra vez penteando os cabelos de Emeline, embora a menina estivesse quase cochilando.

— Vossa Graça. — A sra. Watson fez uma mesura.

Ao ouvir a babá falar, Emeline abriu os olhos e se virou para me ver. Esperei que estivesse mais relaxada, mas, em vez disso, parecia nervosa, rapidamente descendo da cadeira para ficar ao lado da sra. Watson, exatamente como fizera quando a conheci. Será que ela ouvira os boatos? Abena costumava ouvir as conversas da criadagem quando brincava pela casa.

— Vossa Graça, ela não estava se sentindo bem ontem à noite. Talvez seja melhor deixá-la descansar esta manhã — disse a sra. Watson.

Escondi uma carranca e fui até Emeline, agachando-me diante dela.

— Bom dia, Emeline.

— Bom dia, Vossa Graça. — Ela mal disse as palavras e tentou se afastar de mim.

— Emeline, prometo que jamais a machucarei. Você está sob minha proteção, e isso significa que me importo muito com você. Não há motivo para temer. Se quiser ficar em casa hoje, tudo bem. Se quiser ir à cidade conosco, tudo bem também. — Estendi as mãos para ela. — Faremos o que você preferir fazer.

Ela me encarou por um instante antes de segurar minhas mãos.

— Quero ir.

— Então iremos. — Sorri e me levantei. — Obrigada por prepará-la, sra. Watson. Cuidarei dela a partir daqui.

— Sim, Vossa Graça.

— Emeline, você já foi à cidade? — perguntei enquanto Eleanor abria a porta para nós. Esperei que ela falasse mais, mas a menina balançou a cabeça. — Nem eu. Será divertido. Mas você deve ficar perto de mim o tempo todo, certo?

Ela assentiu, segurando minha mão com força, o que me deixou satisfeita.

Em alguns minutos estávamos do lado de fora, onde vimos as cestas já na carroça.

— Onde está a carruagem? — perguntou Evander, aparecendo atrás de nós.

— Não precisaremos dela, vamos caminhando — respondi.

— Caminhando? — repetiu ele. — Por que você gostaria de fazer isso?

— Não é longe, e o dia está lindo. Estou muito acostumada a caminhar, e seria um pouco demais percorrer tão pouca distância com cavalos e uma carruagem, você não acha? — respondi. Ele inclinou a cabeça, me encarando. — O que foi?

— Vossa Graça, seu chapéu. — Eleanor me entregou o chapéu roxo.

— Obrigada — falei, voltando-me para Evander. — Você não vem?

Ele suspirou mas não disse nada, descendo a escada para ficar ao nosso lado. Olhou para Emeline, pousando a mão na cabeça dela e sorrindo.

— Você está bem? — perguntou.

Emeline sorriu, assentindo.

— Sim, papai.

— Muito bem, se as damas não estão reclamando, eu certamente não o farei. Vamos caminhar. — Ele assentiu e falou com o criado que ajudava a conduzir a carroça. — Vá ña frente, para que não precise se preocupar com nosso ritmo.

— Sim, Vossa Graça.

Olhei para Emeline, que sorria alegremente para o pai. Quando olhou para mim, ela sorriu de orelha a orelha pela primeira vez.

Sim, era um bom dia.

24

Evander

Todos fizeram fila para vê-la como se ela fosse a rainha, e Afrodite, que sempre foi conhecida por ser quieta e distraída, estava toda falante, dando atenção a cada um deles, nem um pouco incomodada pela aparência nem pelo cheiro, nem mesmo permitindo que isso a perturbasse. A postura dela contagiou até mesmo a pequena Emeline — que, até onde eu sabia, era uma criança quieta e ingênua. Naquele momento a menina estava sentada na carroça, alegremente entregando a Afrodite o máximo de cestas possível.

— Não achamos que você realmente viria, Vossa Graça. — O maltrapilho homem ruivo chamado sr. Stevenson riu.

— Não confiou na minha palavra? — perguntou Afrodite, entregando a ele uma cesta. — Feriu meus sentimentos, sr. Stevenson.

Ele arregalou os olhos, retirando o chapéu.

— Perdoe-me, Vossa Graça. Só quis dizer que faz anos que não nos encontramos com a família da casa.

— Anos? — repetiu Afrodite, chocada. — Certamente não pode fazer tanto tempo assim.

— Não, Vossa Graça, falo sério. São exatos vinte e um anos desde a última vez que vimos uma duquesa — disse uma mulher mais velha, balançando uma criança pequena nos braços. — Sei disso porque meu filho, Jimmy, tinha mais ou menos a mesma idade que a senhorinha, e este é o filho dele, meu neto.

— Ah — disse Afrodite, e olhou para mim.

A expressão dela era de reprovação. Não disse nada, pois sinceramente não conseguia me lembrar. Fazia mesmo tanto tempo assim?

— Não me lembro de ver o duque desde então também — disse a mesma mulher, sorrindo para mim. — Lembra-se do meu Jimmy? Quando lady Luella o trouxe à cidade com ela, Vossa Graça brincou com ele.

Eu não me lembrava de conhecer um Jimmy, mas ela parecia tão esperançosa que não consegui dizer a verdade.

— Ah, sim, Jimmy. Como ele está?

O sorriso dela sumiu, e ela apenas me encarou.

— Ele faleceu, faz quatro meses.

Deus do céu.

— Eu...

— Nossas condolências — disse Afrodite, tocando o ombro da mulher antes de indicar a criança nos braços dela. — Uma grande perda, mas ainda deixou este presente. Ele tem o nome do pai?

— Sim, Vossa Graça. — A mulher mostrou a criança. — Pobrezinho, perdeu o pai que trabalhava em uma das minas, e então perdeu a mãe durante o parto. Ele é muito pequeno, mas garantirei que cresça bem.

— Confio que sim. — Afrodite pousou a mão na cabeça do menino. — Se precisar de algo, por favor me escreva. Se for uma emergência, venha até a casa.

Agora fui eu que a olhei com reprovação. Havia enlouquecido? Não podíamos permitir que fossem à nossa casa. Mas ela olhava para a multidão e não para mim.

— Obriga... — A mulher engasgou, como se fosse chorar. — Obrigada, Vossa Graça. É muito bondosa. Pensei que jamais tivéssemos outra como lady Luella.

Ouvir o nome de minha mãe foi como se alguém tentasse abrir dentro de mim uma porta que estava fechada havia tempos e que eu não queria transpor outra vez. Fiquei em silêncio, assentindo para quem falava comigo, e deixei Afrodite comandar a visita, como era do desejo dela. Quanto mais ficávamos, mais a porta se abria. Ver Emeline brincando com as outras crianças me fez lembrar que minha mãe passava muito tempo ali, conversando com todos, enquanto eu brincava com os garotos da vila.

— Você se divertiu, Emeline? — perguntou Afrodite na carroça, tirando o cabelo da menina da frente do rosto.

Eu caminhava ao lado dela enquanto o cavalo se movia devagar. Emeline assentiu.

— Que bom, viremos mais vezes, e você poderá brincar com as crianças. Você trabalhou muito hoje, e estou orgulhosa de você.

Embora Emeline não respondesse, Afrodite parecia não se incomodar. Então olhou para mim com um ar de reprovação.

— Sim? — perguntei.

— Vinte e um anos, Evander?

Eu sabia que ela tocaria no assunto.

— Não me dei conta que tanto tempo havia se passado.

Ela suspirou, balançando a cabeça.

— Quando Eleanor me disse que os arrendatários estavam insatisfeitos, fiquei muito preocupada com o motivo e com o que poderia ser feito. Jamais suspeitei que fosse negligência.

— Negligência? — Bufei. — Eles têm todas as necessidades atendidas, toda questão na fazenda ou nas casas é sempre resolvida. Eles recebem bem e...

— Você fala apenas de trabalho, Evander.

— Do que mais é para falar além de trabalho?

— Comunidade — respondeu ela, ajustando o vestido de Emeline. — É muito bom ter uma propriedade estável e um lorde que cuida seriamente dessas questões. No entanto, é igualmente importante manter um senso de comunidade. Somos o duque e a duquesa, o senhor e a senhora deles. Precisamos estar entre eles para não ficarmos fora de alcance. Ou pior, parecermos indiferentes.

Balancei a cabeça, sem entender nem um pouco.

— Me ensinaram que, desde que eles sejam tratados com justiça, que suas necessidades básicas sejam atendidas, isso seria suficiente.

— Quem te ensinou isso? — Ela riu. — É um pensamento muito frio.

— Meu pai — murmurei.

Ela ficou em silêncio, e me concentrei apenas na estrada. Estávamos quase chegando à casa quando ela falou outra vez.

— Me desculpe, eu não quis rir. Devo me lembrar que toda propriedade é diferente.

— Você não está errada. As lições de meu pai eram sempre bem frias — falei enquanto ajudava Emeline a descer antes de estender a mão para Afrodite.

Eu realmente não gostava de quando ela me olhava daquele jeito. Parecia que havia encontrado aquela porta e estava prestes a abri-la à força.

— Você nunca fala de seu pai. O quê...

— Emeline! — Nós nos assustamos ao ver a sra. Watson descendo as escadas, indo ao encontro de Emeline. Ela se ajoelhou e começou a bater a poeira do vestido da criança. — Por que está toda coberta de terra?

— Ah, sra. Watson, é da caminhada. — Afrodite riu, erguendo a barra do próprio vestido, também coberta de terra. — Nada que uma boa lavagem não resolva. Fora isso, estamos todos bem.

— Sim, Vossa Graça — respondeu ela, erguendo-se. — Eu a levarei para almoçar.

Emeline já estava segurando a mão dela.

— Obrigada, sra. Watson. — Afrodite acenou para Emeline, que acenou de volta antes de seguir a babá para dentro. Quando elas estavam fora de vista, Afrodite disse: — Emeline está se abrindo para mim. Espero que um dia ela se torne mais dependente de mim do que da sra. Watson. Como a mamãe dela. Sempre tive babás, mas minha mãe estava muito presente.

— Sim, eu me lembro — respondi, oferecendo o braço a ela enquanto subíamos a escada. — Tudo em seu devido tempo. Hoje foi o dia em que Emeline mais sorriu. Especialmente depois...

— Depois?

— Depois que a mãe dela faleceu — respondi.

— Ah, como ela era antes?

— Ela era... eu era... — Eu não sabia porque procurava não pensar nisso também. Abaixei a cabeça. — Foi um tempo difícil para ela, tenho certeza.

— Você conversou com ela?

— Não, a sra. Watson...

— Evander, por favor, diga que conversou com a menina depois que ela perdeu a mãe.

— Claro, conversei — falei rapidamente. — Contei o que aconteceu, e ela disse que tudo bem. E foi isso.

— Ela não ter chorado não lhe pareceu estranho?

— Ela é uma criança quieta, como você viu. Nem todo mundo sofre com a perda de um parente. Eu não sofri — murmurei, e lá estava mais uma informação que escapulia, e Afrodite a agarrou.

— O que você fez na época?

— Não me lembro. — Beijei a testa dela. — Tenho trabalho a fazer. Eu a verei mais tarde.

Não esperei, pois temi deixar escapar mais alguma informação. Fiz tudo o que pude para esquecer do passado. Não havia motivo para ficar lembrando, já que nada poderia ser mudado. Busquei meu futuro, concentrado em criar meu refúgio. E eu estava cada vez mais perto daquela vida do que jamais pensarei que estaria. Não queria estragar tudo. No entanto, nos últimos dias, me vi pensando mais sobre o passado. E agora Afrodite me obrigava a pensar em Emeline.

De fato eu não conseguia me lembrar da reação dela quando soube que a mãe falecera, e não prestei tanta atenção nela na época. Simplesmente a deixei aos cuidados da sra. Watson.

Isso me fez lembrar de meu pai, e de como ele agira quando minha mãe falecera. Ele também mal dissera uma palavra.

Inferno.

Massageei a lateral da minha cabeça, suspirando.

Não sou meu pai. Não sou meu pai. Repeti o mantra enquanto me aproximava do quarto de Emeline.

— Vi ovelhas, e então as outras meninas me mostraram suas bonecas. Disseram que suas mamães as costuraram! As bonecas estavam muito sujas, mas elas disseram que é porque as abraçam demais.

Aquela vozinha divagando era algo que eu nunca ouvira. Na verdade, precisei conferir se não pertencia a outra criança em vez de Emeline. Mas lá estava ela, falando, enquanto a sra. Watson procurava um novo vestido.

— Posso ganhar uma boneca? — pediu Emeline. — Quero uma que se pareça comigo também, com cabelo cacheado e um vestido bonito. Ah, e um chapéu!

— Claro, querida. Farei uma para você. — A sra. Watson deu uma risadinha.

Sorri. Quem diria que Emeline podia falar tanto e tão rapidamente, além da sra. Watson, é claro. Eu estava prestes a me retirar quando Emeline tornou a falar.

— A Odite pode fazer?

— Odite? — repetiu a sra. Watson.

— A duquesa. As outras meninas disseram que tem que ser feita por sua mamãe. A duquesa é minha mamãe agora, certo?

Sorri.

— Não.

O *quê?* Me aproximei e vi a sra. Watson ajoelhada diante dela.

— A duquesa é a duquesa. Ela não é sua mamãe. Eu não expliquei? É melhor você ser respeitosa e quieta, não a deixar com raiva. E jamais a chame de Odite outra vez. É Vossa Graça.

— Mas ela disse que eu poderia — sussurrou Emeline. — Ela não é ruim.

— Ainda. Porque está fingindo. Ela quer que todos gostem dela, e depois vai começar a tratá-la mal. Então ninguém acreditará em você. Quando isso acontecer, você estará correndo grande perigo, querida. Ela tentará se livrar de você. Não se pode confiar em pessoas como ela...

— *Sra. Watson* — gritei, estremecendo de horror e fúria, pois não podia acreditar no que havia ouvido.

Ao me ver, ela deu um pulo para trás.

— Vossa Graça...

— Arrume suas coisas. Está dispensada! Saia daqui *agora*!

— Senhor...

— Como ousa falar assim da minha esposa? — Se ela não fosse uma mulher e idosa, eu teria lhe dado uma bofetada. — Como ousa envenenar minha filha com suas mentiras?

— Vossa Graça, por favor, eu estava...

— Eu disse *agora*! Jamais me deixe ver seu rosto nesta propriedade outra vez! — Eu tremia, e corri até Emeline. Eu a peguei nos braços, mantendo-a longe do alcance daquela serpente em forma de mulher. — Só Deus sabe o que você fez com esta criança todos esses anos. Saia da minha frente. *Agora*!

Ela deu um pulo e saiu correndo do quarto.

— *Não!* — Emeline estendeu a mão na direção dela, mas eu a abracei com força. — *Papai, não! Sra. Watson!*

— Shh! — Eu a abracei com força quando ela começou a chorar, lutando para se libertar. — Ela não é boa, Emeline.

— *Não! Sra. Watson!* — gritou ela, chorando.

Eu não sabia o que fazer, então só a abracei.

Afrodite

— Vossa Graça!

Dei um pulo, quase derrubando o chá em mim mesma.

— Deus do céu! O que foi, Eleanor?

— Venha imediatamente! — Ela entrou apressada em minha sala de estar, ainda segurando as cartas que eu pedira que enviasse momentos antes. — O duque dispensou a sra. Watson e ordenou que ela seja expulsa da propriedade.

— O quê? — Me levantei de uma vez. — Quando? Por quê?

— Ninguém sabe, Vossa Graça. As criadas ouviram gritos e depois viram a sra. Watson sair chorando do quarto da menina. O duque então deu as ordens. Acabou de acontecer.

— O que pode ter acontecido nos últimos dez minutos desde que a vimos? — respondi enquanto a seguia.

— Não tenho certeza, Vossa Graça. No entanto, a menina estava fora de si e chorando pela volta da sra. Watson.

Bem quando eu havia pensado que o dia fora perfeito, estávamos diante do caos inesperado. Não levamos muito tempo para chegar ao quarto, pois estávamos fazendo o que minha mãe dissera para nunca fazer, correr — bem, na verdade andando rápido, mas de maneira pouco adequada a uma dama, e eu ouvia a voz de minha mãe em minha cabeça, gritando comigo. Era impressionante perceber como as mães permanecem conosco mesmo quando estão muito, muito distantes — as mães são tudo.

Foi por isso que, quando entrei no quarto e vi Emeline deitada na cama, encolhida, senti meu coração se partir. A sra. Watson a criara e era a mãe dela, quer isso fosse adequado ou não. Perdê-la assim a perturbaria muito, e mesmo assim o homem que a dispensara estava olhando pela janela, de braços cruzados.

Com cuidado, aproximei-me de Emeline e pousei a mão nas costas dela, mas não tive resposta. Ela apenas suspirava.

— O que aconteceu? — sussurrei, olhando para Evander.

— A sra. Watson foi dispensada — disse ele, sem me olhar. — Ela... ela não é quem eu pensei que fosse. E não permitirei que prejudique mais esta família.

— Prejudique? — repeti. — Como? Pelo que vi, ela é muito dedicada.

— Mentira! — Ele se virou para mim, furioso. — Aquela mulher é uma... — Ele segurou a língua ao ver Emeline se encolher.

— Vamos conversar lá fora...

— Não é preciso. Você fica aqui com ela até encontrarmos uma nova babá. Vou me retirar. — Ele já estava na porta.

— Evander, você não explicou! — Corri atrás dele. — Eleanor, fique com ela por um momento. Evander!

Ele continuou andando.

— Evander! — gritei, seguindo-o, e, ao ver que ele não parava, corri, corri de verdade até estar diante dele. — Não está me ouvindo?

— Afrodite, não quero conversar...

— Você nunca quer conversar! — gritei no rosto dele, mais que exausta dessa atitude. — Esse é o problema. Você diz as coisas, mas não explica. Não compartilha seus pensamentos. Apenas diz o que quer, me beija e se afasta!

— Afrodite...

— Não! — Balancei a cabeça. — Estou me esforçando para não pressioná-lo, para não brigar. Não quero te pressionar a falar sobre coisas que você claramente quer evitar, mas isso não me faz nenhum bem! Por que você contratou mais guardas? É por causa de Fitzwilliam? Não sei, e você não diz. O que a viúva quis dizer ao mencionar minha mãe? Não sei, e não posso perguntar a você nem à viúva. Agora você dispensa um membro vital da casa e não me explica por quê!

— Afrodite, não posso contar tudo só porque você quer saber! — gritou ele.

— Então que explique apenas isso!

Ele inspirou fundo.

— Eu já disse que...

— Por que você é assim? — Franzi a testa, balançando a cabeça. — Por que fica me afastando?

— Não estou te afastando. Estou me mantendo são! — gritou ele. — Já parou para pensar que as respostas que está buscando podem ser dolorosas? Que nem todos tivemos o privilégio de viver em um lar amoroso, onde mamãe e papai se provocam, mas em seguida estão sentadinhos juntos para ler diante da lareira? Já pensou que falar desses assuntos *dói*?

Dei um pulo, pois ele nunca havia gritado comigo assim.

— Eu...

— Você tem sorte, Afrodite. Você é como ar fresco ou água limpa. Quero estar onde você está, não que você se junte a mim onde estou. Então me deixe quieto e siga em frente. — Com isso, ele passou por mim e fiz o que ele queria: deixei que fosse. Sozinho.

Engolindo o nó em minha garganta, não o segui. Em vez disso, voltei para quem precisava mais de mim naquele momento. Encontrei Eleanor tentando fazer Emeline descobrir a cabeça com o lençol.

— Vossa Graça.

— Você pode ir. Mais tarde, traga as coisas do meu quarto. Ficarei com Emeline por enquanto — falei, tirando meus sapatos e me deitando do outro lado da cama.

— Sim, Vossa Graça — disse ela enquanto partia, fechando a porta atrás de si.

Acariciei as costas de Emeline suavemente, sem saber o que dizer.

25

Afrodite

Levei três dias para entender o que acontecera, pois a única testemunha do incidente era a pequena Emeline. No dia seguinte, ela ainda estava muito chateada, e eu não sabia como cuidar da menina. Parecia que eu havia falhado em todos os aspectos da rotina matinal dela, o que apenas deixava Emeline mais triste, mas, em vez de chorar de frustração, ela ficou retraída e mal comeu. Então, no dia seguinte, pedi a ela que cuidasse de mim da mesma forma que a sra. Watson cuidara dela, como forma de mantê-la ocupada e saber se a sra. Watson a prejudicara de algum modo. Mas Emeline foi muito cuidadosa, perguntando sobre minhas roupas e depois garantindo que o café da manhã estivesse certo. Percebi então que a menina conseguia falar tão bem quanto Abena. Ela até tentou arrumar meu cabelo, mas se cansou rapidamente por conta da quantidade de fios.

Tudo o que ela fez apenas me mostrou quão bem a sra. Watson havia cuidado dela. Só quando Emeline acidentalmente deixou cair um de meus colares, que quebrou, vi o medo em seus olhos, e ela perguntou se eu deixaria de ser boa depois disso. Só entendi quando ela se sentiu confortável para explicar o melhor que pôde.

— A sra. Watson disse que em algum momento eu seria maldosa com você? — perguntei, realmente perturbada. Estava terminando a boneca que começara a fazer para ela.

— Sim, ela disse que você estava apenas fingindo ser legal para que papai gostasse de você — respondeu ela, olhando para a boneca.

— Ela dizia isso com frequência? — pressionei, esforçando-me para permanecer calma.

Emeline assentiu, sem perceber o quanto isso era um problema.

— A sra. Watson me dizia isso todos os dias. É por isso que tenho que ficar quieta e vigiar minhas maneiras, para que você não me mande embora.

Enraivecida, mordi o lábio, mas pressionei mais.

— Isso é tolice. Você é da família. Por que eu a mandaria embora?

— A sra. Watson disse que a viúva é da família, mas ela não vigiou suas maneiras e foi mandada embora. Ela me mostrou pela janela quando você e papai a fizeram partir. E a tia Ver não voltou porque você a mandou embora também.

Quanta audácia daquela desgraçada mentirosa, pensei enquanto me dava conta.

— A viúva e seu papai não são bons amigos, e ele ficou surpreso por ela chegar sem avisar, por isso ela foi embora. E sua tia Verity quis ficar mais tempo em Londres para a temporada.

— Temporada? — perguntou ela, olhando para mim.

Assenti.

— É quando todas as damas da sociedade que têm idade suficiente vão a bailes e almoços no parque, para que possam dançar, cantar e conhecer muitas pessoas boas. É tudo muito divertido.

— Posso ir? — perguntou ela.

— Claro, quando for mais velha — expliquei, terminando o último ponto do vestido da boneca. — Eu a levarei, e você terá o mais fino dos vestidos. Você é a filha de um duque. Deve estar bem grandiosa.

Emeline sorria de orelha a orelha.

— Então a tia Ver vai voltar?

— Sim, querida — respondi, entregando a boneca a ela, embora não estivesse tão bem-feita. Eu devia ter caprichado mais no bordado, mas ela pareceu não se importar. Abraçou a boneca com força.

— Obrigada, Vossa Graça.

— Faço tudo por você. — Toquei o rosto dela. — Porque você é importante. Muito, *muito* importante. Ninguém pode mandá-la embora ou ser maldoso com você. Nem eu. E você não precisa me chamar de Vossa Graça. Pode me chamar de Odite ou mamãe. A sra. Watson estava enganada. Não ficarei com raiva.

— Mas por que papai ficou com raiva? — sussurrou ela, agora de cabeça baixa enquanto cutucava a boneca.

— Ele ouviu o que a sra. Watson te disse?

Ela assentiu.

— Acho que sim.

Evander a dispensara por estar envenenando Emeline contra mim. Eu não sabia por que ela faria tal coisa. Mas entendi a atitude dele. Eu teria feito o mesmo. No entanto, a questão não era essa. A questão era a falta de comunicação e sua recusa a compartilhar seus pensamentos comigo. Até aquele momento não havíamos falado do assunto. Eu estava errada por pressioná-lo? Ele estava disposto a falar de qualquer coisa, exceto o passado de sua família. Certamente isso era suficiente.

Toc. Toc.

A porta se abriu para revelar ninguém menos que a própria Verity, vestida de branco.

Emeline se levantou e correu até ela.

— Tia Ver!

— Esquilinha! — exclamou Verity enquanto abraçava a menina, girando. — Senti tanta saudade! Veja o quanto você cresceu.

Emeline riu, e Verity lhe fez cócegas.

— Voltou da temporada?

— Temporada. Quem te falou disso? — perguntou Verity.

— Fui eu. — Ri, aproximando-me dela. — Bem-vinda ao lar. Perdoe-me por não recepcioná-la quando chegou. Não sabia que você retornaria agora.

— Um mês não é tempo suficiente? — Ela me lançou um olhar.

— Faz um mês?

— Sim, não percebeu?

— Não. — Ri de como para mim o tempo parecia ter passado rápido.

— Me desculpe não ter avisado. Mas vim com a melhor companhia.

— De quem?

Ela sorriu.

— Do conde e da condessa de Montagu!

— Meu irmão está aqui? — Meu coração disparou. Ah, como eu desejava vê-lo.

— Está. Podemos ir?

Assenti, cheia de alegria, estendendo a mão para Emeline, que a aceitou sem questionar. Eu estava muito animada por ter parte de minha família ali. Sentia saudade deles.

Quando cheguei à frente da casa, minha cunhada estava aos pés da escada, observando as esculturas na parede com o mais puro fascínio.

— Silva! — chamei.

— Afrodite!

Nos abraçamos. Quando apertei, ela arfou e se afastou.

— Cuidado, não estou sozinha.

Não entendi o que ela quis dizer até pousar a mão na barriga. Ela sorriu, assentindo.

— Bem-vinda e parabéns. — Eu a abracei mais uma vez. — Ah, céus! Estou totalmente chocada e satisfeita por você estar aqui. Onde está Damon?

— Chegamos quando o duque estava se preparando para guardar o cavalo, e Damon ficou feliz em se juntar a ele — respondeu ela, olhando para a menina que agora segurava meu vestido. — Olá, mocinha.

— Emeline, esta é a condessa de Montagu. Você pode chamá-la de lady Montagu ou tia Silva — falei, pousando a mão gentilmente na cabeça de Emeline.

— Olá, lady Montagu — disse ela com cuidado, fazendo uma mesura.

— Ora, você não é uma preciosidade? — respondeu Silva. — Gostei muito da sua boneca.

Emeline assentiu e a abraçou.

— Vossa Graça a fez para mim.

— Como pode ver, preciso de prática. — Suspirei e olhei para ela. — Por favor, vamos entrar e nos sentar, ainda mais você, na sua condição. Como foi a viagem? Eu não estava esperando por vocês.

— Pois é, peço desculpas. Verity desejava retornar, e Damon queria sair da agitação da cidade, então deu tudo certo. Não conseguimos enviar notícias antes.

— Aconteceu alguma coisa? — perguntei enquanto entrávamos na sala de estar.

— Nada. Como você sabe, Damon simplesmente não gosta das demandas da alta sociedade. Quando soube que eu estava grávida, pensou que seria o momento perfeito para retornar. — Ela pôs a mão na barriga enquanto se sentava.

Como era tradição em nossa família, o bebê precisava nascer em nossa propriedade, embora estivesse claro que faltavam muitos meses.

— Estou muito satisfeita com a notícia. Serei tia.

— E mãe muito em breve... já que agora entendeu certas questões. — Ela ergueu a sobrancelha.

Tentei não rir, mas não consegui evitar.

— Sim. Muito bem.

— Muito bem, é? — Ela riu também.

— Do que estamos rindo? — perguntou Verity, entrando na sala.

— Nada, querida — disse Silva, e bem naquele momento me lembrei de todas as vezes que peguei minha mãe rindo com as amigas e silenciando quando eu chegava. Sempre achei que era porque falavam de mim, mas agora suspeitava de que podia estar muito enganada.

— Você redecorou — disse Verity, olhando ao redor.

— Ah, sim, estou fazendo aos poucos. Gostou? Se não, podemos mudar — falei enquanto a criada trazia bolo e chá.

— Não, está lindo, muito iluminado. — Ela riu. — Deu uma nova vida.

Emeline foi se sentar ao lado dela.

— Então você já se acostumou a ser a senhora de... de tudo isto? — perguntou Silva. — É bem mais do que imaginei. Me preocupo com um dia ter que cuidar de Belclere Castle, e aqui é bem maior.

— Ironicamente, me sinto mais familiarizada com Everely. Minha mãe me fez pensar nesta casa por anos. Quando cheguei aqui, me senti menos sobrecarregada e mais dedicada a usar o que aprendi.

— Sua mãe pensa em tudo.

Era o talento dela. Um dia eu desejava ter a metade de sua competência.

Antes que Silva dissesse alguma coisa, a porta se abriu.

— Estou em busca de uma duquesa divinamente nomeada.

Revirei os olhos.

— Estou aqui, irmão!

— Não podia pelo menos fingir que eu não falava de você? — questionou ele, sorrindo e entrando na sala com Evander.

Fiquei de pé, e abri os braços para ele.

— Bem difícil, já que sou a única duquesa na sala. — Eu ri. — Olá, irmão. Senti saudade.

— E eu de você, embora não tenha se passado tanto tempo. Mesmo assim, tive que vir garantir que este aqui está te tratando como jurou que trataria.

Olhei para Evander por um momento, mas rapidamente desviei o olhar.

— Estou perfeitamente bem, obrigada. Embora não possa deixar de me perguntar: você veio ver como estou ou levar sua querida esposa de volta a Belclere Castle? — provoquei.

Ele deu uma risadinha e beijou minha bochecha.

— As duas coisas. Além de trazer a jovem lady Verity de volta ao lar antes que ela e Hathor se engalfinhassem.

— O quê? — perguntei, olhando para Verity.

— Não sei do que ele está falando. Hathor e eu somos boas amigas, gosto muitíssimo dela. Apenas temos visões diferentes — respondeu Verity, inocente.

— O que aconteceu? — perguntei a Damon.

Ao lado da esposa, ele balançou a cabeça, demonstrando cansaço.

— Tanta coisa, minha irmã, tanta coisa. Por onde começar? O desejo de Hathor de se casar com um duque, quando não há duques disponíveis, se espalhou, o que arruinou os planos dela de se casar antes do final desta temporada.

— Ela ainda insiste nisso?

Estávamos no meio da temporada. A maioria dos casamentos aconteceria nas próximas semanas, portanto um compromisso já teria que estar firmado.

— Com profunda dedicação. — Silva riu. — Abena está gostando de provocá-la contando os dias que restam na temporada.

Suspirei. Pelo menos era bom saber que nada havia mudado em nossa família.

— Papai, você gostou? — disse Emeline, atraindo atenção para si ao mostrar a boneca horrorosa que eu fizera. — Vossa Graça a fez para mim.

Evander se ajoelhou diante dela, analisando.

— Está muito bem-feita.

— Mentiroso — murmurou Damon, fazendo Silva dar-lhe um tapa no braço. Ele apenas deu de ombros. — Minha irmã é conhecida por muitos dons, mas a costura não é um deles.

— Está muito melhor do que eu conseguiria fazer. Cuide dela com carinho — disse Evander para Emeline, que assentiu.

— Papai, você ainda está bravo?

A sala ficou silenciosa, e eu quis me enfiar em um buraco, desaparecendo da face da terra. Senti os olhares de Verity, Silva e meu irmão fincarem em mim de imediato, mas me esforcei para observar Emeline.

— Não estou bravo. — Ele tocou a bochecha dela. — Só não dormi bem, é isso.

— Porque está dormindo sozinho?

Matem-me.

Escondam-me.

Deus do céu, por favor salve-me. Ela era pior que Abena!

Evander

Eles chegaram no pior momento possível.

— O que está acontecendo entre você e minha irmã? — questionou Damon quando entramos em meu escritório.

Eu tinha certeza de que, depois de ser humilhado por Emeline e de um jantar bastante desconfortável, a situação entre Afrodite e eu estaria clara. Eu sabia, e mesmo assim não queria ter essa conversa.

— Nada para se preocupar — murmurei, servindo-me um pouco de conhaque.

— Você está bebendo, e faz três dias que ela não dorme com você?

Virei-me para ele.

— Você não acha que está cruzando uma linha pessoal?

— Belclere Castle está a um dia de distância, então, se você não quer minha irmã, posso levá-la...

— Prefiro matá-lo — gritei, encarando-o. — Ela pode ser sua irmã, mas é minha esposa agora. Os papéis mudaram. Você não...

— Relaxe. — Damon riu, pegando o copo da minha mão. — Eu apenas estava conferindo se você ainda queimava de paixão agora que a conseguiu.

— Estou eternamente inflamado. — Enchi outro copo.

— Então qual o problema?

— Sua família tem sempre que compartilhar?

— Sua família tem sempre que manter segredos? — devolveu ele, sentado confortavelmente no sofá diante de mim. — Mesmo quando estão tentando ajudá-los, você e sua irmã são reservados, embora ela esconda seus problemas melhor que a maioria. Somos família agora. Por que manter segredos?

— Como assim? — Endireitei-me quando ele mencionou Verity. — Está tudo bem com minha irmã?

Ele ia começar a contar mas mudou de ideia.

— Contarei o que aconteceu com sua irmã se você me contar o que aconteceu com a minha.

— Damon, não estou com paciência.

— Então que seja. — Ele terminou de tomar sua dose de conhaque. — Estou cansado da viagem e vou me recolher, *cunhado*, e amanhã partirei cedo com minha esposa. Se tiver perguntas sobre Verity, pergunte a ela. Mas duvido que ela responda, assim como minha irmã nada dirá sobre o que está acontecendo entre vocês. Boa noite.

Inferno.

— Não podemos seguir em frente? — perguntei enquanto ele se dirigia até a porta. — Por que todos querem saber do passado? Vejo no olhar da sua irmã. Ela quer saber tudo sobre as coisas sórdidas que aconteceram com minha família. Todos sabem que não foi o melhor dos tempos, e mesmo assim ela persiste.

— Já parou para pensar que é você quem não está seguindo em frente?

Não compreendi.

— Claro que estou. Você não vê que eu...

— Nós vemos sim — interrompeu ele, balançando a cabeça. — Esse é o problema. Deve ser esse o motivo de minha irmã querer saber. Você está carregando o peso de tudo. Isso te deixa agitado e drena sua alegria. Então, é claro, ela quer entender o motivo. As mulheres, já reparei, são criaturas inquisitivas, quer se trate da caixa de Pandora ou de Eva no Jardim do Éden. Elas precisam achar o conhecimento.

— Em ambas as circunstâncias, isso não levou a problemas terríveis para a humanidade?

— E mesmo assim aqui estamos, sobrevivendo a esses problemas terríveis ao lado delas, então certamente somos tão loucos quanto elas.

Rimos, balançando a cabeça.

Eu preferiria responder tudo o que Afrodite gostaria de saber a sofrer com a falta dela.

— Verity tem pesadelos na maioria das noites — disse Damon, sério. Quando percebemos isso, tentamos cuidar dela de todas as formas possíveis, inclusive chamando o dr. Darrington para conversar com ela. Pareceu pouco ajudar. Acho que no fim das contas ela se cansou de fingir estar bem e quis voltar para cá.

Eu sabia. Era possível que ela tivesse se forçado a ficar por todo esse tempo para não me atrapalhar.

— Obrigado por acompanhá-la.

— É claro. Como falei, somos família. Espero que *vocês dois* aprendam a contar conosco de vez em quando — respondeu ele.

Só consegui assentir. Com isso Damon estava agindo como a irmã, pedindo que eu fizesse algo tão simples e ao mesmo tempo tão contrário a tudo o que me ensinaram.

26

Afrodite

— Precisa de algo mais? — perguntei da porta do quarto de hóspedes.

— Não. Você está sendo a mais graciosa das anfitriãs — respondeu Silva. — É uma ótima senhora.

Sorri.

— Mais uma vez, você me elogia demais, porém estou feliz por se sentir confortável aqui. Gostaria que ficasse mais um dia ou dois.

— Não podemos. Você ainda é recém-casada. — Ela se inclinou para sussurrar. — Embora se possa dizer que eu também.

— Quando a novidade passa? — perguntei.

Ela pousou a mão na barriga.

— Não tenho certeza, mas acredito que este é um excelente sinal.

Dei uma risadinha, assentindo.

— Concordo. Mas, se você ou meu irmão quiserem ficar, não haverá problemas.

Ela me observou com cuidado.

— Você quer nos usar como barreira?

— De quê?

— Peço perdão se estou sendo invasiva, mas... — ela pegou minha mão — está tudo bem entre você e o duque?

Depois do que Emeline dissera na sala, Silva, meu irmão e Verity passaram a observar Evander com cuidado. Eu mentira e dissera que o motivo de estar dormindo no quarto de Emeline era nos familiarizarmos, já que a menina perdera a babá. Foi difícil manter a mentira, já que Evander e eu mal nos falamos pelo resto do dia.

— Não é nada... quer dizer, minto, tem uma coisinha, sim. — Soltei o ar, segurando a mão dela com força. — Não é nada importante. Tivemos um desentendimento, embora nossa discussão tenha ido além da questão imediata. Acho frustrante quando ele não compartilha seus pensamentos. Ouço falar de Everely da boca de outras pessoas, mas nunca por ele. Ele não diz o que está acontecendo, mesmo quando vejo que algo o perturba. Mas agora me pergunto se estive errada em pressioná-lo.

— Pela minha experiência, Afrodite, os homens nem sempre expressam seus sentimentos em voz alta. Até seu irmão tem coisas que não quer compartilhar comigo.

— Sério? Damon nunca conseguiu esconder suas frustrações, pelo menos conosco.

— Sim, é verdade. Ele não consegue se conter. Mas você se surpreenderia em saber que há momentos em que ele fica bem quieto. Quando cisma com alguma coisa, ele se senta ao ar livre, leva uma maçã para comer e fica observando o céu. O que tanto olha, não sei. Quando pergunto, ele diz que está pensando. Em quê? Ele não responde. Pelo menos não a princípio. Nesses momentos, me junto a ele e também encaro o céu, às vezes até leio. Depois de um tempo, ele compartilha um pensamento ou uma lembrança. Nem tudo pode ser contado de uma vez. Mas isso não é tão ruim assim, já que o casamento é para a vida toda.

Esse era o meu problema? Ansiedade para saber tudo de uma vez? Uma das coisas de que eu mais gostava nos livros era ter uma história inteira, com início, meio e fim. Até aquele momento da minha vida com Evander parecia que eu havia recebido a maior parte do começo, pouca coisa do meio e um fiapo do final. Queria mais e, pelo jeito, estava pedindo muito dele, era isso?

— Obrigada — falei.

Antes que Silva respondesse, Damon entrou no quarto. Ele olhou de uma para a outra.

— Ah, céus, o que vocês estão tramando?

— Sua irmã está pedindo que fiquemos mais um dia — respondeu Silva.

— Poderíamos ficar, mas não deveríamos. Acho que a última opção é melhor.

— Como posso convencê-lo do contrário? — perguntei.

— Não tem como. Assim como você tem a sua casa, irmã, temos a nossa, e eu gostaria de ir para lá. Além disso, não vou permitir que sejamos usados como escudo nas disputinhas matrimoniais do casal. — Ele foi me empurrando com gentileza para fora do quarto. — Resolvam-se sozinhos. Boa noite!

E deu com a porta na minha cara.

— Damon! — exclamou Silva de dentro do quarto.

— O que foi? — respondeu ele no mesmo tom.

Balançando a cabeça, desci o corredor, orgulhosa por ter conseguido conduzir Silva até ali sozinha, sem Eleanor ou Emeline para me guiarem. Devagar, dia após dia, eu estava encontrando meu caminho. Esse seria o caso com Evander. Eu era paciente... bem, na verdade eu não era *nada* paciente. Como segunda filha e primeira menina da família Du Bell, não estava acostumada a esperar. A diferença de idade entre minhas irmãs e eu me dava prioridade na maioria das coisas em nossa casa. Quando eu fazia pedidos às minhas irmãs, elas me ouviam. Mesmo meus irmãos ouviam, até certo ponto. Então eu não estava acostumada com a hesitação de Evander. Quando se tratava de meu marido, eu queria que ele me contasse tudo. Queria um relato detalhado de sua vida, de como ele se sentia, do que via, do que pensava naquele momento — de tudo. E, não sei por qual motivo, realmente acreditei que, ao me casar com ele, isso aconteceria no mesmo instante.

O que era uma tolice.

Ao passar pelo quarto de Verity, ouvi o som de choro.

— Por favor... não...

Aproximei-me da porta, pronta para bater, quando uma mão segurou meu pulso. Era Evander, que me olhava com a expressão severa.

— Acordá-la a fará se sentir pior — sussurrou ele. — É melhor fingir não ouvir. Não importa quão difícil seja.

— Mas ela está bem? — O som do choro dizia o contrário.

— É um pesadelo. Ela estará melhor ao amanhecer.

— Ao amanhecer? O que você... — Calei ao sentir uma pergunta se formando. — Está bem.

Ele me encarou e nada disse.

— Evander, meu pulso.

— Desculpe — murmurou ele, soltando meu braço.

Ficamos ali até que o som do choro de Verity foi demais para Evander, e ele se virou para a porta.

— Pensando bem, vou ficar um pouco com ela.

— Muito bem, boa noite.

— Afrodite — chamou ele antes que eu saísse dali. — Está indo para o quarto de Emeline?

— Sim. — Assenti e adicionei: — Só por mais uma noite.

— Se não estiver cansada, pode esperar acordada no nosso quarto? Verity me mandará sair de perto em breve. — O cantinho dos lábios dele se ergueu, mas o sorriso não tocou seu olhar.

— Aguardarei no meu canto perto da janela.

— Você sabe o caminho até lá? — Agora ele sorria.

— Não me subestime.

— Jamais! Nos veremos em instantes.

Assenti.

— Assim seja.

Evander me ofereceu seu lampião. O olhar dele tinha me hipnotizado de tal forma que não percebera que ele trazia um.

Aceitando-o, esperei que ele entrasse antes de partir. Não tinha certeza do que ele desejava dizer, e agora estava ainda mais preocupada com Verity.

— Não — murmurei. *Chega de fazer perguntas*. Se ele não havia me contado, então eu não iria perguntar. *Será que eu conseguiria ficar quieta?* Me conhecendo, a resposta seria um sonoro não, mas pelo menos eu me esforçaria.

Entrei no quarto e me dei conta de tudo que passara ali. Por mais que três dias fosse pouco tempo, entrar no meu próprio espaço foi... agradável. Pousando o lampião na mesinha, sentei-me à janela, onde agora havia um cobertor. Vi que a cama estava feita. No entanto, o travesseiro do lado dele da cama estava no meu assento à janela.

Será que ele estava dormindo ali?

Essa pergunta, junto a várias outras, girou em minha mente até eu ouvir a porta se abrir e ele entrar.

— Não precisa ficar de pé.

— Força do hábito — murmurei, sentando outra vez.

Evander assentiu, dando a volta na mesa para se sentar ao meu lado. Apoiou as costas contra a parede e olhou para a floresta escura diante de nós.

— Eu...

— O...

Falamos ao mesmo tempo e rimos.

— Agora estamos desconfortáveis.

— Queria que não estivéssemos — respondeu ele.

— Eu também. — Queria que estivéssemos como éramos. — Não perguntarei mais. Você decidirá o que quer me contar ou não.

Ele ergueu minha mão e a beijou, por bem mais tempo que o necessário, mas não me importei, era bom sentir seus lábios em mim.

— Talvez eu deva abrir a caixa de Pandora e compartilhá-la com você — murmurou ele.

— O quê? — Droga, isso era uma pergunta. — Seja lá o que for, não precisa.

— Obrigado por dizer isso, mas não é o que você realmente deseja, é? — perguntou ele, nossas mãos entrelaçadas. — Eu sempre disse a mim mesmo que eu lhe daria o mundo se você pedisse, caso isso significasse que você estaria comigo. Agora está, e me pergunta sobre coisas que não quero falar por muitas razões.

— Então não fale.

— Não é o que você quer — repetiu ele.

— O casamento não se trata apenas de mim.

— Nem pode se tratar apenas de mim.

Dei uma risadinha.

— Trocamos os papéis? Agora não quero que você compartilhe, e você começou a tentar.

— Acho que trocamos. — Ele deu um sorrisão. — Não sei por onde começar porque... porque há muito a ser dito. Então pergunte. Pergunte o que quiser, meu amor.

Pensei em começar por algo que talvez não fosse tão pesado.

— Verity está bem?

— Sim e não. Faz tempo que ela tem esses pesadelos, mas, de manhã, age como se nada tivesse acontecido e diz que está bem.

— Ela não consultou um médico?

— É mental. — Evander abaixou a cabeça, olhando para as minhas mãos. — Prescreveram tônicos para relaxá-la, mas perdem o efeito depois de um tempo. O trauma é mais forte.

— Trauma?

Ele inspirou fundo.

— Quando fui enviado pelo meu pai para estudar fora, ela era um pouco mais velha que Emeline, e foi deixada sob os cuidados de Datura, pois meu pai não poderia se importar menos com a filha. Datura era cruel.

— Ela a machucou?

— Ela chamava de hora da reflexão — disse ele, balançando a cabeça. — Quando achava que Verity havia se comportado mal, trancava-a no guarda-roupa ou no armário. Ela ficava no escuro, presa por horas. Sem água. Sem comida. Esse inferno apertado e sombrio era a punição para tudo, até mesmo se Verity risse um pouco mais alto. Se ela gritasse por ajuda, Datura a deixava lá por mais tempo. Meu pai, o desgraçado, jamais ajudou a filha. Ela fez isso várias vezes. Verity parou de comer e falar. Pessoalmente, acredito que ela não ousava sequer crescer. E, como se não fosse suficiente, Datura a provocava e a culpava por ser punida.

— Deus do céu — sussurrei, aproximando-me dele. — Por quanto tempo isso durou?

— Anos. E teria continuado se não fosse por sua mãe.

— Minha mãe?

Ele assentiu.

— Não faço ideia de como ela soube. Não tenho coragem de perguntar. Mas um dia ela veio até aqui, acompanhada de seu pai e de um velho amigo da família, que era o magistrado local, fingindo terem sido convidados para o almoço. Meu pai, que não queria parecer tolo e achando que Datura tinha se esquecido do convite, concordou em recebê-los. Sua mãe perguntou por Verity, com a desculpa de que tinha presentes para ela. Datura havia se esquecido de que trancara Verity. Como ela não apareceu quando foi chamada, Datura mentiu e disse que minha irmã estava dormindo. Sua mãe disse que iria até o quarto dela. Então Datura resolveu pedir que uma criada fosse buscá-la, mas sua mãe insistiu em ir até o quarto. Claro que ela não encontrou Verity lá, e ninguém conseguiu encontrá-la pela casa. Então sua mãe começou a chorar e a gritar, dizendo que tinham matado a menina.

— Chorar e gritar? — repeti, erguendo a sobrancelha. — Mamãe pode gritar. Mas chorar não é o forte dela.

— Naquele dia, ela chorou. Todos contam a mesma história. Ela até desmaiou. — Um sorrisinho apareceu nos lábios dele, embora seus olhos estivessem cheios de lágrimas. — E graças a Deus ela chorou, pois aquilo deixou a casa inteira em estado de alarme. Montaram uma busca para encontrar Verity e provar para sua mãe que ela não estava morta. Depois de mais uma hora, ela foi encontrada no armário. Meu pai mentiu para o magistrado, dizendo que ela devia ter se trancado sem querer enquanto brincava. Isso acalmou a todos, menos sua mãe, que começou a se perguntar por que Verity estava tão magra, e ao mesmo tempo reparou nos arranhados dentro do armário. Quanto mais ela foi chamando a atenção para a situação, mais todos começaram a se perguntar, principalmente o magistrado. Ele pediu para falar a sós com Verity.

— Verity explicou o que aconteceu com ela?

— Ela era jovem e estava traumatizada, então não conseguiu explicar bem. O magistrado não pôde fazer nada, pois não havia muitas evidências. Logo depois disso, não se falava de outra coisa, o que despertou a fúria de meu pai. Para provar que era tudo mentira, ele contratou várias babás e governantas para cuidar de Verity e proibiu Datura de interferir. Ela nem tinha permissão para estar na mesma ala da casa que Verity. E sua mãe apareceu muitas vezes aqui, de surpresa, só para conferir. Verity nunca mais ficou aos cuidados de Datura novamente, e aos poucos se tornou mais feliz e saudável. Mesmo assim, a situação a deixou traumatizada, e tudo piora quando escurece e ela está sozinha.

O som de Verity implorando durante o sono se repetia em minha mente.

— Datura é uma criatura má.

— Mais do que você pode imaginar. — Ele balançou a cabeça. — Não temos retratos da minha mãe porque Datura os queimou; ela alega ter sido um acidente, mas como todos os retratos de minha mãe foram parar justamente na sala que pegaria fogo vai além da compreensão e da razão. Tudo que restou da imagem da minha mãe foi um rascunho. Com ele, pedi a vários artistas que tentassem criar um novo retrato. Mas nenhum deles conseguiu capturá-la de verdade, exceto sir Cowles. Infelizmente ele faleceu antes de poder pintar outras. Senti que foi um tipo de maldição. Embora eu esteja grato por pelo menos ter um. Por Verity também.

— E seu pai permitiu que tudo isso acontecesse? — Essa era a parte mais chocante de tudo. Aquela não era a família dele? Os filhos dele? Não era o dever dele pelo menos protegê-los?

— Meu pai não se importava — respondeu ele, com rancor. — Ele só se importava consigo mesmo. Queria ter a filha de um açougueiro, então a teve. Queria se casar com a mais nobre dama da sociedade, portanto se casou. Ele se recusava a ser moderado ou até mesmo decente. Enganou minha mãe para que ela se casasse com ele, sem sentir remorso nem se importar com ela. Só contou a verdade a ela quando conseguiu o que queria: um herdeiro legítimo. Depois disso, ele não quis mais saber onde ela estava, o que fazia, nem mesmo se estava viva ou morta. Houve momentos em que acreditei que ele ficara satisfeito com a morte dela, por não ter mais que fingir que dividiam uma vida. Quer saber o que ele disse no dia em que retornamos de Londres, depois do falecimento de minha mãe? Verity não tinha ainda uma semana de vida e fora levada a ele pela primeira vez.

Eu não estava certa de querer saber, pois estava certa de que meu coração doeria mais por ele.

— O quê? — perguntei.

— Tanto esforço… por uma menina. — Evander rangeu os dentes com força. — Essas foram as primeiras palavras dele para Verity, e depois ele nunca mais deu atenção a ela. A atenção dele para mim era apenas em relação a cuidar da propriedade, manter nosso bom nome, o nome que ele afundara na lama, jogara no meu colo e desejava que eu mantivesse. Ele não se importava com ninguém, Afrodite. Não havia amor nesta casa. Foi fria, cruel e dura até o dia em que ele morreu. Até hoje, às vezes sinto um arrepio aqui. Não posso explicar mais que isso. E me sinto péssimo em falar desse assunto.

Beijei a mão dele, segurando-a com força.

— Não quero forçá-lo a reviver essas lembranças terríveis. Eu apenas queria entendê-lo melhor, e agora entendo. Não precisa dizer mais nada. Perdoe-me por pressioná-lo. Você estava certo. Eu nunca tive esse tipo de dificuldade.

— Não se desculpe por não ter essa vivência, é uma das suas qualidades de que mais gosto. — Ele riu, apoiando a testa na minha. — Apaixonei-me por você, mas também por sua família. Desejo o mesmo para mim... para nós.

— Seis filhos, então?

— Prefiro oito — respondeu ele.

— Isso é demais!

— Quanto mais, mais felizes seremos. Desejo que Everely seja mais barulhenta que Belclere Castle, com irmãos que riem, provocam e brigam, mas que no fundo se amam de verdade.

— Juro que isso não é aconselhável. Mamãe fez parecer simples, mas não sou ela, e essa bagunça te enlouqueceria.

— Você pôs ordem na casa, e acredito que fará o mesmo por nossos filhos. No entanto, já que insiste, terá seis.

— Isso mal é uma concessão! Com Emeline, são sete.

Ele riu.

— Sim, mas pouca concessão é melhor que concessão nenhuma... então, vamos começar?

Evander beijou meus lábios, e pareceu que anos haviam se passado desde que eu o beijara da última vez. Enlacei seus ombros. Logo me vi atraída para seu colo.

— Espere — falei quando o senti erguer minha saia. — Não posso passar a noite aqui.

—- Por que não? Não fizemos as pazes?

— Fizemos. Mas prometi a Emeline que leria para ela.

— Está tarde. Ela já deve estar dormindo — respondeu ele, beijando meu pescoço.

— Ela ainda estará acordada. Percebi que ela não dorme até ouvir uma história. Era o que a sra. Watson fazia.

Evander hesitou com a menção a sra. Watson, e então ergueu a cabeça.

— Eu a dispensei porque...

— Eu sei — respondi, tocando o rosto dele. — Emeline me contou.

— Ela... ela não causou mais nenhum dano a Emeline, certo? — Um vinco profundo se formou acima do lábio dele. — Por favor, diga-me que também não ignorei outros abusos ou insultos.

Sabendo o que acontecera com Verity e que o pai dele nada fizera, entendi o que Evander quisera dizer com *também*. Ele não queria ser como o pai.

— Não, não que eu saiba — respondi, acariciando o rosto dele. — A sra. Watson cuidou bem dela, apesar de tudo.

Ele suspirou aliviado e apoiou a cabeça na minha. Não disse mais nada, e eu não quis pressionar. Estava tudo bem. Abraçá-lo, estar perto dele, era perfeito.

— Eu te amo, Evander — suspirei.

— E eu te amo.

— Agora há amor verdadeiro em Everely. Nós o trouxemos.

— Trouxemos, sim. — Evander sorriu e meu coração disparou.

27

Afrodite

— Você sabe — disse Verity de repente, enquanto caminhávamos até a vila com Emeline e Eleanor.
— O quê? — perguntei.
— De meus pesadelos — respondeu ela, segurando meu braço. — Eu sabia que seu irmão diria algo antes de partir, e você pode ter ouvido alguma coisa nos últimos dois dias.
— Eu ouvi. Mas meu irmão não disse nada, nem Silva — respondi baixinho.

O rosto dela se franziu amargamente.
— Sua família é gentil. Por isso eu não podia mais permanecer na sua casa. Percebi a preocupação que havia com relação a mim, quanto esforço faziam em meu nome. Ficou... excessivo.

Ela estava magoada. Vi nos olhos dela; ela parecia lutar contra as lágrimas.
— Não farei perguntas que você não queira responder — assegurei, enquanto cumprimentava com um aceno de cabeça os arrendatários que passavam por nós.

Ela segurou meu braço com mais força.
— Obrigada.

— Não há de quê.

Eu havia aprendido minha lição. Devia ter aprendido antes, quando Evander me contou a verdade sobre as maldades de seu irmão. Não pressionaria nenhum deles. Apenas esperaria que compartilhassem quando estivessem prontos.

— Bom dia, Vossa Graça — disse a srta. Stoneshire, dona do Three Boar Bar & Inn, enquanto varria a entrada.

— Bom dia, Rosemary. — Acenei para ela. — Muitos hóspedes?

— Não exatamente, só um grupo de bebedores matinais. — Ela apontou para dentro do bar. — Espero que cheguem mais pessoas.

— Virão. Tenho certeza.

— Bom dia, Vossa Graça. Que tal provar uma guloseima? — perguntou o sr. Lupton, o padeiro mais antigo da cidade, enquanto passávamos na porta da padaria.

— Por favor, não me tente, sr. Lupton. Comi demais da última vez!

— Pois é por isso que estou perguntando novamente! — Ele riu alto.

Sorri, balançando a cabeça.

— Vou me abster até ter me exercitado.

— Bobagem, Vossa Graça. Está linda como de costume. O duque é um homem de sorte.

— Vou falar isso pra ele! — Sorri e acenei.

— Como é que você conhece tantas pessoas? — perguntou Verity. — Vivi aqui minha vida toda e nunca conversei com o padeiro ou com a dona da estalagem.

— Talvez seja esse o motivo de você não os conhecer. — Dei uma risadinha, olhando para ela. — Se apresentar é necessário para se familiarizar.

— Não preciso de acomodação, pois tenho minha casa, nem de guloseimas, pois temos nosso próprio padeiro. Você vive na mesma casa que eu e não precisa dessas coisas, então como os conhece?

— Quando eu era criança, meu pai caminhava com meu irmão até a cidade, pois um dia seria o senhorio e queria que as pessoas o conhecessem e tivessem uma boa imagem dele. Eu não entendia o motivo até que minha mãe me levou em um desses passeios, e vi como todos nos tratavam: como se fôssemos da família.

— Isso é pouco convencional, principalmente para a marquesa. Sempre achei que ela era uma dama da mais estrita ordem.

— Ela é. — Eu ri, pois podia muito bem atestar esse fato. — E muitos anos atrás ela poderia ter acreditado nisso. No entanto, isso mudou com os franceses.

— Franceses?

Eu me inclinei, sussurrando no ouvido dela.

— A revolta deles.

Ela arregalou os olhos.

— A revolução?

Assenti, garantindo que ninguém estivesse ouvindo.

— Minha governanta contou que havia um grande receio entre todos os nobres naquela época. Temeram que o descontentamento chegasse até aqui. Mas, enquanto nada acontecia, o medo impactou meus pais. Meu pai já era conhecido no condado. Ele começou a se esforçar mais, ouvir mais, falar com eles como se todos fossem da maior importância. E anos disso deram bons frutos. Minhas irmãs e eu tínhamos mais liberdade em Belclere Castle. Podíamos caminhar pelas ruas e falar com os vizinhos. E eles gostavam muito de nós, as damas Du Bell. Claro, mamãe sempre nos lembrava de quem éramos e de nossa posição. Mas nós gostávamos, embora jamais estivéssemos desacompanhadas.

— Então, em parte, é uma medida de segurança e também uma forma de dar mais liberdades a nós, mulheres?

— Sim, mas...

— Senhorita!

Virei a cabeça e vi Eleanor ao lado de Emeline, que caíra na terra. Corri até elas.

— Emeline, querida, você está bem? — perguntei, erguendo-a enquanto seu lábio tremia. — Se machucou?

Ela balançou a cabeça negativamente, mas, ao limpar as mãos, seu rosto ficou avermelhado. Inclinei-me para limpar o vestido dela.

— Está tudo bem, querida, desde que você não tenha se machucado — falei.

— E inteira — disse uma voz atrás de mim.

Eu nunca vira aquele homem. Bonito e alto, tinha cabelos castanho-claros e ombros muito retos. Ele segurava o chapéu de Emeline, que estendeu em nossa direção.

— Perdão, Vossa Graça. Ela deixou cair o chapéu.

— Obrigada. — Assenti enquanto Eleanor pegava o chapéu. — Senhor...?

— Topwells.

Não foi o rapaz, mas Verity quem respondera. Ela o encarava com uma intensidade que deixaria Evander envergonhado.

Topwells? Onde eu ouvira aquele sobrenome?

— Verity. Está adorável, como sempre. Como está Evander? Ele ainda não respondeu nenhuma das minhas muitas cartas. Estou magoado.

Arregalei os olhos ao ver, atrás dele, a carruagem com a viúva, que o chamava. Meu coração disparou.

Ele sorriu.

— Vossa Graça, é uma pena nos conhecermos dessa maneira. Ouvi falar muito de você, por minha mãe. É mesmo linda, como todos dizem. Isso me surpreende, pois a fofoca nunca é de todo verdadeira.

— Fitzwilliam? — perguntei.

— Ah, então Evander falou de mim? Que ótimo. Pensei que ele não o faria, pois é conhecido por ser taciturno.

— Como assim, sr. Topwells? Meu marido é o mais gentil dos homens, de fato o melhor entre eles. — Sorri e cuidadosamente pousei a mão sobre a cabeça de Emeline, trazendo-a para mais perto de mim. Mas não deveria ter feito isso, pois ele voltou a focar a atenção nela.

— Entendo. Bem, me desculpe... e você, mocinha, tome cuidado. Você é muito preciosa. — Fitzwilliam sorriu para ela, e Emeline se segurou em meu vestido. Ele acenou para ela antes de ir embora livremente, como se Evander não o estivesse caçando.

— Fitzwilliam?

A voz suave e aguda pertencia uma linda jovem vestida com a mais fina seda azul, o cabelo castanho preso em uma única trança por baixo do chapéu, o rosto branco e lábios de um rosa intenso. Usava um conjunto de pérolas no pescoço, e nos braços trazia um pequeno pug.

— Terminou, querida? — Fitzwilliam sorriu para a mulher.

Ela suspirou pesadamente.

— Sim, não consegui encontrar muita coisa, mas estou surpresa com o padrão das lojas da cidade. É melhor do que presumi.

De canto de olho, vi as compras dela sendo levadas à carruagem da viúva.

— Não falei que Everely era incrível, querida? Veja, até a duquesa passeia por aqui. — Fitzwilliam sorriu e a trouxe até nós. — Vossa Graça, permita-me apresentar minha esposa, srta. Marcella Wildingham... perdoe-me, ainda não estou acostumado, quis dizer sra. Marcella Topwells.

— Vossa Graça? — arfou a moça antes de fazer uma mesura. — Me desculpe, eu não esperava vê-la, nem vi sua carruagem.

A moça era um pouco jovem demais para ser esposa, mais nova que Hathor e, ouso dizer, talvez mais próxima da idade de Devana.

— Achei melhor caminhar — enfim consegui dizer.

— Caminhar? Vossa Graça faz piada, mas e quanto a suas roupas? — Ela riu e olhou para minha bainha, mas então se conteve. — Não importa, tenho certeza de que Vossa Graça tem muitas. É de fato um prazer conhecê-la. Não nos encontramos quando estávamos em Londres para a temporada.

Tentei conter minha surpresa.

— Você também estava nesta temporada?

— Eu...

— Verity, você está tão quieta — interrompeu Fitzwilliam, fazendo todos voltarem a atenção para Verity, ao meu lado. — Marcella, esta é lady Verity, a irmã mais nova do duque.

— Olá, milady. — Marcella fez outra mesura, alegremente.

— Olá, sra. Topwells. Não tomaremos seu tempo, pois vejo que a viúva os espera, Fitzwilliam. — Verity falava baixinho ao meu lado. — Não se deve deixar a viúva esperando.

— Está certa. Até a próxima, lady Everely, lady Verity. — Ele inclinou a cabeça em um gesto de despedida e conduziu a esposa para longe.

— Como foi que isso aconteceu? — sussurrou Verity. — A família Wildingham é uma das mais ricas do condado. O sr. Wildingham só tem uma filha, Marcella, e ela nem tem dezesseis anos ainda.

Imediatamente pensei nas palavras do grande filósofo romano estoico Sêneca. *A tempestade ameaça antes de rebentar, os edifícios estalam antes de caírem por terra.*

Evander

— Eu devia saber!

Os sinais estavam lá. O que levara Fitzwilliam a Londres ao mesmo tempo que eu quando ele sabia que estava sendo procurado? Como a mãe dele conseguira se adornar tão finamente com joias? A mesada que eu lhe dava era suficiente apenas para o básico, jamais daria para comprar bengalas cravejadas de diamantes ou colares de pérolas. Também não daria para comprar uma casa, mas ela conseguira. Presumi que o dinheiro vinha das reservas que ela conseguira roubando meu pai durante seus anos juntos. O sinal mais evidente tinha sido a confiança dela em retornar a Everely. Não pensei no assunto porque Datura sempre fora descarada.

Eu estava dividido entre gritar e ficar em silêncio. Como era difícil fazer um homem e sua mãe pagarem por seus atos.

— Não conheço a família Wildingham. Não quero pressionar, mas é tão sério assim? Obviamente, além da idade da pobre menina, apesar de não ser tão incomum — perguntou Afrodite enquanto eu andava de um lado a outro diante dela na sala de estar.

Verity e Emeline tinham ido se trocar e Afrodite ficara para contar o que acontecera na cidade. Eu sabia que ela estava tentando aparentar calma porque estava sentada bem quieta, da forma como fazia quando seus pais discutiam algo e ela era forçada a se comportar como a *lady* que era.

Mas eu não era os pais dela.

— O sr. Unwin Wildingham é um dono de terras poderoso e muito rico, parte da alta burguesia. Já foi considerado o melhor atirador de todo o condado. Ele teve dois filhos, mas o rapaz morreu jovem, junto à esposa, deixando-o apenas com sua filha, Marcella. Ela herdará a casa e um dote considerável. Isso não é o pior. O restante da propriedade e fortunas irão para o primo do sr. Wildingham, que é sir Zachary-Dennison-Whit.

— Esse não é...

— Membro do parlamento, que também dizem ser o braço direito do primeiro-ministro? Sim, meu amor, é ele. Fitzwilliam desapareceu e voltou com apoio muito poderoso. Duvido que conseguirei capturá-lo e jogá-lo na prisão agora, mesmo com as provas que reuni. O magistrado local também é amigo dos Wildingham.

— Mas você é o duque. Certamente tem mais importância.

— Sim, certamente. Mesmo assim, será necessário reunir evidências muito mais fortes para levá-lo à justiça agora que o destino dele está entrelaçado ao dos Wildingham, e eles lutarão para impedir essa vergonha.

— Isso tudo pode ser verdade, mas você não deve se calar. Meu pai me disse que um malfeitor que não se arrepende continua a fazer mais mal. Você deve mostrar ao magistrado tudo o que tem, e sua testemunha também.

Franzi a testa, incerto.

— Me esforcei tanto para reunir tudo para acabar com Fitz-william com um único golpe, principalmente depois da carta que ele enviou. Pensar que eu estava perseguindo o que acreditei ser uma sombra, e agora saber que ele estava tomando chá com os Wildingham, é enlouquecedor.

— Carta?

— Ele me escreveu dizendo que estava voltando, mas pareceu uma ameaça. Então aumentei a segurança da propriedade. Por isso eu não queria que você fosse à cidade. Eu o considerava selvagem e determinado a atacar como uma fera noturna. Agora tudo é bem diferente, pois ele voltou fingindo ser um cavalheiro. Essa é a des-graça da situação.

— O que você vai fazer? — perguntou ela baixinho.

— Todos os meus métodos para capturá-lo falharam, compro-metidos de uma forma ou de outra. Estou de mãos atadas. Acho que vou seguir o conselho de minha esposa — respondi, indo até ela e beijando-a na bochecha. — Irei ao magistrado, embora não saiba que bem isso fará.

Ela sorriu, olhando para mim.

— Vamos acreditar que a justiça será feita.

Fitzwilliam retornara a Everely. Eu tinha certeza que não havia nada bom nisso. Nada mesmo.

Toc. Toc.

— Entre — falei.

Era Eleanor, a criada de Afrodite.

— Vossa Graça, uma carta.

— De quem? — perguntou Afrodite.

— Sra. Marcella Topwells — respondeu ela, antes de se retirar rapidamente.

Bufei, balançando a cabeça. Everely não era grande o suficiente para nós e eles.

— O que diz? — perguntei, tentando controlar a raiva.

Afrodite me entregou a carta.

Para Vossa Graça, a duquesa de Everely.

Imploro que perdoe a maneira como fomos apresentadas esta manhã. Fiquei bem surpresa por vê-la na cidade. Eu esperava encontrá-la, mas pensei que seria durante o chá, não à beira da estrada. Tudo o que falei foi por puro nervosismo. Escrevo esta carta para implorar por outro encontro com Vossa Graça, caso me considere adequada. Esperarei ansiosamente pela resposta. Espero que esta carta a encontre em boa saúde, tal qual estou no momento.

Atenciosamente,
Sra. Marcella Topwells

— Eu a convidarei amanhã — disse Afrodite.

— Eu não os quero aqui.

— Então ela virá sozinha.

— Afrodite...

— Eu sei que você deseja que eu fique fora disso. Mas, Evander, se você me visse com dificuldades, me deixaria lidar com tudo sozinha? Dependemos um do outro, não? Deixe-me convidar a garota, ou melhor, a jovem, para ver se descubro pelo menos se ela sabe a verdade sobre o marido e como se casou com ele. Você disse que desperdiçou tempo usando força bruta para mantê-los longe. Vamos tentar outra estratégia. Quem sabe posso ajudar.

Depender de outra pessoa não era meu forte. Por muito tempo eu estivera sozinho nessa batalha. Por toda a minha vida precisei lutar contra tudo, e eu estava cansado.

— Evander — disse ela, levantando-se e segurando meu rosto para aproximá-lo do dela. — Você não está mais sozinho. Agora somos *nós*. Sua glória é a minha glória. Seu dano é o meu dano. Se você está em uma briga, eu estou em uma briga. Não há como me poupar disso.

Eu sabia que seria assim. Foi por isso que o pai dela tinha manifestado o desejo de que eu lidasse com essas questões antes do casamento. Era uma alegria imensa saber que Afrodite lutara por mim.

— Eu não mereço você — falei, pousando as mãos na cintura dela. — De verdade, você é o meu milagre.

— Então posso convidar a sra. Topwells para o chá?

Suspirei.

— Está bem, convide.

Pedi aos céus que aquilo não fosse um erro.

28

Afrodite

Eu me achara sábia, ou pelo menos madura, para ser uma esposa aos dezesseis anos. Fiquei muito chateada por mamãe não ter permitido que eu me casasse naquela idade. Ela dissera que não acreditava que uma garota de dezesseis anos estivesse pronta para se casar. Para mim, a diferença entre dezesseis e dezoito anos parecia ilógica. Se eu já tinha um candidato, por que esperar? Ela não dera trela para minhas perguntas e avisara que eu compreenderia mais tarde. Fui forçada a esperar em silêncio.

Porém o mais tarde chegara. Eu estava sentada diante da sra. Marcella Topwells, perplexa com quão infantil ela parecia. Não queria acreditar que eu parecia tão imatura assim na mesma idade, mas a forma como ela ria, balançava os pés, comia bolo girando a colher e, mais importante, o jeito como falava, me fez entender por que mamãe achava que nenhuma garota devia se casar aos quinze ou dezesseis anos.

Ela era uma criança.

— Todas as minhas primas ficarão com muita inveja quando souberem que tomei chá com Vossa Graça. — Ela deu mais uma risadinha. — Todas ouvimos falar que as damas Du Bell são as mais finas e agradáveis da sociedade. E que até a rainha as estima muito. Gwendolyn e Minerva tentaram desesperadamente ser convidadas para o baile de sua mãe nesta temporada. Mas era muito difícil conseguir os convites. Elas até imploraram ao sr. Winchester.

— O primeiro-ministro Winchester? — perguntei, mexendo meu chá.

Ela assentiu avidamente.

— Sim. Ele e meu tio estavam conversando sobre algum assunto, então todas as minhas primas tentaram, não só Gwendolyn e Minerva, embora tenham esperado à porta.

— Quantos primos você tem? — perguntei.

— Sete... seis meninas e um menino. Meu tio obviamente está tentando ter outro menino. Mas minha tia já é mais velha e sempre diz que ele deve aceitar o que tem. — Ela riu mais uma vez.

Ela falava de sua família e de assuntos pessoais tão abertamente que fiquei bastante chocada.

— Você passa muito tempo com seu tio, sir Zachary Dennison--Whit, pelo que eu soube.

Ela assentiu, endireitando-se no assento.

— Sim, Vossa Graça. Pois sou filha única agora e meu pai é de idade avançada. Ele pensou que seria melhor se eu estivesse na companhia feminina. É muito mais companhia feminina do que eu esperava, pois a casa é bem cheia. Estou satisfeita por estar casada agora e ser minha própria senhora.

Muito bem, enfim havíamos chegado ao assunto certo.

— Como isso aconteceu? — perguntei, levando a xícara à boca.

— Foi o destino. — Ela sorriu de orelha a orelha. — Eu estava indo para Londres depois de visitar meu pai, e a roda da carruagem ficou presa em um buraco. Éramos apenas eu e minha criada e, é claro, o cocheiro. O sol estava se pondo, e começou a chover muito forte. Temi ser necessário mandar o cocheiro à frente ou, pior, caminhar. De repente a carruagem da viúva chegou, e lá estava Fitzwilliam. Ele correu em meu socorro, tirou o casaco e o

AFRODITE E O DUQUE **295**

manteve sobre a minha cabeça até que eu estivesse em segurança na carruagem deles. Durante o trajeto, conversamos um pouco.

As estradas e o tempo estavam terríveis naquela temporada.

— No dia seguinte, ele chegou com a minha carruagem e perguntou sobre a minha saúde. Todas as minhas primas ficaram com muita inveja, pois ele é lindo, não é? — perguntou ela.

Sorri e assenti.

— Minha tia tentou empurrar Gwendolyn a ele, mas Fitzwilliam não se interessou. Eu o vi sorrindo para mim. Meu coração quase pulou do peito.

Havia algo estranho naquela história, mas eu não estava achando que a jovem mentia. Por que a viúva estaria retornando para Londres se vivia lá? Pelo que eu soube, ela nunca deixava Londres, pois não tinha para onde ir.

— Ele me escreveu uma carta. Nela ele pedia perdão, pois estava muito fascinado pela minha beleza e achava que não teria chance comigo por ser mais velho. Era a mais doce das cartas.

— O que sua tia disse?

— Ela não ficou satisfeita, pois minhas primas não haviam recebido pretendentes. — Marcella riu e deu outra garfada no bolo. — Ela teme que elas nunca recebam.

— Sim, todas as mães têm essa preocupação. Mas o que ela disse quando você recebeu a carta? Ela não a leu?

Ela inclinou a cabeça de lado.

— Leu? A carta é minha. Por que ela a leria?

— Suas cartas não eram lidas por uma criada? Não havia uma acompanhante com você quando se encontrava com homens?

— Não. Mas tenho uma criada. — Ela fez uma pausa e adicionou: — E Fitzwilliam é um verdadeiro cavalheiro, sempre cuida de mim.

— Muito bem, então. E agora você está casada com ele.

— No início meu pai não queria aceitar, dizendo que sou muito jovem. Quase partiu meu coração, e Fitzwilliam não queria causar rupturas na nossa família. Ele até disse que devíamos nos separar para que eu tivesse paz. Mas acredito que devemos lutar pelo amor, então escrevi para meu pai e meu tio e fugi com ele.

Tossi, quase engasgando no chá.

— Você fugiu com ele? E se casaram?

Outra vez, ela deu uma risadinha.

— Quase, mas meu tio nos alcançou. A essa altura eu já havia me entregado a ele, então meu tio arranjou o casamento. Parece muito um sonho. Aconteceu tão rápido, e agora sou a primeira das primas a se casar. Elas estão com tanta inveja...

— E você está satisfeita?

Ela assentiu.

— Bastante.

— Quão bem você conhece Fitzwilliam? — perguntei.

A expressão dela mudou. Marcella olhou ao redor da sala rapidamente, e então de volta para mim. Inclinando-se à frente, sussurrou:

— Sei a verdade.

— A verdade? — repeti.

— Muitos acreditam que ele é filho de um primeiro casamento da viúva, mas a verdade é que ele é filho do antigo duque. E a mãe dele foi o verdadeiro amor do duque, mas eles não podiam ficar juntos. Assim, ele e a mãe foram banidos pelo novo duque. — Ela suspirou pesadamente, olhando para o bolo.

— Você acha que meu marido é tão mesquinho e cruel assim? — perguntei, irritada.

Ela arregalou os olhos.

— Perdão, sei que agora esta é sua família, e não quero chatear o atual duque com essa informação. Apenas quero encerrar a rixa entre eles para que possamos ser uma família só.

Ingênua.

Essa era a palavra mais gentil que eu podia usar para descrevê-la. Quanto mais olhava para ela, com mais raiva ficava. A garota parecia ter sido largada para se virar sem a supervisão de ninguém! Ouviu mentiras como se fosse verdade e recebeu enganação achando que era amor. Era tudo horrível, e ela não se dava conta de nada. E, para piorar, achava-se muito esperta.

Eu devia contar a verdade e acabar com aquela fantasia toda? Ou devia fingir e sorrir, sem revelar que o pior tipo de demônio havia arruinado sua vida? Tentei imaginar como seria dizer *Ele não te ama; está te usando*. Eu tinha certeza disso, mesmo se não soubesse a história de Evander ou da mãe de Emeline. Fitzwilliam era um desgraçado odioso!

— Vossa Graça? — chamou Marcella, pois eu estava em silêncio. — O que acha?

— Do quê?

— De reconstruir o laço entre nossos maridos.

Eu achava impossível.

— Vamos pensar primeiro no nosso lado. Mamãe diz que os homens seguem os caminhos das mulheres.

— Uma amizade com Vossa Graça? Gwendolyn e Minerva jamais acreditarão. Vou escrever para elas. É uma honra. Posso perguntar se Vossa Graça pensou em oferecer um baile? Quero oferecer um, mas não conheço muitas pessoas. E, obviamente, Everely é bem mais majestosa. Ouvi dizer que Vossa Graça ainda não conheceu a nobreza local e esteve apenas na cidade, conhecendo os pobres.

— Sim, como é costume, pensei em esperar até que a temporada de Londres termine — respondi.

— Vossa Graça, isso é bastante injusto, pois as pessoas daqui não conseguem ir até Londres. Os bailes na cidade nunca são tão magníficos, e muitas apenas ouvem falar de quão maravilhosa é a temporada em outros lugares. Vossa Graça poderia transformar Everely no novo centro social da sociedade.

— Pensarei no assunto.

Ofereci mais guloseimas, que ela aceitou alegremente. Esperei que Evander estivesse tendo mais sorte em expor Fitzwilliam por quem ele realmente era.

Evander

Eu sabia que visitar o escritório do magistrado de pouco adiantaria, mas não pensei que seria tão desanimador e enfurecedor. Assim que entrei, não encontrei o magistrado, mas o bastardo em pessoa, sentado, com uma xícara de chá na mão, como se não fosse um criminoso da mais alta ordem.

— Se não é o duque em toda a sua glória — disse o demônio, sorrindo de orelha a orelha.

Com raiva, fiquei parado, incapaz de me mexer ou de falar por temer atacá-lo. Olhei ao redor e vi que ele era a única pessoa na sala.

— Se está procurando o magistrado, ele voltará em breve. Estávamos tendo uma ótima conversa antes que ele saísse. Cá entre nós, acho que ele tem maiores aspirações na vida.

Fechei minha mão com força e me afastei dele.

— Bem, irmãozinho...

— Não sou seu irmão — sibilei, quase cuspindo. — E você pode pensar que conseguiu uma ótima rede de proteção, mas, acredite, não descansarei até que você pague por seus crimes.

— Crimes? — Ele riu. — Não sei do que está falando!

Não suportei a expressão de zombaria do rosto dele e não consegui evitar agarrá-lo pelo colarinho, desejando jogá-lo do outro lado da sala.

— Aquela garota, Emma... Mesmo depois de você a enganar e a abandonar na miséria... Enquanto morria, ela dedicou os últimos pensamentos para você. Ela chorou por você. Você provou ser nada além de um monstro, mas a pobrezinha ainda se agarrou até o fim às mentiras que você contou.

— Pobrezinha? Mentiras? Eu disse que ela seria duquesa e moraria em uma grande propriedade. Não foi o que aconteceu? Se ficou infeliz, foi por culpa da tolice dela...

Meu punho colidiu contra o rosto dele uma, duas vezes, jogando-o no chão.

— Você e sua mãe são iguais! Porcos malignos e gananciosos, que usam as pessoas como escada!

Ele limpou o sangue do nariz.

— Nós, gananciosos? Como se você não soubesse de sua própria ganância nojenta! Você pegou tudo, nos deixou sem nada e agora lamenta a maneira como sobrevivemos?

— Eu peguei o que era meu *por direito!*

— Sou o primogênito...

— *Você é um bastardo!* O filho da filha do açougueiro! Não tem direito sobre Everely. Não tem direito à nobreza! Não o aceitaremos. Receberam muito mais do que mereciam!

— Maldito! — gritou ele, tentando me atingir com um soco.

Segurei o punho dele.

— Não me confunda com um irmão mais jovem e menor agora, Fitzwilliam.

Ele respondeu pegando o bule e o atirando em minha cabeça. Quando a mão dele apertou minha garganta, peguei um caco do bule quebrado e o atingi na bochecha, empurrando-o para longe.

A porta se abriu e o magistrado gritou:

— Mas que diabos! — Ele viu nossos punhos erguidos e as roupas ensanguentadas. — Lorde Everely?

— Perdoe-me, senhor, por invadir. Vim para revelar informações da mais alta importância. Mas fui interrompido por seu convidado. Devo ir. Por favor, sinta-se à vontade para me enviar a conta por todo esse prejuízo — resmunguei enquanto passava por Fitzwilliam e me dirigia até a porta.

— Terei de volta tudo o que você tomou de mim — gritou ele.

— Então não terá nada, pois relembro-o mais uma vez que você nada recebeu — falei enquanto entrava no corredor, no qual três homens, dois deles testemunhas da briga, esperavam de olhos arregalados. O terceiro, no entanto, era um rosto inesperado. Ele estava chegando ao pé da escada com uma maleta: dr. Darrington.

— Precisará enfaixar essa mão, Vossa Graça — disse ele, olhando para os nós dos meus dedos, muito avermelhados.

Escondi minha mão nas costas e olhei para os dois homens. O primeiro, sr. Danvers, tinha sido a testemunha do duelo que tive com o pai de Emma; e o segundo, sr. Lyndon, era um advogado que podia atestar ter visto Fitzwilliam alegar ser eu.

— Acho que será melhor se viermos em outro momento. Agradeço pela paciência, cavalheiros.

— É melhor encerrar esse assunto de uma vez por todas, Vossa Graça — disse o sr. Danvers, pousando a mão em meu ombro.

— Quando precisar de nós, aqui estaremos. Não se preocupe. Estamos ao seu lado, Vossa Graça — disse o sr. Lyndon.

— Obrigado. Tenham um bom dia — falei.

Eles seguiram o mordomo em direção à porta, deixando-me com o médico, que ainda esperava.

— Sim?

— Vossa Graça precisa de tratamento. Onde mais foi atingido?

— Estou bem, obrigado.

— Doutor! — chamou uma criada na porta. — O sr. Topwells vai precisar de sua ajuda quando terminar com o duque.

— Estou bem. Tenha um bom dia — gritei, indo embora.

Não ousei olhar para ninguém enquanto entrava em minha carruagem, satisfeito por ter escolhido sair com ela em vez de somente a cavalo.

— Para casa — cuspi. Lá dentro, senti a ferida na lateral da costela.

Inspirando pelo nariz, fechei os olhos, querendo me acalmar. Eu sabia que Fitzwilliam não sentia remorso, mas, agora que o vira, estava ainda mais claro que ele havia retornado não apenas para me provocar, mas ainda acreditava que era por direito dono de Everely e do meu título. O homem conseguira uma esposa rica, e mesmo assim… *mesmo assim*, desejava mais. Ele desejava o que era meu.

Maldito.

Que o diabo o levasse.

29

Afrodite

Quando Evander chegou, esfarrapado e machucado, fiquei em choque. Ele tinha ido para uma luta de boxe ou visitar um magistrado? Ele olhou para mim, derrotado, e não disse nada enquanto subia as escadas.

— Eleanor, peça à criada para levar ao quarto água, um pano e conhaque. Em seguida, chame o médico — falei, agarrando minhas saias e subindo atrás dele.

Não o pressionei. Apenas o segui até alcançarmos a segurança e a privacidade de nossos aposentos. Evander continuava quieto e apenas foi até a cadeira ao lado da lareira, sentou-se e fechou os olhos. Pousei minha mão no rosto dele, e ele se encolheu.

— O que aconteceu?

— Fitzwilliam estava lá e... e reagimos como costumamos reagir quando estamos no mesmo ambiente... com violência. Não pode ser de outra forma. Ele é meu inimigo, e eu sou o inimigo dele.

Toc. Toc.

— Entre — falei.

Era a criada com as coisas que eu pedira.

— Coloque ao meu lado.

Esperei que ela partisse antes de entregar a ele um copo de conhaque.

— Como sabe que eu queria conhaque?

— Você e Damon são parecidos nesse aspecto — respondi.

— Ah, se ele fosse meu irmão em vez de Fitzwilliam...

— Nesse caso você seria meu irmão e não meu marido, e seria uma grande perda para mim — falei, gentilmente limpando o rosto dele.

Evander riu, mas parou de repente, encolhendo-se e segurando a lateral do corpo.

— O que foi?

— Nada — mentiu.

— Está bem. Se você escolher não me deixar ver, então deve ser sincero com o médico.

— Você chamou um médico? — perguntou ele.

— Você está ferido!

— Só um pouco.

— Evander, suas roupas estão sujas de sangue. Sua mão está inchada e você se encolhe a um mero toque. Isso não é só um pouco. É sério.

— Meu amor, é...

— Não. — Ergui a mão, fazendo-o se calar. — Quando eu tinha quinze anos, vi um homem ser espancado à beira da estrada. Mais tarde, soube que ele havia negligenciado as dores e ainda ficou dizendo que era "feito de ferro". Ele não buscou tratamento e disse que estava bem. No dia seguinte, ele morreu.

Evander tornou a rir.

— Realmente não acho que seja grave, meu amor.

— Você não é médico, e, quanto à saúde, confio apenas no conselho de profissionais. O médico virá, e você permitirá que ele o examine. Na verdade, você não teve febre por se recusar a receber tratamento? Por que se recusa a aprender com seus erros...

— Eu me rendo! — Ele ergueu as mãos e se encolheu.

— Ótimo.

— Por um momento, você soou igualzinha à sua mãe.

Olhei para ele, horrorizada, e Evander riu.

— Não me provoque!

— Eu não estava provocando. Você pareceu mesmo.

Estendi a mão para pegar o copo, mas ele o afastou, rindo apesar da dor.

— Claramente, você tomou conhaque demais.

Ele beijou minha bochecha.

— Nem um pouco.

Nos encaramos.

— Ainda estamos falando de conhaque?

Ele balançou a cabeça.

— Não.

Inclinou-se à frente para me beijar quando soou outra batida na porta.

— Inferno — murmurou.

— Entre — falei, me endireitando enquanto Eleanor entrava.

— Vossas Graças, o médico está aqui.

— Já? — Fiquei impressionada.

— Sim, Vossa Graça, ele já estava a caminho. O sr. Wallace disse que ele já o tratou antes.

— Quem? — perguntou Evander. — Dr. Cunningham?

— Não, dr. Darrington.

Evander fez uma careta, mas assentiu.

— Deixe-o entrar.

Fiquei bastante impressionada pela juventude do homem que entrou. Ele olhou para mim e inclinou a cabeça.

— Vossa Graça.

— Você já o tratou antes? — perguntei.

— Falei que estava bem — disse Evander. — E mesmo assim você me seguiu até aqui?

— Vossa Graça disse o mesmo em Londres, e imaginei que alguém me chamaria esta noite, senão pela manhã — respondeu ele.

— Tenho outro médico...

— Por favor, examine-o com cuidado, dr. Darrington. — Sorri, saindo do quarto.

Lá fora, notei Verity no fim do corredor, espiando do canto.

— Verity? O que está fazendo?

— Estou vendo coisas ou o dr. Darrington está aqui? — perguntou ela.

— Sim, é ele.

— De verdade, ele está aqui?

— Sim — repeti, sem saber por que ela parecia tão interessada.

Verity suspirou, deu meia-volta e partiu, murmurando alguma coisa.

Estranho.

Eleanor me chamou.

— Vossa Graça?

— Sim.

— A babá Phillipa chegará à noite.

— Ah, finalmente.

Phillipa tinha sido babá da minha irmã. Eu escrevera para minha mãe pedindo ajuda para contratá-la, pois não confiava em ninguém mais para ficar com Emeline, nem queria alguém que fosse ameaçar o que eu estava construindo com ela.

— Emeline está dormindo? — perguntei.

— Sim, Vossa Graça. Eu a olhei faz pouco tempo.

— Obrigada. Vou conversar com ela sobre a babá Phillipa. — Não queria que ela pensasse que eu me afastaria. — Como estamos com as contratações de novos funcionários?

— Até agora tudo está bem, mas precisamos de mais tempo, Vossa Graça.

— É claro — respondi enquanto caminhávamos. Fiquei satisfeita em ver que enfim estava começando a me habituar à planta da casa. — Como estão os comentários?

— Melhoraram bastante, Vossa Graça.

— Bem, devemos nos preparar para ainda mais.

Eu não sabia os detalhes do que acontecera, mas tinha certeza de que a cidade ficaria em polvorosa ao saber que o duque brigara com um homem local, tal qual um rufião. Parte de mim queria dar-lhe um sermão, pois eu estava me esforçando tanto para melhorar nossa reputação, mas, vendo quão abatido ele estava, não consegui fazer isso.

— É só isso por enquanto — falei para Eleanor antes de entrar no quarto de Emeline.

Ao entrar, encostei na porta. Sempre havia algo acontecendo. Nada era simples, apesar de meus esforços. Embora eu não estivesse afundando, o peso da casa de Evander e sua família era enorme. O que me fez pensar em Marcella e em como seria se eu estivesse nessa posição aos dezesseis anos. Certamente não teria aguentado. Estava preocupada com ela.

— Vossa Graça?

Abri os olhos e vi que Emeline estava se sentando na cama, esfregando a cabeça. Eu me aproximei e toquei o rosto dela com a mão.

— Eu a acordei?

Ela balançou a cabeça.

— Que bom que está acordada. Quero te falar da sua nova babá.

Ela me encarou, paralisada.

— Não se preocupe, ela é muito gentil. Bem, ela é gentil *e* um tanto severa. Minha irmã Abena a amava muito. E ela só ajudará quando eu não puder ficar com você. Mas estarei com você o quanto puder.

— E a sra. Watson? — perguntou ela.

— Seu papai não está satisfeito com ela. E você não quer que ele esteja insatisfeito, certo?

Ela fez um biquinho, mas balançou a cabeça.

— Se você não gostar de sua nova babá, encontraremos outra.

— Sim, Vossa Graça.

— Ótimo, então vamos nos preparar para conhecê-la e passar tempo no jardim. Comeremos o que você quiser no jantar.

Emeline assentiu e eu a ergui da cama, abraçando-a com força. Quando ela devolveu o abraço, meu coração acelerou.

Eu estava muito apegada a ela.

Fiquei surpresa.

Evander

O dia tinha sido um pesadelo, e eu só queria que acabasse. Pensei ser esse o caso quando Afrodite e eu nos deitamos, mas acordei no meio da noite e ela não estava ao meu lado. Esperei na cama por um tempo, e, como ela não retornava, me levantei e fui procurá-la, vestindo apenas o camisolão. Afrodite não estava no quarto de Emeline, nem na sala de estar, nem na cozinha. Senti o pânico aumentar até ver a luz no pátio.

Gravitando até lá como se fosse uma mariposa, encontrei Afrodite, sentada à mesa com uma garrafa de vinho do porto e um prato com um pedaço de bolo. Com o cabelo solto e de camisola, ela estava no jardim.

— Em momentos assim, você me faz desejar ser um artista.

Ela virou a cabeça em minha direção, ainda com a colher enfiada na boca, com uma expressão tão chocada por ter sido flagrada que não consegui evitar o riso.

— Está acordado? — perguntou ela.

— Assim como você — falei, sentando-me ao seu lado. — O que está tirando seu sono? Vinho do porto e bolo?

— Desculpe. Está muito gostoso.

— Deixe que eu julgue — respondi, abrindo a boca para que ela me desse um pedaço.

Afrodite fez uma careta, mas continuei esperando. Ela pegou um pedacinho de bolo e pôs na minha boca.

Mastiguei devagar, observando a beleza que ela era. Como uma mulher tão linda podia existir — e não apenas existir, mas ser minha e somente minha?

— Você recebeu o nome perfeito — suspirei.

— Ah, por favor, não — implorou ela enquanto comia mais um pedaço.

— Nunca entendi por que não gosta de ser chamada pelo seu nome... uma verdadeira beldade. Não é isso o que as mulheres desejam ser?

— É, mas não é que eu não goste. É mais... — Ela parou para pensar. — Medo.

— Medo de ser bonita?

— Medo de que isso seja *tudo* o que sou — respondeu ela. — Se minha única glória é minha beleza, o que serei quando ela acabar? Não sou nenhuma deusa nem serei jovem para sempre.

— Tenho certeza de que você será divina em qualquer idade, e eu o homem mais sortudo de todos.

Ela deu uma risadinha, me olhando de sobrancelhas erguidas.

— Você é suspeito para falar.

— Sim, mas minha opinião como seu marido deve ser a mais valiosa, certo?

Ela ficou em silêncio e comeu outro pedaço de bolo. Estava me provocando, e me inclinei para mais perto dela, meu nariz quase tocando sua bochecha.

— Certo?

Ela se esforçou para não rir e deu de ombros. Então roubei o bolo dela.

— Ei!

— Para que serve encher a boca de doce se não fala com doçura? — perguntei. Ela me olhou feio, e eu devolvi o olhar. — Se quiser, podemos ficar nessa brincadeira até o amanhecer.

Afrodite riu.

— Está bem. Sim, como meu marido, sua opinião é a mais valiosa.

— Não estou mais satisfeito, pois acho que você só falou isso para pegar o bolo de volta.

Ela revirou os olhos e se inclinou para pousar os lábios nos meus. De fato, o paraíso era ali.

— De verdade, você é o mais valioso, meu amor. O mais valioso — sussurrou ela.

Nenhuma outra mulher no mundo poderia fazer meu coração pulsar como ela fazia. Por ela, eu cometeria blasfêmia e ergueria estátuas em sua honra.

— Explique por que estamos no pátio e não em nossa cama, para que eu possa tê-la? — perguntei, apoiando a testa na dela.

— Eu precisava pensar, então ainda bem que estamos no pátio, já que você tende a me distrair.

— Aceitarei como elogio e a lembrarei mais tarde. Agora, você deve compartilhar seus pensamentos comigo.

Afrodite deixou o bolo de lado.

— É tanta coisa para lidar. Todo dia há algo a fazer, o que é muito novo para mim, pois nunca pensei que essa vida, cuidando de casa e da família, seria tão trabalhosa.

— Se for demais, podemos...

— Não é — respondeu de imediato, segurando minha mão. — Não é demais para mim. Mesmo assim, neste momento, eu queria respirar e refletir. Não pense que estou infeliz, pois estou muito satisfeita com Everely e com você... embora você me dê trabalho. Principalmente quando não consegue controlar sua raiva e briga no escritório do magistrado, fornecendo assunto para comentários e fofocas por dias, senão semanas.

Sorri encabulado. Eu era um duque. Deveria me comportar melhor. Quanto mais pensava no assunto, mais meu sorriso se desfazia.

— Desculpe. Perco a compostura sempre que vejo Datura ou Fitzwilliam, o que é estranho, porque gosto muito do meu irmão mais novo.

— Gabrien, certo?

Assenti.

— Sim. Ele evita conflito como se evita uma praga e vem aqui apenas quando necessário. Ele pretende viajar depois que se formar na Eton.

— Estou feliz que você tenha pelo menos um irmão de quem gosta — disse ela, olhando para as estrelas. — Estou tentando pensar em uma forma de encerrar essa coisa com Fitzwilliam, mas não vejo solução, apenas mais conflito. E, quanto mais conflito, mais seu nome será atacado.

— E, quanto mais meu nome for atacado, mais o seu será também?

— É o *nosso* nome.

— Verdade.

— Pensei em uma possibilidade — disse ela, oferecendo sua taça de vinho para que eu bebesse.

Se estava me dando uma bebida, provavelmente eu precisaria dela.

— O quê?

— Um baile.

Soltei uma risadinha irônica.

— Um baile?

— Sim. Todos estão falando que você atacou um membro da sociedade, como se fosse um louco...

— Ele também me atacou.

— Ele não é duque. Suas ações são julgadas com mais severidade porque você *deveria* ser melhor.

— Sinto que estou levando um sermão.

— Você está, mas foi você que veio me procurar, lembra?

— Então, se eu não tivesse vindo, você não teria dito nada?

— Eu teria dito que daremos um baile, mas não teria contado o motivo — respondeu ela. Pegou a garrafa de vinho e bebeu direto do gargalo, o que foi uma visão e tanto. — Estou um pouco embriagada, tenho que admitir.

Sorri.

— Muito bem, que tenha seu baile, então.

— O sr. e a sra. Topwells serão convidados.

— Afrodite! Não o quero aqui.

— Faremos as festividades no jardim e teremos homens pela casa para vigiar.

— Essa não é a questão. Everely...

— É sua — disse ela, séria. — E ele está errado, mas também está sendo recebido na alta sociedade. Se você o mantiver distante, passará uma impressão ruim. A esposa dele acha que você é o vilão. Metade da cidade acredita que você está se vingando em nome de sua mãe, e que é por isso que você afastou Datura de sua casa. Devemos ser vistos como melhores que eles.

Como ela reunira tanta informação tão rapidamente? A capacidade de fazer planos parecia uma habilidade melhor que sua beleza, quer ela soubesse disso ou não. Mesmo assim, eu não queria aquele homem ou a mãe dele em minha casa.

— Evander, eu sei que é difícil para você. Mas a ideia é reparar a reputação de Everely, porque não suporto vê-lo marcado como um homem cruel. Você sofreu e ainda é considerado culpado. É injusto. Por favor, permita que eu faça o que posso. — Ela quase implorou.

E, desse jeito, eu não podia negar o desejo dela.

Não é justo obrigar um homem mortal a lutar contra uma deusa.

30

Afrodite

— Everely nunca viu algo assim — disse Evander, impressionado. Estávamos a cavalo enquanto ele observava a casa. — Parece que todo mundo está animado com esse seu baile, querendo garantir um convite. Até meu banqueiro perguntou se ele e sua família estão na lista. E ele não pareceu acreditar quando falei que não sabia de lista alguma.

Sorri e assenti.

— O convite do sr. Marworth deve chegar esta tarde. É justo que ele pelo menos dê uma olhada na razão do desfalque nas contas este mês.

— Então você está ciente da animação que está causando? — perguntou ele enquanto nossos cavalos passavam por jardineiros plantando a decoração.

— É o meu primeiro baile. Deve ser um pouco excessivo — respondi. Então, para provar meu ponto, *ou o dele*, o cuidador de animais se aproximou e nos cumprimentou com um aceno de cabeça. Trazia nos braços os pavões que eu queria que circulassem pela propriedade.

— Um pouco excessivo? — Evander riu. — Afrodite, nunca vi isso, nem no palácio!

— Você está exagerando. Isso não chega aos pés do palácio... bem, talvez chegue perto — adicionei a última parte rapidamente.

— Bom dia, Vossas Graças — disseram os decoradores, com os braços cheios de fitas de seda.

Assenti para eles.

— Bom dia.

— Por favor, o que levam nos braços? — perguntou Evander. Se não estivéssemos montados, eu teria dado um chute nele!

— Seda, Vossa Graça... para as árvores — respondeu um deles.

— Para as árvores? — exclamou Evander.

— Podem ir. Eu explicarei! — Esperei que partissem antes de olhar feio para Evander, que ainda sorria para mim. — Deixe minha decoração em paz.

— Muito bem, esposa, mas o que você fará se chover? — perguntou ele, expressando meu maior medo em voz alta, pois nada podia se feito contra a natureza.

— Não use a boca para nos amaldiçoar!

— Acho que prevejo ao menos um chuvisco.

— Evander!

Ele riu e disparou à frente, e eu o segui.

— Se chover, colocarei a culpa em você.

— Certamente você não pode me culpar pelo mau tempo.

— Posso e vou, pois os últimos dias têm sido lindos.

Eu havia anunciado o baile alguns dias antes e colocara grande parte de meu esforço em garantir tudo que precisava ser feito. Fiquei grata pelo fato de a babá Phillipa estar ali para cuidar de Emeline enquanto eu trabalhava. Emeline tinha cautela com relação a ela, mas não era hostil.

— Ouvi dizer que a sra. Topwells tentou nos visitar ontem — disse Evander enquanto entrávamos na floresta.

— Ela tentou, mas eu a dispensei, pois estava muito ocupada. Enviei uma resposta e, é claro, um convite.

— Vocês trocaram muitas cartas. Por que se afeiçoou a essa garota? — questionou ele.

— Sinto que algo está errado com ela — falei, pensando na melhor maneira de explicar. — Ou talvez eu simplesmente me veja nela.

— Não falei com a garota, mas tenho certeza que não há comparação. Você é a filha de...

— Sim, sim, sei a diferença entre nossas posições, apesar da fortuna dela. Não é isso. — Franzi a testa, olhando para ele. — Sei como é estar arrebatada por um homem. E às vezes, quando a vejo rindo e sorrindo, me lembro de como eu era com você nessa idade. Tão jovem, tão apaixonada, tão... cega.

— Cega por mim? — perguntou ele, me olhando com seriedade. — Acha que eu a enganei?

— Não, cega para o fato de que eu não estava pronta para ser uma esposa na época — respondi. — Eu o amava tanto que desejava me casar com você o quanto antes, sem considerar se estava ou não pronta para administrar uma propriedade. Foram muitas as coisas que não vi porque estava cega por você. Se não fosse minha mãe, eu não estaria tão preparada quanto estou agora. Ela me protegeu de mim mesma. Marcella não teve isso. Parte de mim acredita que ela se casou apenas para ser a primeira entre as primas.

— Ou talvez ela tenha visto tudo o que precisava ver e aceitado como parte do trato — pressionou ele, frio.

— Você tem mesmo pouca fé nas pessoas.

— Nunca escondi isso de você. — Ele deu de ombros. — Não vejo como alguém pode se apaixonar por um homem como Fitzwilliam. Não é óbvio que as palavras dele estão cheias de veneno feito para enganar e seduzir?

— Pode ser óbvio para você, mas para uma garota que nunca viu nada além de uma sala de estar, com pouco contato com homens, tudo parece muito sincero.

Era injusto, na verdade. Como mulheres saberiam a diferença entre rosas e cobras quando eram blindadas desde cedo para depois serem jogadas entre elas?

— O mundo vê as mulheres como ovelhas, e nossa sobrevivência depende de nossos pastores.

— E mesmo assim vocês detestam os pastores — provocou ele. — Pois você e Verity detestam acompanhantes.

— Não, detestamos ser ovelhas — respondi.

Evander deu uma risada sincera.

— O quê?

Ele balançou a cabeça, zombeteiro.

Franzi a testa.

— Você não pode rir de mim e não explicar o motivo.

— Imaginei um rebanho se revoltando e achei engraçado!

— Você acha que não somos capazes de nos revoltar? — perguntei.

— Seria muito fofo se vocês fizessem isso.

Olhei feio para ele e então passei a perna para o outro lado do cavalo, não mais cavalgando como uma dama.

— Vida longa às ovelhas! — gritei para ele antes de esporar o cavalo, que disparou à frente.

— Afrodite! — gritou ele atrás de mim.

Cavalguei pela floresta com facilidade, por ter praticado tantas vezes sozinha com meu pai. Era bom ver o vulto das árvores passando e sentir o coração disparar. Eu não tinha me dado conta de que fazia tanto tempo. Prossegui até que pensei ter visto uma figura entre as árvores. Puxei as rédeas, mas, quando meu cavalo parou, não vi ninguém.

— Onde, em nome de Deus, você aprendeu a cavalgar assim? — perguntou Evander, ao meu lado outra vez. — Ouso dizer que você é melhor que seu irmão.

— Ah, por favor, não diga isso a ele. Sabe como Damon é competitivo — falei, espiando entre as árvores. — Você viu alguém?

— Acha que eu consegui olhar para algo além de você? Quase tive uma parada cardíaca.

Tentei não rir.

— Agora você está sendo dramático.

— Sim, sim, mas estou impressionado em descobrir que há algo sobre você que eu ainda não sabia. — Ele sorriu, posicionando o cavalo ao meu lado. — Estou tentado a encorajar esse talento, pois quero ver quão rápido você cavalga em área aberta.

— Está me desafiando para uma corrida, senhor? Isso é muito inapropriado.

— Estou apenas tentando apanhar uma ovelha fujona! — Evander riu e olhou para mim. — Ou você é um pássaro engaiolado? Preciso fazer uma lista de todas as suas comparações. Embora me pergunte por que são sempre relacionadas a animais.

Porque os animais, assim como as mulheres, podem pertencer aos homens.

Ouvi um farfalhar entre os arbustos. Evander também.

— Quem está aí? — chamou ele.

Nenhuma resposta. Depois de um tempo, a figura se revelou.

— Marcella? — arfei, encarando a garota aterrorizada, trêmula e coberta de terra enquanto ela se levantava. — Você está bem?

Evander desmontou para ajudá-la, mas ela ergueu as mãos para interrompê-lo.

— Estou bem! — disse ela, batendo as roupas, e mantendo o olhar baixo. — Apenas me assustei e perdi o equilíbrio, só isso.

— O que você está fazendo...

— Marcella! — O som alto da voz dele ecoou pelas árvores com tanta força e fúria que os pássaros voaram.

Fitzwilliam.

Evander fechou as mãos em punho enquanto Fitzwilliam se aproximava de Marcella, de olhos arregalados e febris.

— Você está bem, minha querida? — perguntou ele, gentilmente tirando as folhas do cabelo dela. Ela parecia tremer um pouco.

— O que está fazendo em minhas terras? — gritou Evander.

— Está enganado, duque. Você e sua esposa acabaram de entrar na minha propriedade. Ponsonby é minha agora — devolveu Fitzwilliam, erguendo o queixo cheio de orgulho.

Sem um mapa, era difícil saber onde a Casa Everely terminava e a propriedade de Ponsonby começava, mas isso jamais fora uma questão antes. Não que eu soubesse, pelo menos. Os donos — bem, antigos donos — da propriedade eram um casal de idade relativamente avançada e tranquilo.

— Você comprou Ponsonby da família Allen? — Evander flexionou o punho fechado.

— Sim. Preciso de sua permissão antes de comprar terras? — zombou Fitzwilliam, inclinando a cabeça.

Olhei para Marcella, que estava em silêncio.

— Marcella? — Inclinei-me à frente no cavalo. — Tem certeza de que está bem?

Ela pareceu estar perdida em pensamentos, e o modo como ele a segurava era preocupante. Ela se encolheu por um momento antes de olhar para mim e sorrir.

— Estou bem.

Não acreditei. Ela sorria, mas seus olhos pareciam implorar por algo.

— Sim, ela está perfeitamente bem, embora seja desajeitada às vezes. Digo que ela deve tomar cuidado nesta floresta. Há um rio bastante profundo à frente, perto das pedras. É muito perigoso, minha querida — disse Fitzwilliam, passando a mão no rosto dela.

Olhei para ele, que sorria para mim.

— Espero que vocês dois compareçam ao meu baile esta noite, sr. Topwells.

— Certamente, Vossa Graça, será uma honra, embora eu deva admitir que fiquei surpreso por receber um convite depois de minha última interação com o duque. — Ele olhou para Evander, que já tinha montado de volta no cavalo.

— Claro que está convidado, sr. Topwells, pois sua esposa e eu formamos um laço. Marcella, caso precise de algo, não hesite em me chamar.

— Sim, Vossa Graça — disse ela baixinho.

Aquele também não era seu tom de voz costumeiro.

Eu queria entender o que havia de errado. Mas ela estava impedida de falar, e o jeito como Fitzwilliam a segurava pelo braço servia de indicação.

Alguma coisa estava errada.

Tentei me aproximar, mas o cavalo de Evander bloqueava meu caminho.

— Precisamos voltar, ainda há muito a fazer — disse ele, seco, todo o bom humor e alegria distantes de sua voz.

O que eu deveria dizer?

— Certo. — Olhei mais uma vez para Marcella. — Vejo vocês esta noite.

— Sim, verá — respondeu Fitzwilliam.

Eles ficaram parados enquanto Evander virava o cavalo.

Segui-o, mas olhei mais uma vez para o casal. Fitzwilliam ainda sustentava um sorriso de meter medo.

— Afrodite — chamou Evander, e voltei minha atenção para o caminho. Só quando estávamos a uma boa distância, ele virou-se para mim, irritado. — Sou obrigado a repetir que não desejo a presença daquele homem em nossa casa.

— Isso iria contra o propósito — respondi. — Pensei que tivesse explicado.

— Explicou, mas então eu o vi e me lembrei de que não confio nele.

— Devemos recebê-lo ao menos esta noite. Percebeu algo errado com Marcella? — perguntei.

— Marcella? — Evander falou como se não se lembrasse da presença dela lá.

— Esqueça.

Eu falaria com ela mais tarde, pois tinha certeza de que havia algo errado.

Evander

Ela me banira.

Ou algo próximo disso, pois ela não podia aguentar meu suposto estado "pensativo" enquanto terminava os preparativos da noite. Espalhei homens pela casa e avisei à criadagem que ficasse alerta. Por último, conferi Emeline, que estava no quarto.

Quando entrei, a babá estava sentada com ela no chão, lendo para ela. Por que não na cama ou no divã? Para falar a verdade, a babá era bem estranha, de pescoço longo e rosto redondo. Fiquei surpreso por minha madrinha ter contratado tal mulher, mas também sabia pouco sobre o que constituía uma boa babá, como minha história evidenciava.

— Papai! — exclamou Emeline.

Pousei a mão na cabeça dela.

— Como você está?

— Bem — respondeu ela. — Posso ir ao baile? Por favor?

Sorri, ajoelhando-me diante dela.

— O que você sabe sobre bailes?

— Tem dança, comida e mais dança.

— Você sabe dançar?

— A babá Phillipa me ensinou alguns passos. — Para provar, ela se levantou e, devagar, começou a fazer os passos... como uma pequena dama.

Bati palmas.

— Muito bem.

— Então posso ir?

— Infelizmente não.

Ela fez um biquinho.

Desde que Afrodite chegara, Emeline parecia estar ficando mais ousada e expressiva. Me perguntei se era apenas o efeito de ter uma mulher, uma figura materna *de verdade*, principalmente uma como Afrodite, presente na vida dela, ou se era uma questão de idade.

Verity também mudara com o tempo, embora não parecesse a mesma coisa. De qualquer forma, fiquei satisfeito.

— Por favor, papai.

— Que tal um acordo? — falei. — Você e eu dançaremos em nosso próprio baile, mas você fica aqui.

— Você dançará comigo? — exclamou ela.

— Dançarei.

Emeline se voltou para a babá.

— Srta. Phillipa, precisamos de música!

— Emeline, o piano fica lá em baixo. Podemos dançar sem música.

— A srta. Phillipa tem uma caixinha!

— Uma caixinha! — repeti, olhando para a mulher, que agora segurava uma caixinha de música. Eu não sabia de onde viera. Emeline me puxou mais para dentro do quarto. — Emeline, fique calma. Estou aqui.

— Papai, nunca dançamos juntos — disse ela.

Fiquei sério ao me dar conta de que ela percebera isso.

Jamais a ignorara de todo, mas não podia afirmar que fora atencioso. Era difícil para mim, mas que desculpa eu tinha agora, quando Afrodite a trouxera para tão perto? Apesar de tudo o que acontecera, apesar do que a mãe da menina fizera, Afrodite se importava muito com ela.

— Está pronta? — perguntou a babá.

Emeline assentiu, animada. Quando a música começou, fiquei ao lado dela e sorri. Sim, eu teria que garantir que isso acontecesse com mais frequência.

31

Afrodite

Tudo estava bem agradável, mas não consegui aproveitar. As sedas pendendo das árvores eram lindas, os pavões que circulavam pela propriedade eram fantásticos, a pista de dança estava extraordinária, o entretenimento quase tão fascinante quanto qualquer um visto em Londres. Eu organizara tudo muito bem, e a alegria dos convidados bebendo e dançando atestava isso. Mesmo assim, estava ansiosa, pois havia uma pessoa que eu ainda não vira.

— Sou recompensado quando não chove? — perguntou Evander ao meu lado.

Olhei para ele, confusa.

— Como assim?

— Você não disse que ia me culpar se chovesse?

— Ah, sim. — Assenti e olhei para o céu aberto. Já estava para escurecer. Onde ela estava?

— Algo errado? — perguntou ele.

— Estou bem… — Minha voz falhou quando vi o lacaio enfim anunciar Marcella. Ela estava de branco, com uma pena branca no cabelo.

— O maldito realmente veio — murmurou Evander vendo que não apenas Fitzwilliam, mas Datura, também aparecia, ao lado de Marcella.

— Lembre-se, não demonstre sua raiva — sussurrei.

— Seria mais fácil não respirar — resmungou ele.

Enganchei o braço no dele, tentando me aproximar dos recém--chegados, mas ele não se mexia.

— O que você está fazendo?

— Vou recepcioná-los.

— Você é a anfitriã, e é a duquesa. Não precisa fazer isso — disse ele.

Não estava errado, pois o correto era uma duquesa cumprimentar os convidados apenas bem no início do baile, e eu já o fizera. Eu devia fazer o mesmo apenas no final da festa. No entanto, desejava muito me livrar da sensação que me incomodava. Observei com atenção enquanto eles entravam. Fitzwilliam segurava um dos braços de Marcella, e Datura o outro. Ela tinha um largo sorriso e dava risadinhas enquanto caminhava.

— Vossa Graça, quão maravilhosa Everely se tornou desde sua chegada — disse uma mulher de um grupo de locais que logo me cercara.

— Obrigada. — Sorri para ela, sentindo Evander escapulir o mais rápido possível.

— E seu vestido. É o mais belo que já vi. É de Londres? — perguntou outra.

— Sim. Que bom que gostou, eu estava insegura quanto à cor. — Ri com elas, mas meu olhar seguia Marcella.

— É tão esplêndido poder falar com Vossa Graça. Muitas de nós estávamos nos perguntando se a duquesa preferia apenas a companhia do povo da cidade — comentou a mais baixinha das mulheres.

— Minhas companhias são bastante variadas, mas espero conhecer todas vocês também.

— Ah, sim, devemos passar tempo juntas. Eu adoraria convidar Vossa Graça e o duque para jantar semana que vem.

— Eu...

— Se Vossa Graça jantar com ela, deve jantar também comigo.

— Vou conferir minha disponibilidade — respondi. Elas continuaram a falar ao meu redor, rápidas, alegres, um pouco embriagadas.

Sorri, assenti e ri com elas. Fiquei tão ocupada com a conversa que mal ouvi um arfar baixo, seguido pelo som de uma taça se quebrando. Quando olhei para a direita, vi Marcella com o vestido manchado pelo champanhe que derramara. Aproveitando a oportunidade, corri para o lado dela.

— Não se preocupe — falei, enlaçando o braço no dela. — Limparemos bem rápido.

— Obrigada. Não sei o que me deu. — Ela deu uma risadinha, tocando o vestido. Antes que pudéssemos sair, outra mão a tocou.

— Minha querida, não está tão ruim a ponto de você incomodar a duquesa — disse Fitzwilliam, segurando o braço dela.

Mais uma vez, Marcella ficou tensa.

— Vocês, homens, jamais saberão a importância de um vestido. Se não for limpo, certamente manchará — falei, tentando levá-la comigo. — Não se preocupe, eu a trarei de volta sã e salva.

— Acompanharei vocês duas — disse Datura ao meu lado.

Marcella era esposa ou prisioneira? Sem querer brigar, sorri e assenti. Só então Fitzwilliam largou o braço dela. Eu não sabia o que fazer, mas olhei ao redor e encontrei Verity, que nos observava com curiosidade. Não sei que olhar dei para ela, mas queria que fosse tão desesperado quanto eu me sentia. Estávamos quase na escadaria da entrada, e eu estava perdendo a fé de que nos livraríamos de Datura quando, de repente, a voz de Verity soou alta.

— Viúva, faz um tempo que não nos falamos — disse ela. — Sinto que está me ignorando, e espero estar enganada.

— Como é? — Datura a encarou como se ela fosse louca.

— Escrevi várias vezes, mas você nunca responde — disse ela, ainda mais alto, fazendo alguns convidado olharem para elas.

— Não recebi carta alguma.

— É mesmo? — Verity franziu a testa.

— Então é melhor que as duas conversem um pouco — falei, rapidamente levando Marcella para dentro comigo.

Datura nos chamou, mas fingi não ouvir.

Os lacaios mal haviam fechado as portas depois que entramos na sala de estar e ela caiu nos meus braços.

— Marcella!

Ela começou a chorar, agarrando-me com força.

— Por favor... por favor, me ajude!

— Respire. Tudo bem. Respire — falei, tentando erguê-la, mas ela ainda tremia e chorava em meus braços. — Marcella, levante-se. Não podemos ficar aqui assim.

— Não posso.

— Como assim não pode?

Ela apenas chorou mais.

— Marcella!

— Minhas... pernas.

Não entendi, então ergui a barra do vestido dela. Suas pernas estavam roxas e machucadas.

— O que... o que aconteceu, em nome de Deus?

— Eu não devia ter fugido — chorou ela.

— Você estava fugindo — sussurrei. Eu sabia, fazia sentido mas não queria acreditar. — Estava fugindo dele?

Ela chorou, segurando-me com força.

— Ele fez isso com você? — perguntei, olhando para as pernas dela.

— Ele... é minha... culpa. Estava brava com ele... é minha culpa...

— Shhh — falei, abraçando-a e acariciando suas costas, tentando conter minha raiva.

Ah... ah... aquele valentão inútil, com cara de lesma, seco e pálido como a morte, criatura vil em forma de homem!

— Precisamos afastar você dele...

— Ele é meu marido...

— Ele é um monstro — exclamei. Só então percebi que meus olhos estavam molhados.

— Ele não era assim no começo — disse ela. — Sou eu... eu o deixo nervoso...

— Me escute. — Segurei o rosto dela. — Não é nem nunca foi você. Nunca. Venha. Estou com você. Vou dar um jeito nisso. Vou te ajudar.

— Você não pode. Perdão. Devo voltar — murmurou ela, tentando se levantar.

— Você mal consegue ficar de pé e quer voltar para ele? Marcella, você não pode. Ele está te machucando.

— O que você quer que eu faça? — lamentou ela. — Ele é meu marido. Minha família não fala comigo. Estão com muita raiva do que fiz. Não tenho mais ninguém! Preciso voltar!

Era uma loucura. Ela tremia de medo.

Eu não fazia ideia de como salvá-la, mas cada parte de mim desejava isso. Desejei trancá-la na casa e mantê-la segura, mas não podia, pois seria sequestro. Mas o que poderia ser feito? Como eu poderia protegê-la? Ele era o marido dela. Tinha todo o direito sobre ela e podia fazer o que quisesse.

Como se detém um monstro?

Como uma mulher pode lutar contra tal monstro?

Eu não sabia, mas sabia que não ousaria dar um sermão em Evander por lutar contra aquele vilão.

Evander

Elas estavam demorando demais por causa de uma simples mancha no vestido, e observar Fitzwilliam olhando para a casa me deixou em alerta. Datura tentara entrar, mas os guardas da entrada principal a impediram.

— Que diabos está acontecendo? — sussurrou Verity ao meu lado.

— Não sei — respondi. — Como você sabia que devia manter Datura longe?

— Odite estava me olhando tanto que compreendi. Para me fazer falar com Datura por livre e espontânea vontade, saiba que é algo grave — disse ela. — Devo entrar? Temo que Datura tente me seguir...

— Vossa Graça — a voz de Fitzwilliam soou como os gritos do inferno. — Quando acha que terei minha esposa de volta?

Agora, todos os olhares estavam sobre nós. Verity pousou a mão em meu braço.

— Quando eu vir minha esposa, você verá a sua.

— E quando será isso?

— Quando elas quiserem. — Mordi o interior da minha bochecha. — Você sempre mantém sua esposa sob vigilância?

— Apenas em ambiente hostil.

As pessoas cochichavam e os mais ávidos se aproximavam para tentar ouvir nossa conversa. Porém, antes que eu respondesse, as portas se abriram e nossas esposas retornaram, e nos apressamos na direção delas. Quando alcancei Afrodite, vi que a expressão em seu olhar estava sombria. Eu já a vira com raiva. Eu a vira cansada ou desinteressada, mas aquilo era diferente. Era similar ao que eu sentia — ódio puro.

— Minha esposa parece estar se sentindo mal, Vossa Graça. Acho melhor nos recolhermos — disse Fitzwilliam. Ele claramente reparara na expressão de minha esposa. — Marcella, vamos?

A garota aceitou a mão dele, mas Afrodite estendeu a mão para interrompê-la.

— Irei vê-la para saber como está, principalmente dada a condição de suas pernas. — Ela falava com Marcella, mas não desviou o olhar de Fitzwilliam, que estava irritado.

— Obrigada, Vossa Graça — disse a garota enquanto Fitzwilliam a levava embora.

Era de esperar que Datura tivesse o bom senso de partir com eles, mas ela ainda se achava a senhora ali e permaneceu no baile, bebendo e rindo.

— Como as pessoas podem ser tão cruéis? — sussurrou Afrodite baixinho. O olhar dela estava fixo em Datura, que ia de um lado a outro.

— O que aconteceu? — perguntei.

Ela não teve a chance de explicar: mais uma vez, um grupo de mulheres veio falar com ela.

Sem querer me envolver na conversa, tentei sair de perto, mas Afrodite me segurou com firmeza, apertando minha mão. Ela tremia de fúria.

Estava quase amanhecendo quando a última carruagem, que pertencia a ninguém menos que Datura, partiu. A primeira coisa que fiz, apesar de minha exaustão, foi destrancar e conferir meu escritório, e em seguida dar mais uma olhada em Emeline. Talvez eles fossem vilões piores na minha cabeça do que na realidade. De qualquer forma, sempre era melhor estar prevenido. Fui para o quarto achando que Afrodite estivesse dormindo, pois ela mesma trabalhara sem parar. Mas ela estava acordada, com as mãos fechadas em punho, olhando para fora da janela.

— Você ainda...

— Como vamos detê-lo? — perguntou ela. — Você já voltou ao magistrado e contou as maldades dele?

— Como te disse, foi inútil. Ele ignorou.

— Mesmo com testemunhas?

Eu já havia contado a ela.

— Faz muito tempo. Podia ter funcionado quando Fitzwilliam era apenas um maldito, mas agora é diferente. O magistrado só me disse para deixar o passado para trás e seguir em frente pelo bem de todos.

— Não faz bem a ninguém!

— Afrodite, o que aconteceu? — perguntei, pousando as mãos nos ombros dela. — O que aconteceu entre você e a sra. Topwells...

— Não a chame por esse nome — exclamou ela, de braços cruzados. — Ela merece mais do que ser chamada assim... pelo nome de quem a espanca!

Aquele homem tinha mesmo que herdar os piores traços de nosso pai? Suspirei devagar.

— Você viu provas disso?

— Ele bate nela onde ninguém verá, Evander! A família dela a abandonou. Ela não tem controle sobre a própria casa ou dote. É uma prisioneira! Ele a exibe como uma boneca sorridente e então ela é trancada outra vez. Só Deus sabe o que está acontecendo com ela. Precisamos ajudá-la. Precisamos levar aquele... aquele demônio à justiça!

— É o que tenho tentado fazer, mas tem sido em vão. Ah, se eu pudesse simplesmente jogar o homem numa cela e deixá-lo apodrecer... mas não posso.

— Então o que faremos? — Ela estava à beira das lágrimas. — Somos o duque e a duquesa. Certamente podemos fazer algo.

Não podíamos. Marcella era a esposa dele, portanto não era assunto nosso nem da justiça. Só pude abraçar Afrodite, pois entendia a frustração dela. Apesar de toda a fortuna, títulos e terras que tínhamos, estávamos de mãos atadas.

— Falarei com o magistrado outra vez amanhã.

Seria inútil. Mesmo assim, eu tentaria. Na verdade eu não tinha como derrotá-lo e temia o impacto em nossa família.

Peguei Afrodite no colo e a levei para a cama.

— Sei que você é uma pessoa de grande caráter — falei, tocando a bochecha dela. — Mas deve aceitar, como eu aprendi, que nem todos têm a mesma integridade, e às vezes os imorais não são punidos por suas ações. Devemos apenas nos proteger deles.

— Então, nada faremos?

— Podemos ser gratos por não sermos como eles.

Ela permaneceu carrancuda mesmo quando a beijei.

Afrodite

Observei enquanto ele dormia profundamente ao meu lado, o braço por cima do meu corpo. Nos braços dele, me senti um pouco melhor. Não podia deixar de imaginar o que estava acontecendo com Marcella. Tentei ao máximo convencê-la a ficar conosco, mas ela estava assustada demais. Agora eu entendia o que Evander explicara. Não havia o que fazer.

Era horrível.

As vítimas de Fitzwilliam eram forçadas a ficar quietas. Marcella, Evander... a mãe de Emeline. Toda aquela injustiça era insuportável.

Levantei-me da cama, vesti a camisola e fui à minha sala de estar. Lá, na penteadeira, havia cartas de minha mãe e irmãs, junto à pena e papel para redigir as respostas que eu ainda precisava enviar.

Sentada, encarei o papel em branco por um longo tempo antes de erguer a pena e mergulhá-la na tinta. Quando comecei a escrever, não consegui mais parar.

32

Evander

Horrorizado, li o papel em voz alta:
"Escrevo para contar uma história da mais terrível natureza, sem moralidade e repugnante para o coração e a mente das pessoas decentes. A verdade sobre um homem bruto, nascido do antigo duque de Everely, que caminha entre nós agora sob o nome de Fitzwilliam Topwells".

Ao despertar naquela manhã, encontrei, tanto no jornal local quanto nas páginas de fofocas, a história de minhas questões com Fitzwilliam, assim como a de meu pai. Ali estavam listados todos os crimes que ele cometera contra mim — com exceção dos fatos relacionados ao nascimento de Emeline, embora fosse fácil para um leitor mais esperto presumir a verdade de acordo com a idade dela. A história de Emma foi revelada em detalhes que eram conhecidos por apenas uma pessoa além de mim. Foi por isso que fiquei diante de Afrodite, lendo em voz alta, esperando por um olhar de surpresa ou choque, mas ela simplesmente ficou sentada calmamente em sua cadeira, com as mãos cruzadas no colo.

— *Você* escreveu isso — exclamei.

E pensar que, do meu ponto de vista, no dia anterior ela apenas respondera a cartas e ainda parecia triste com o que descobrira sobre Marcella. O que ela de fato estivera fazendo era expor a vergonha da família para o mundo.

— Afrodite, o que você fez?

— Contei a verdade.

— Contou ao mundo sem ninguém perguntar.

— Porque não sabiam o que perguntar!

— Não, porque é uma desgraça. Você não apenas tornou minha vida pública sem permissão, mas também acusou o magistrado de dar cobertura às perversidades de Fitzwilliam...

— Não é verdade? — perguntou ela. — Você foi até ele duas vezes! Contou a ele sobre Marcella, e mesmo assim ele nada fez!

— Você não deu tempo para isso acontecer! Falei sobre Marcella ontem, enquanto você enviava esta carta!

— Se ele tivesse tomado providências da primeira vez, não estaríamos nesta situação agora!

Ela enlouquecera. De verdade, não havia outra explicação, e eu não sabia o que dizer.

— Você nos expôs ao ridículo e ao perigo. Você acredita que sua flecha foi disparada contra Fitzwilliam para envergonhá-lo diante da sociedade, mas, Afrodite, ele tem sido assim a vida toda, e não se importa. O que acha que ele fará agora? Ele vai negar tudo e revidar!

— Isso já não era o que você temia que ele fizesse? Você colocou guardas circulando pela propriedade o tempo todo, com medo desse animal cruel, fazendo as pessoas se perguntarem o motivo disso. Agora, pelo menos, a atenção de todos estará voltada para ele. Que eles tomem cuidado. Que eles o observem como você faz. Se ele não pode ser preso, então que sua vida pareça uma prisão. Não me importo! Alguém precisava falar, pois é errado um inocente sofrer em silêncio!

— E o que ganharemos com isso? — perguntei, tentando argumentar. — Marcella ainda está naquela casa com ele. O passado ainda é passado. Nada mudou, exceto que agora nos tornaremos alvo de mais fofocas. Agora todo o mundo saberá que meu pai era um demônio que gerou um vilão. Isso não vai refletir em mim? Em Verity e Gabrien? Não somos sua família? Não deveríamos ser mais importantes do que a justiça que você busca obter pela garota? Você tirou partido de nossa família e nos desonrou para o mundo.

— Eu apenas...

— Se fossem os atos de seu pai, seu sangue, você se sentiria tão forçada a agir assim? — perguntei, balançando a cabeça. — Foi egoísta e cruel da sua parte. Você nos expôs, e agora não há lugar nem tempo de nos escondermos.

— Evander...

Ergui a mão, implorando que ela mantivesse distância.

— Não tenho mais nada a dizer a você — falei, dando-lhe as costas e batendo a porta atrás de mim.

Eu odiava meu pai, mas, ao mesmo tempo, ele ainda era meu pai. E, embora tenha falhado em mostrar a meus irmãos ou a mim o amor que um pai deve ter, ele incutiu em mim pelo menos uma coisa boa: a importância de honrar nosso nome. Era irônico que, embora o considerasse um exemplo vergonhoso, eu ainda quisesse consertar o nome do duque de Everely. Sabia que levaria tempo, mas, com Afrodite ao meu lado, eu tinha certeza que esse dia chegaria. Agora, outra vez, me vi envolvido pelo fedor miserável do passado.

— *Evander!*

O grito parecia ecoar por toda a casa. Pela janela, vi Fitzwilliam aos berros na frente da casa enquanto meus homens lutavam para segurá-lo.

— *Evander!*

Ah, diabos!

Eu sabia que ele viria. Era apenas uma questão de quando, e pelo jeito ele escolhera que fosse de imediato... como um urso ferido. Antes ele ao menos tinha o mínimo desejo de ser respeitado aos olhos da sociedade, oferecendo sorrisos e gentilezas falsos. Agora, com sua verdadeira natureza exposta, ele não se conteria. Eu tinha certeza disso.

— *Evander...*

— Quantas vezes devo lembrar você e sua mãe de que não são bem-vindos aqui? — perguntei, saindo pela porta da frente.

— Seu miserável! — gritou ele. Os guardas o seguraram. — Depois de tudo, não vai me encarar como homem?

— Podem soltá-lo.

— Vossa Graça...

— Soltem o homem.

Fitzwilliam disparou em minha direção.

— Não foi suficiente para você ter ficado com tudo? — gritou, agarrando-me. — Não foi suficiente você ter recebido tudo o que era para ser meu? Até minha filha está em suas malditas mãos!

— Isso foi coisa sua, não minha. O problema é você ainda acreditar que tudo deve ser seu. Agora me solte! — gritei.

— *Por quê?* Por que não é meu? Porque minha mãe não era casada. Apenas por isso fui deixado de lado por um homem arrogante e condescendente como você? Por um simples detalhe, toda a minha vida foi desperdiçada. Não fiquei com nada. Tudo o que eu tinha era o nome dele, e até isso você tirou! — Ele quase cuspia na minha cara.

— Você sempre se considerou a vítima?

— Porque sou! — gritou ele. — Sou o mais desafortunado, e você é o verdadeiro vilão dessa história!

Ele estava completamente maluco.

— Você não enxerga seus erros? Acredita mesmo que o mundo está contra você? Não vê que destrói tudo em seu caminho? E agora ousa me chamar de vilão! *Eu!*

— Você é...

— Evander! — Afrodite se aproximou, apressada.

— Volte para dentro.

— Mas...

— Volte! — gritei, e ela obedeceu.

— Você teve um atraso na vida. — Fitzwilliam riu amargamente, o corpo inteiro tremendo. — Apenas um, Evander, e mesmo assim você sofreu e tentou me caçar até o fim do mundo. Agora, olhe só para você. No fim das contas, não conseguiu o que queria? No fim das contas, o mundo inteiro não está a seus pés? Por que você tenta envenenar minha vida?

— É você que se envenena! — devolvi. — É a sua ganância! Foi o seu desejo, sua maldade e crueldade que te trouxeram a este ponto! Você poderia ter escolhido outro caminho, mas não o aceitou. Você e a sua maldita mãe. Se ela soubesse o lugar dela, sua vida não teria sido como foi! Se quer culpar alguém, culpe a sua mãe!

— Seu... seu maldito! — Ele cuspiu em mim. — Vou processá-lo e alegar que é tudo mentira. Tenho certeza de que o magistrado ouvirá meu pedido! Você me caluniou. E agora pagará por isso!

— Não sei do que você está falando — menti, batendo a poeira da roupa. — Mais uma vez, exijo que saia da minha propriedade, Fitzwilliam, pois você é um tolo enlouquecido, e não o tolerarei por mais um único segundo.

— E você é o maior de todos, irmãozinho. O pior e mais cruel de todos! — praguejou ele antes de marchar escada abaixo e subir no cavalo.

— Traga meu cavalo — ordenei.

Eu precisava de um plano.

— O que você está fazendo? — perguntou Afrodite atrás de mim.

Eu não sabia o que responder. Quando o cavalo chegou, montei e disparei para a floresta. Minha mente estava agitada enquanto eu buscava uma forma de evitar que a situação saísse mais do controle. Se Fitzwilliam conseguisse rastrear os jornais até Afrodite, poderia muito bem prestar queixa contra ela, e o magistrado não ignoraria a acusação. Eu podia provar parte da verdade do que ela dissera, mas agora precisava de outra testemunha. Algo que provasse minhas alegações. Mas pelo jeito não haveria oportunidade de eu conseguir isso, pois Fitzwilliam parecia estar indo em direção à cidade, em vez de para casa.

Eu estava chegando a Ponsonby quando a vi de esguelha, de pé sobre um penhasco pedregoso acima do rio agitado.

Não! Não! Não!

— Marcella! — gritei, cavalgando rápido na direção dela.

Ela se virou para me olhar. Seus olhos estavam vermelhos e inchados e as lágrimas desciam pelas bochechas. Desmontei e tentei me aproximar.

— Marcella, está tudo bem. Venha para cá.

— Não está tudo bem — gritou ela, com as mãos na cabeça. — Não sei quando tudo começou a dar errado. Como tudo deu tão errado.

— Você não vai encontrar respostas dessa forma — falei. — Venha, vamos conversar...

— Ele está tão bravo. Não posso voltar — lamentou, tremendo e dando outro passo.

— Você não precisa voltar. Venha, vamos conversar. Isso é perigoso. Pegue minha mão.

Ela balançou a cabeça.

— Ele é meu marido. Preciso voltar... não quero.

— Marcella! Por favor, não deixe que ele faça isso com você. Tudo isso tem solução, nós...

— Não tem outra solução. — Ela limpou o rosto e respirou fundo.

— Marcella...

— Agradeça à duquesa por ser gentil comigo — disse ela.

A toda velocidade, corri na direção dela.

— *Não!*

Afrodite

Quando estava sozinha e pensei na carta, pareceu a coisa mais lógica a fazer, mas não tinha mais certeza de nada.

— Foi mesmo você? — perguntou Verity atrás de mim.

Olhei para ela.

— Verity, eu...

— Você tem ideia de como é constrangedor ter um pai ou uma família como a minha? — perguntou ela, com os olhos marejados. — Sei que não, pois foi criada em uma família muito boa. É uma ferida muito profunda. Nos esforçamos para escondê-la, embora saibamos que o mundo todo está rindo. Sabe quão constrangedor foi ter que me apresentar à rainha? Eu pratiquei por dias a fio. Me preparei e implorei que Datura não fosse, mas sabíamos que ela iria mesmo assim. Como ela poderia perder tal chance? Tive que me preparar para isso também. Estava pronta para abandonar o palácio em um dia que era para ser minha glória, mas que acabou sendo assunto de zombaria. Minha família foi assim por toda a minha vida, sempre foi assunto de fofoca e zombaria.

— Eu queria ajudar e expor a verdade — respondi.

— A verdade está exposta, mas duvido que ajude alguém. Você ao menos pensou em mim? Ou em Emeline? — perguntou ela, me encarando. — Até eu tenho dúvidas. Não conheci Emma direito. Nunca entendi por que meu irmão não se casou com você, já que a amava tanto. Você me fez pensar sobre o que realmente aconteceu com Emeline! Se eu, que me importo com ela, me enchi de dúvidas, as pessoas também terão. O que será dela quando ouvir esses boatos? Como você explicará tudo isso?

Eu não sabia o que dizer, pois não havia pensado nisso.

Verity balançou a cabeça.

— Com licença.

Observei-a correr escada acima. Quando ela partiu, pousei a mão no rosto, sem saber o que fazer ou dizer. Eu não queria magoá--los. Mas magoara, e agora não estava certa do que fizera.

Tudo o que podia fazer era tornar a me sentar, envergonhada, para refletir e esperar a volta de Evander. Quanto mais esperava por seu cavalo, mais ansiosa ficava, tanto que comecei a passar mal quando os minutos se transformaram em horas. Já estava quase anoitecendo e ele ainda não havia retornado. Nem enviara notícias. A casa parecia vazia sem ele. Fiquei preocupada, pois sabia que ele estava chateado comigo. Depois de muito tempo, desisti de ficar olhando pela janela e peguei a costura para fazer outra boneca para Emeline.

Toc. Toc.

— Entre — murmurei, concentrada em um ponto.

Eleanor entrou com uma bandeja de comida.

— Não estou com fome, Eleanor.

— Vossa Graça não comeu o dia inteiro.

— Sim, pois não estou com fome — respondi enquanto costurava as costas da boneca. — Alguma notícia do duque?

Ela nada respondeu, então ergui a cabeça para observá-la. Mas Eleanor apenas segurava a bandeja com força e me olhava fixamente.

— Eleanor, o que foi?

— Devolverei a bandeja à cozinha, então — gaguejou da forma como era conhecida por fazer ao mentir, e por isso estava evitando falar.

— Certamente algo aconteceu — falei, levantando-me rápido. — Aconteceu algo com o duque?

— Não, claro que não! Quero dizer, não temos notícias dele.

— Então por que está com essa cara? Você está bem?

— Sim, com licença. — Ela fez uma mesura e estava se virando para sair, mas voltou a me olhar.

— Agora que você se expôs, me conte! — falei, largando a boneca. — O que foi?

— São boatos — sussurrou ela.

— De cartas? — suspirei. — Claro, eu esperava por isso.

— Não, Vossa Graça, da sra. Topwells.

Fiquei paralisada sentindo o nervosismo me preencher.

— O que tem ela?

— Estão... estão dizendo que ela se jogou no rio.

Ah... *ah*...

— Vossa Graça! — Eleanor correu para me segurar enquanto eu desabava no chão, minha garganta pesada e meu peito queimando.

Estremeci. Era... era culpa minha.

Eu estava errada. Tinha errado muito.

E não ajudara ninguém.

Todo o meu corpo estava enfraquecido, tanto que Eleanor e um lacaio tiveram que me levantar do chão e me sentar em uma cadeira. Fiquei ali, tentando compreender, tentando voltar no tempo para me impedir de enviar aquelas cartas.

Cobrindo o rosto com as mãos, tentei respirar para me acalmar, mas, a cada minuto que passava, meu coração queimava da pior maneira. Desejei que fosse tudo mentira, mas Eleanor voltou com uma expressão tão triste que eu soube ser verdade.

— Aquilo é fogo? — Levantei-me e corri para a janela, encarando horrorizada o brilho laranja ao longe e a fumaça subindo aos céus.

— Algumas pessoas atearam fogo à casa dos Topwells, Vossa Graça — disse Eleanor, tirando-me da janela. — Vossa Graça não deve ficar tão perto das janelas.

— Atearam fogo? Na casa dele?

— Eles estão enfurecidos e querem caçar o sr. Topwells — disse ela.

— Uma rebelião — sussurrei.

Eles estavam furiosos pelas palavras que escrevi e pelo destino de Marcella, e resolveram fazer justiça com as próprias mãos.

— Onde está Evander? — Olhei para ela. — Ele voltou?

— Não, Vossa Graça. Acho que muitos ainda estão no rio procurando o corpo dela antes que anoiteça de vez. Dizem que o duque está entre eles.

Toda Everely estava virada de ponta-cabeça, e o arrependimento se espalhou por mim enquanto o fogo se espalhava por aquela casa.

Observei enquanto o laranja pintava o céu em uma onda infernal. Ao amanhecer, eu ainda não havia dormido. Embora o fogo tivesse sido contido, a fumaça ainda tingia o céu matutino.

— Vossa Graça, por favor, descanse um pouco — disse Eleanor, mais uma vez tentando me tirar da janela, em vão. Se aquelas eram as consequências de minhas ações, no mínimo eu precisava vê-las de olhos abertos. Eu, mais do que qualquer outra pessoa, devia ser testemunha dos eventos que se desenrolavam diante de mim.

— O duque já voltou? — perguntei, segurando com mais força o xale em meus ombros.

— Não, Vossa Graça — respondeu ela.

Ele enviara ordens para que a casa fosse protegida, e dissera estar indo ver o sr. Wildingham, certamente para levar o corpo de Marcella àquele pobre, *pobre* homem. Evander comentara o quanto ele sofrera com a morte da esposa e do filho. Agora, teria que sofrer a perda trágica da filha. O que poderia ser dito a ele? Quem poderia consolar tal dor? Evander, sozinho?

— Preparem minha carruagem.

— Aonde vai, Vossa Graça?

— Para a casa do sr. Wildingham — falei, tirando o xale dos ombros e pegando as luvas e o chapéu antes de me adiantar pelo corredor.

— Vossa Graça, isso é aconselhável? Não deveria esperar pelo duque aqui? — perguntou ela, me seguindo.

— Não sei mais o que é aconselhável, ou se algum dia soube. Tudo o que sei é que preciso ver com meus próprios olhos.

E também precisava pedir perdão.

33

Afrodite

Passei a viagem pensando em tudo o que diria, em que condições encontraria o homem quando chegasse, a reação de Evander ao me ver ali. Meu maior medo era ver o corpo de Marcella. Eu não suportaria. Mas sem demora chegamos diante de uma pequena mansão coberta de vinhas. O ar da manhã estava parado e pesado. Com o coração disparado, esperávamos ser atendidas.

— Não consigo imaginar uma casa como essa sem mordomo — sussurrou Eleanor mais uma vez enquanto batia à porta.

Eu sabia que Evander, pelo menos, estava ali, pois vira seu cavalo. Bem quando estava prestes a tentar abrir a porta sozinha, ela se abriu. E quem a atendeu não foi o mordomo, mas… um médico.

— Dr. Darrington? — Eu queria perguntar o que ele estava fazendo ali, mas a mancha de sangue em suas roupas roubou minhas palavras.

— Entre rápido, Vossa Graça. — Ele abriu espaço para nós antes de fechar a porta.

— Meu marido? — perguntei.

— Está dormindo. Ele sofreu uma lesão.

— Uma lesão? — Entrei em pânico, olhando para Eleanor, que balançava a cabeça. — O que aconteceu? Por que não fui informada, por que ele não foi levado para casa? Onde ele está? Leve-me até ele!

— Vossa Graça, peço que me perdoe. Ele quis manter em segredo. Não achei aconselhável, mas... — O médico suspirou, limpando as mãos.

— O que ele quis manter em segredo?

— O que aconteceu comigo — disse uma voz feminina.

Ao ouvir a voz, girei tão rápido que quase caí para trás. Mas eu tinha que ter certeza de que meus ouvidos não estavam enganados e meus olhos confirmaram que Marcella não estava morta, mas de pé diante de mim, embora enfaixada e machucada. Olhei para ela, temendo que fosse alguma aparição ou invenção de minha mente. Ela tropeçou, fazendo o médico correr para o lado dela, e soube que era real.

— Mas... — disse, confusa. — Toda a cidade... você não se atirou no rio?

Ela abaixou a cabeça.

— Tentei, Vossa Graça, mas o duque me salvou. Mesmo tendo cortado o braço na saliência, ele não me soltou, e me salvou da morte. Foi ele quem me trouxe para casa.

Senti muitas coisas naquele momento. A maior delas foi alívio, seguido de exaustão e raiva.

— Então por que o mundo acredita que você desapareceu, Marcella? A cidade está enfurecida.

Eu até ouvira os gritos deles enquanto viajávamos na carruagem.

— O duque disse que, se eu estiver desaparecida, não poderei ser encontrada e devolvida ao meu dono — respondeu ela.

Não consegui pensar em nada para dizer, então a abracei.

— Conversaremos mais tarde. — Assenti para ela e olhei para o médico. — Meu marido?

— Por aqui — disse ele.

Antes de sair, porém, ele se virou para falar com Marcella.

— Não pedi que ficasse em repouso? A senhora não deve ficar andando.

— Desculpe, eu... — O estômago dela roncou e eu sorri, pois era o tipo de inocência que eu esperava dela, e me fez mais uma vez pensar em mim mesma. Ela segurou a barriga.

— Não há criadas na cozinha? — perguntei. Olhando ao redor, não vi ninguém.

— Meu pai tem algumas, mas elas foram dispensadas — respondeu ela.

— Cuidarei disso, Vossa Graça — disse Eleanor, já procurando pela cozinha.

Ouvimos outra batida na porta, e Marcella correr para se esconder. O médico gesticulou para que eu ficasse em silêncio.

— Posso ajudar?

— Estou a serviço do sr. Wildingham. Devo ver como ele está — disse a criada na porta.

— As visitas estão proibidas. Caso seus serviços sejam necessários, o cavalheiro irá chamar — disse o médico.

Ouvimos as pessoas conversarem entre elas, ainda sem entender por que estávamos todos nos escondendo. Por fim, quando ela partiu, o médico gesticulou para que eu o seguisse escada acima.

Nada daquilo era o que eu esperava. Eu havia me preparado para ver Marcella em uma cama ou dentro de um caixão, mas era Evander quem estava ferido e abatido.

— Evander? — Soltei um suspiro e corri até ele. — Por que ele está tão mal?

— Precisei ministrar uma medicação forte. Ele deslocou o ombro e sofreu algumas lacerações no braço — respondeu o médico, indo até a maleta no canto do quarto. — Fora isso, ele ficará bem. Embora, na frequência com que se coloca em risco... — Ele murmurou a última parte baixinho, mas eu ouvi e tive certeza de que não era um elogio.

— Obrigada — falei. — Pagaremos, seja lá qual for seu preço.

— Não tenho dúvida disso. Vou ver o sr. Wildingham, assim poderão ficar a sós — disse ele, pegando a bolsa e saindo rapidamente do quarto.

Pousei a cabeça no peito de Evander para ouvir seu coração, como se apenas isso pudesse acalmar meus nervos e minha mente.

— Como pode um homem me enlouquecer tanto quanto você? — sussurrei.

— Acredito ser possível da mesma maneira que você me aborrece.

Ergui a cabeça.

Ele deu um sorriso cansado.

— Bom dia, esposa.

Talvez por alívio, exaustão ou raiva, meus olhos marejaram. Com o braço bom, Evander estendeu a mão e acariciou meu rosto.

— Por que está chorando como se eu estivesse em perigo? É só uma lesão. — Ele sorriu.

Se ele não estivesse ferido, eu teria batido nele com o travesseiro.

— Não estou chorando. Estou apenas cansada — menti, piscando para afastar as lágrimas. Ele pegou meu braço e me puxou para perto dele. — Evander!

— Se está cansada, descanse.

— Não posso descansar na casa de outra pessoa. Devo...

— Deve o quê? — Ele tirou o chapéu da minha cabeça, colocando-o gentilmente de lado. — Ainda é cedo. Somos hóspedes aqui, então não há nada a fazer além de descansar. Agora venha, deite ao meu lado.

— Mas...

— Me ouça ao menos uma vez.

Franzi a testa.

— Eu o ouvi mais de uma vez.

— Pode me dizer quando foi isso? Desde que nos conhecemos, você tem sido bem terrível. — Ele riu.

— Você não pediu que eu o perdoasse e lhe desse uma segunda chance? Aqui estou — falei, de cabeça erguida.

— Acredito que tive que pedir muitas vezes antes que você o fizesse, meu amor. Não é terrível da sua parte?

Fiz uma careta, mas deitei nos braços dele.

— Perdoe-me por ser tão encrenqueira. Perdoe-me por...

— Se você ateasse fogo a Everely, eu a perdoaria sem pensar duas vezes — sussurrou ele, massageando minhas costas gentilmente. — Mas prometa, Afrodite, que jamais fará algo semelhante outra vez. Não importa quão importante você ache que seja.

Abaixei a cabeça e assenti.

— Prometo. Não pensei direito e causei um caos ainda maior.

— Não vamos falar mais disso — disse ele, baixinho. — Embora eu precise dizer como me envergonha não conseguir ficar bravo com você por mais de uma hora.

— Ótimo. — Sorri, abraçando-o com força. Fechei os olhos, disposta a me desculpar com Verity também.

Evander

Quando despertei, ela ainda dormia profundamente. Eu sabia que ela devia estar chateada com a mentira que espalhei sobre a morte de Marcella, mas não imaginei que isso a privaria do sono ou mesmo da comida. Toda essa provação me ensinou algo que eu não havia percebido a respeito dela: minha esposa, a duquesa de Everely, era uma guerreira, uma pessoa que promovia campanhas cuidadosas em nome de quem ela considerava fraco ou oprimido. Ela queria tanto ajudar que sua visão se fixava em um único ponto, mesmo que isso significasse expor a si mesma ou a própria família ao perigo.

Mas eu deveria saber. Como ela poderia não ser assim tendo a mãe que a criara para que tivesse todas as melhores qualidades, e o pai que a alimentara com uma dieta de filosofia grega e dos grandes heróis da literatura?

Tive que admitir que sua moralidade e dedicação inabalável à justiça me fizeram sentir um tanto indigno. Se Marcella não fosse esposa de Fitzwilliam e, portanto, uma testemunha útil, não acredito que teria me arriscado ou mesmo estaria ali, conspirando em nome dela.

— Isto será suficiente? — perguntou Marcella, entregando-me as cartas. A pobre garota ainda estava ferida e cansada.

— Sim — falei, lendo-as. — Serão.

— E o que será de mim agora? — perguntou ela.

— Falei com seu pai, e agiremos como se você de fato tivesse partido. Haverá um funeral e enquanto isso você será levada para um parente distante na França. Lá, você poderá recomeçar — expliquei.

Tive a ideia enquanto a tirava da beira do penhasco. Não havia nada que a impedisse de retornar a Fitzwilliam exceto a morte, então usaríamos a morte como um meio de libertá-la. Em troca, Fitzwilliam perderia a proteção que recebera ao se associar ao nome dela, e, com todo o condado sabendo de seus crimes, eu usaria tudo o que havia reunido contra ele para mandá-lo para a prisão pelo resto da vida. Eu tinha certeza de que aquela cobra em forma de homem estava escondida, mas agora, com a cidade toda em seu encalço, ele seria encontrado cedo ou tarde.

— De todos os pacientes que já tive, Vossa Graça é o mais exaustivo. E agora tenta influenciá-la.

Na porta da sala de estar estava um doutor cansado.

— Não prescrevi descanso para vocês dois?

— É verdade — respondi. — Mas acredito que você precisa descansar mais do que nós. Não dormiu?

— Como posso descansar neste caos? — Ele murmurou algo mais que não consegui ouvir. O homem então se sentou e se recostou em uma cadeira. — Quando mandou me buscar, pensei que teria que cuidar apenas do sr. Wildingham, não de três pacientes.

— Como meu pai está? — perguntou Marcella enquanto se levantava, cambaleante. — Acredito que a verdade de tudo pode ter afetado muito o coração dele.

— Ele está doente. Deve descansar para preservar o pouco de força que lhe resta e ficar confortável — respondeu o dr. Darrington, olhando para ela.

— Não podemos esperar? — perguntou ela, olhando para mim. — Não acredito que meu pai tenha muito tempo. Não quero que ele...

— Quanto mais você ficar, maior a chance de ser descoberta. E, se isso acontecer, não poderei ajudar, nem as pessoas acreditarão em você — expliquei. — Vá ficar com ele um pouco agora.

Ela assentiu e lentamente conseguiu sair da sala, deixando apenas o médico e eu, que me olhava com reprovação.

— Se quer dizer algo, diga — falei enquanto me sentava, tomando cuidado com meu braço ferido.

— Vossa Graça não está usando ela também? Tentando ajudá-la para que possa atingir o marido dela?

— Você acha que seria melhor devolvê-la ao marido?

O franzir dos lábios dele se aprofundou.

— Não. Mas tal enganação já causou um grande dano. Uma turba queimou a casa dele ontem à noite. O coração de pessoas enfurecidas não se acalma com facilidade.

— A justiça trará a calma. E, quando Fitzwilliam for preso, eles a terão — respondi. Eu não havia previsto a turba, mas não havia escolha. Mesmo com dor, levantei-me para me preparar. — Preciso partir esta noite.

— Vossa Graça! — A porta quase foi arrancada enquanto a criada de Afrodite entrava no quarto.

— O que foi?

— O sr. Topwells... está vindo para cá com o magistrado.

Merda!

Olhei pela janela e vi a carruagem do magistrado. O homem que vinha a cavalo não era ninguém menos que Fitzwilliam. Eu não tinha tempo para me preparar. Maldito. Como ele soubera que eu estava ali? Ele não teria vindo nem para buscar o corpo de Marcella, muito menos para conversar com o pai dela. Ele buscava se preservar como fosse necessário.

— O que o faz vir aqui? Alguém mais esteve aqui?

— Uma criada veio pela manhã, depois de sua esposa. Eu a dispensei, mas ela pareceu suspeitar de mim — disse o dr. Darrington. — Pensei que ela estivesse preocupada com seu senhor. Não achei estranho.

O que era mais estranho que um duque, uma duquesa e um médico dentro da casa de um cavalheiro cedo pela manhã? Eu enviara a carruagem de Afrodite, assim como meu cavalo, de volta ao nosso lar, na esperança de não atrair mais atenção à casa. Mas isso tinha sido poucas horas depois que elas chegaram. Certamente ela deve ter comentado algo que levantou suspeitas.

— Eleanor, encontre Marcella e a esconda.

Eu não tinha escolha. Olhei para o médico.

— Você sabe que é melhor ela ir embora do que sofrer um abuso maior pelas mãos dele.

— Vossa Graça sabe que sim.

— Então mentirei, e você dará cobertura. — Não dei a ele chance de responder antes de ir até a porta.

Inspirando fundo e endireitando a postura, abri a porta bem quando os dois adentraram o jardim da frente.

— Lorde Everely? — disse o magistrado, encarando-me, confuso. — O que faz aqui?

— O sr. Wildingham ficou bastante perturbado ao saber das notícias da partida de sua querida filha, e vim ajudar. O que o senhor faz aqui?

— O homem ficou tão perturbado que você precisou passar a noite? E sua esposa também veio depois? — questionou Fitzwilliam. — Não sabia que você se importava tanto com o sr. Wildingham.

348   J. J. McAvoy

— Minha esposa e a filha dele compartilharam um laço de irmandade e eu me feri tentando salvar sua esposa — expliquei. — Ah, se eu pudesse tê-la salvado antes... Meu médico foi chamado para cuidar de meus ferimentos.

— O corpo foi recuperado do rio? — perguntou o magistrado, solenemente.

— Não, senhor. Nossos esforços foram inúteis antes que anoitecesse, e então a turba tomou conta das ruas. — Olhei outra vez para Fitzwilliam. — Soube que eles estão procurando por você, sr. Topwells. Estou surpreso por vê-lo circulando.

— Sou inocente e você um mentiroso — sibilou ele. — Que motivo você teria para mandar a carruagem para casa sem você ou sua esposa dentro?

Ele estivera observando a casa.

— Não sou eu quem deve dar explicações. E sim você para o restante de nós. E essa hora chegou. Agradeço por vir — declarei antes de entregar ao magistrado as cartas. — Antes de a sra. Topwells tirar a própria vida, ela escreveu estas cartas e as entregou ao pai para que ele soubesse a verdade. Elas, além das minhas testemunhas dos crimes que Fitzwilliam cometeu contra mim, são suficientes para nos livrar dessa pessoa maligna?

— Ele está mentindo! — Fitzwilliam gritou e olhou ao redor. — É uma armação. *Marcella!* Seja lá o que ele te contou, é mentira. *Marcella!*

— Se não acredita nas minhas palavras, deixe outra pessoa contar — falei, abrindo espaço para o dr. Darrington, que se aproximava rígido e com o rosto sério.

— Senhor, devo pedir, pela saúde do sr. Wildingham, que não grite — disse ele, ríspido.

— Quero minha esposa!

— Isso não é mais possível — disse ele.

Fitzwilliam olhou para nós dois e balançou a cabeça. No entanto, foi interrompido pela tosse do magistrado.

— Você, senhor — gritou com Fitzwilliam —, deve se apresentar à corte esta noite. E, caso não o faça, enviarei soldados para levá-lo, maldito!

— É mentira! — Fitzwilliam o agarrou enquanto o magistrado marchava de volta à carruagem. Buscando se inocentar, ele disse:
— Não vê as estratégias que eles usam? Não vê os furos na história? Se sir Dennison-Whit ouvir falarem de sua sobrinha dessa forma, ele também o culpará...

— Solte-me, seu louco! — gritou o magistrado, puxando o braço e quase derrubando Fitzwilliam enquanto entrava na carruagem.
— Você será julgado por seus crimes. Cocheiro!

O grito que emergiu das frustações de Fitzwilliam era como o uivo de um lobo ferido. Ele se voltou para mim, expondo os dentes e de olhos incendiados. Subiu no cavalo e partiu em silêncio.

— Vossa Graça não deveria ir atrás dele? — perguntou o dr. Darrington.

Balancei a cabeça.

— Nossa prioridade agora é tirar Marcella daqui.

Assim que escurecesse, ela precisava partir.

Afrodite

Ela usava minhas roupas, o cabelo escondido sob uma capa. Evander explicara o plano, e todos nós estávamos ansiando pelo pôr do sol. Eu nunca estivera envolvida em um plano assim. Meu coração disparou enquanto esperávamos que ela se despedisse do pai. Nervoso, Evander conferia a janela vez ou outra, e, diferentemente da noite anterior, o ar estava parado.

— Chegou a hora — disse ele.

Assenti, já me preparando para deixar a sala, mas o dr. Darrington entrou.

— Ela está no jardim.

— Não falei para ficar na casa? — brigou Evander, com raiva.

— Ela está com o pai. Há um memorial para a mãe e o irmão dela lá.

Evander suspirou e virou-se para partir, e só consegui segui-lo. Por sorte, vimos o homem de cabelos brancos, um tanto curvado e quase sem fôlego que era o sr. Wildingham tornando a entrar na casa com Marcella. Rapidamente, fui ajudá-lo.

— Não te disse para ficar na casa? — disse Evander para Marcella. — Precisamos ir... agora.

— Pai.

— Vá... O velho tossiu enquanto eu o segurava. — Minha... querida, vá.

Ela correu para abraçar o homem mais uma vez antes que Evander lhe oferecesse o braço. Sob a escuridão da noite, Marcella fingiria ser eu, sem mostrar pele nem cabelo, e usando minhas roupas. As pessoas acreditariam, pois quem mais estaria nos braços de Evander? De lá, ela trocaria de carruagem com a pessoa que Evander arranjara para levá-la.

— Fique aqui — sussurrou ele para mim. — Virei buscá-la assim que terminarmos.

Assenti.

— Vá.

Ajudei o sr. Wildingham enquanto eles caminhavam em direção à carruagem que esperava.

Nunca me senti tão nervosa, observando-os prepararem-se para a partida. De repente ouvi um barulho que soava como um trovão.

Mas não era um trovão.

Vi os cavalos empinando de medo e Evander, na entrada da carruagem, cair no chão.

— *Evander!* — gritei, correndo para a porta.

Diante dele, com uma pistola na mão, estava Fitzwilliam.

— Eu sabia — disse o maldito, correndo até Evander.

— Evander? — chamei e o virei de lado, o sangue escapando pela lateral de sua boca. — *Evander!*

— Humm — gemeu ele. — O que aconteceu?

A resposta veio quando ouvimos um grito.

— Me solte!

Vi Marcella sendo puxada pelo cabelo para longe de nós. Fitzwilliam a sacudia com violência.

— Cale-se! Não sabe a confusão que me causou?

— Pare... — Me calei quando vi que ele apontava a pistola para nós mais uma vez.

— Ainda está vivo, Evander? Exatamente quantas vidas você tem? — gritou ele enquanto Evander tentava se sentar. — Eu devia matar você aqui e agora, e acabar com isso de vez.

— Então será indiciado por assassinato — sibilou Evander.

— Então nossa guerra continuará, irmãozinho. Mas agora, se eu a levar para a cidade, quem será o mentiroso? Quem acreditará em você? — Ele puxou o cabelo de Marcella com mais força. — Direi que você tentou roubá-la de mim. Que tudo isso é um plano maligno para me arruinar, e eles acreditarão!

— Me solte! — repetiu Marcella.

— Eu disse para se calar! — Ele quase a fez ficar de joelhos enquanto a puxava até o cavalo. — Ou você prefere ser o motivo de seus benfeitores terem um destino tão terrível? Ousa mentir sobre mim? Sou seu marido...

Mais uma vez, aquele som, o estalar de um chicote e trovão no céu, ecoando pela noite. Evander me cobriu, jogando-nos no chão.

— Você está bem? — perguntou ele, apesar do sangue em seu rosto, não no meu. — Afrodite, você está bem?

— Sim — respondi rapidamente. — E você?

Ele assentiu, mas o que a bala atingira? Sentei-me, temendo que, em sua raiva, Fitzwilliam tivesse atirado em Marcella, mas ela estava sentada no chão, em um silêncio atordoado, com ele ao lado. Confusos, nos levantamos para ver um aturdido dr. Darrington parado na porta, olhando não para nós, mas para a janela. Lá estava o fraco sr. Wildingham com uma arma apontada diretamente para onde Fitzwilliam estava.

— O que você fez? — O dr. Darrington agora corria até onde o homem sangrava no chão.

— Fitzwilliam? — sussurrou Evander, de olhos arregalados, caminhando devagar. Eu o peguei pelo braço e o acompanhei.

Vi sangue por toda a parte. O dr. Darrington se ajoelhou, tentando salvá-lo, mas até eu sabia que não seria possível. Fitzwilliam e Evander se encararam.

— Irmão... zinho... por quê? — Fitzwilliam cuspiu seu último fôlego sangrento.

Trêmula, cobri a boca com a mão.

34

Afrodite

No funeral do sr. Fitzwilliam Topwells havia seis pessoas — o clérigo, Datura, Evander, eu e os dois cocheiros que conduziam as carruagens. Ninguém mais ousou ir. A cidade ficou feliz de saber que o vilão que eu expusera estava morto, e ainda mais pelas mãos do pai da jovem heroína que eles pensavam estar morta, mas que agora se aproximava da liberdade na França. Verity tinha se recusado a ir. Evander mandara avisar o irmão mais novo, mas ele não tivera tempo hábil para voltar. A guerra entre Evander e Fitzwilliam chegara ao fim da mesma maneira que todas as guerras — com sangue e morte. E Evander não celebrou. Não sorriu. Fazia muito tempo que ele tentava levar Fitzwilliam à justiça, mas não estava satisfeito, e eu entendia o motivo. Apesar de odiar o homem e o quanto Fitzwilliam o havia prejudicado, ele ainda era o irmão mais velho de Evander, uma pessoa também prejudicada pelas ações do pai.

— Qual preço ainda preciso pagar? — sussurrou Datura, aparentando estar devastada. Foi a primeira vez que a vi sem joias ou sedas. Seu rosto não estava coberto de maquiagem nem os cabelos enfeitados com cachos e perucas. Ela parecia comum e minguada.

Olhou para nós, cansada. — Procurar o melhor para mim era tão errado? Desde o início, você fez de tudo para me lembrar do meu lugar neste mundo, e, quando eu me neguei a aceitar, você tomou meu filho. Quem é o vilão aqui? É você. Todos vocês.

Evander inspirou uma vez e olhou para ela. Pensei que retrucaria. Mas ele apenas inclinou a cabeça.

— Que Deus esteja com a senhora neste momento difícil.

Dito isso, ele pegou minha mão e me conduziu à carruagem. Não olhamos mais para ela. O lamento da mulher preencheu o ar, e qualquer visão dela teria sido de partir o coração.

— Vamos — disse Evander, segurando minha mão com força. Eu levei a dele aos meus lábios e beijei. — Eu não queria que terminasse assim.

— Eu sei.

— Seu pai estava certo. Teria sido melhor que eu resolvesse as coisas antes de me casar com você... com isso apenas te mostrei os horrores do mundo — disse ele com amargura, balançando a cabeça.

— Não é verdade — respondi. — Te juro que não é verdade.

— De agora em diante, seremos só nós dois — disse ele, gentilmente pousando a outra mão na minha. — Evander e Afrodite.

— Afrodite e Evander — falei, com um sorriso provocante, para distraí-lo de pensamentos sombrios.

— Por que seu nome viria primeiro? Não é assim que funciona.

— Ordem alfabética? Você prefere Afrodite e o duque?

Ele riu e me abraçou.

— Entendi. Assim como seu pai provoca sua mãe, você me provoca.

Eu mal podia esperar por um futuro mais tranquilo com ele. Fechando os olhos, senti que podia descansar por dias. Evander beijou minha cabeça com suavidade.

Quando abri os olhos, já estávamos em casa.

— Meu amor, chegamos — disse ele.

— Foi rápido.

— Não era longe. Tem certeza de que permitirá que os outros te vejam me segurando assim? — provocou ele. Eu o encarei e o soltei para me assentar, mas ele se inclinou e beijou minha bochecha, sussurrando no meu ouvido: — Estou feliz que não ouvimos seu pai e nos casamos o quanto antes, pois ter você ao meu lado tem sido meu maior conforto.

Sorri, mas não disse nada enquanto o criado abria a porta da carruagem para nós. Evander me ajudou a descer, e, quando olhei para Everely, me lembrei de que, embora nossos dias dali para a frente pudessem ser menos dramáticos, eu ainda tinha muito o que fazer nesse lugar. Estávamos apenas encerrando um capítulo.

— Bem-vindos de volta, Vossas Graças — disse o sr. Wallace quando entramos.

— Obrigada. Onde está Emeline? Preciso ver a menina.

— Com a babá, Vossa Graça.

Eu me virei para Evander, e ele apenas assentiu.

Evander

Irmãozinho, por quê?, Fitzwilliam me perguntara. Essas foram as últimas palavras que ele me disse, e agora, dias depois, encontrei a resposta.

O retrato de meu pai, caracterizado como um homem feroz e sábio, finamente vestido e cercado por livros. Ele era arrogante e orgulhoso, severo em sua brutalidade, mas não era sábio. Como teria sido a vida de todos nós se ele fosse um homem de maior honra? Perguntei-me se Fitzwilliam e eu teríamos sido como verdadeiros irmãos se não tivéssemos sido colocados um contra o outro ou se ele fosse o primogênito de minha mãe e não de meu pai. Alguma vez eu o chamara de irmão? Sempre que ele me chamava de *irmãozinho*, eu pensava que era zombaria para me lembrar de que ele poderia ter herdado esse maldito título. Mas no momento final, quando Fitzwilliam olhou para mim, ele não parecia estar zombando. Parecia tão triste quanto eu, como se estivesse se perguntando todas essas coisas também.

Por quê?

Eu desejava que ele fosse punido, mas nunca desejei que morresse. Nunca pensei que esse seria o fim, e era... doloroso, e não um alívio. A dor não havia passado e eu não suportava mais olhar para aquele retrato.

— Tire daí — murmurei, levando o conhaque aos lábios.

— Vossa Graça? — Wallace parecia confuso.

— O retrato de meu pai, tire da parede. E depois queime — ordenei.

— Vossa Graça...

— Faça o que pedi!

— Sim, Vossa Graça. Farei — disse ele antes de sair.

Eu mandaria queimar todos os retratos de meu pai. Todo o seu legado seria esquecido, pois ele não merecia ser lembrado. O sofrimento que ele impusera jamais seria passado a outra geração. Que a maldição terminasse ali, com a morte de Fitzwilliam e minha tristeza.

— Evander?

Verity estava na porta, aparentando exaustão. Eu tinha certeza de que os eventos dos últimos dias haviam causado mais pesadelos.

— Não foi se deitar? — perguntei.

Ela balançou a cabeça.

— Vou agora, mas queria te dizer que... sinto muito por não ter ido ao funeral com você. — Verity abaixou a cabeça. — Parte de mim queria. E uma grande parte não queria.

— Senti o mesmo. Se Afrodite não tivesse conversado comigo esta manhã, eu também não teria ido — confessei.

— Somos... cruéis, irmão? — perguntou ela, franzindo a testa.

— Apesar de suas ações, ele era nosso sangue. E o começo da vida dele, no início, pelo menos, foi injusto. Ele não escolheu as circunstâncias de seu nascimento. Ele não escolheu nascer ilegítimo.

Eu não sabia o que responder, pois estivera refletindo sobre a mesma injustiça.

— A sociedade deve ter ordem. Mesmo sem gostar, temos de nos esforçar para sermos honrados. Foi nisso que Fitzwilliam falhou, não em seu nascimento.

Afinal de contas, o mundo estava cheio de bastardos, mas nem todos causavam caos e infelicidade por onde passavam.

— Entendo — disse ela, apesar de não parecer satisfeita com minha resposta.

Mas o que mais eu poderia dizer? Que não éramos cruéis, mas a sociedade sim?

— Você vai ficar bem ou vai ficar aqui bebendo? — perguntou ela.

— Se minha esposa não está reclamando, não sei por que você deve reclamar — falei. — Não se preocupe comigo, Verity. Estou bem. De verdade. Você pode pensar em sua felicidade agora. Ainda não quer saber de casamento?

— Não — respondeu ela. — Mas partirei antes que você comece a falar desse assunto. Boa noite.

Ela se apressou para fora do cômodo como se temesse o tópico. Ela não tinha planos de se casar? Mas eu não queria apressá-la. Olhei mais uma vez para o retrato antes de sair da sala. Eu não me responsabilizaria pelos acontecimentos. Por mais trágica que a situação fosse, eu enfim estava livre das amarras de meu pai e meu irmão. Não havia motivo para lamentar agora.

Eu não tinha certeza de para onde ir, mas, depois de vagar um pouco, encontrei Afrodite sentada no pátio com Emeline nos braços. Ela abanava a garotinha adormecida.

— Parece que ninguém além dela conseguiu dormir — sussurrei, aproximando-me.

Ela olhou para mim e sorriu.

— Sim, mas isso é bom, não?

Era, pois significava que nada do que acontecera a afetara, que ela ainda ignorava a verdade.

— Espero que ela nunca saiba, para que permaneça inocente.

— Temo ter arruinado isso — sussurrou Afrodite quando me sentei diante delas. — Temo que os rumores tenham se intensificado e algumas perguntas...

— Desde que eu a trate como minha filha, ela é minha filha — falei, pousando a mão na cabeça de Emeline. — E assim será por toda a vida. Não importa o que digam os outros, ela tem a mim, e agora a você. Duvido que você permita tais ataques a ela. Você se esforçou muito por uma garota que mal conhecia. Temo que será pior que sua mãe.

— Não serei pior. — Afrodite bufou, mas não disse que seria melhor. Era divertido. Apoiei minha cabeça na dela. — Você esteve bebendo.

— Sim.

— Você está bem?

— Ficarei — sussurrei, fechando os olhos e inspirando o perfume dela. — Desde que você esteja comigo, ficarei.

— Então ficarei aqui — respondeu ela. — "Uma palavra nos liberta de todo o peso e dor da vida. Essa palavra é amor."

Ergui a cabeça.

— Você se tornou poetisa ou roubou um filósofo outra vez?

— Não roubei, apenas peguei emprestado.

— E de quem pegou emprestado?

— Sófocles.

Balancei a cabeça.

— O mais engraçado é que você sabe de tudo isso, mas não sabia o que a palavra *excitada* quer dizer.

O rosto dela se contorceu, lutando contra a vontade de gritar comigo e esconder seu constrangimento. Não consegui evitar a risada.

— Não é minha culpa! Meu pai censurou palavras e definições que considerava inapropriadas para uma dama.

— E agora você sabe bem mais do que ele ia querer que soubesse. — Sorri, gostando de provocá-la.

Ela me deu um tapa no ombro, fazendo com que eu me encolhesse.

— Desculpe!

— Está tudo bem.

Ela conferiu meu ombro para garantir, permitindo que eu admirasse seu rosto e apreciasse o momento — ela ali comigo.

— Foi uma primavera que jamais pensei ser possível — comentou ela.

Parecia que anos haviam se passado, não apenas semanas. Minha vida havia mudado tão rapidamente que eu achava difícil de acreditar.

— Esta primavera, não, mas este momento, aqui com você, é tudo o que sempre sonhei — respondi, e ela se virou para me olhar. Dei um beijo em seu rosto. — Minha duquesa, minha esposa, minha Afrodite.

— Meu duque, meu marido, meu Evander.

EPÍLOGO

Afrodite

Amados papai e mamãe,

Perdoem-me por não escrever mais cedo, como desejei fazer ao receber todas as suas cartas de uma vez. No entanto, como você tantas vezes falou, mamãe, não encontrei tempo, apesar de todas as minhas tentativas. Não sei por onde começar a contar os eventos que aconteceram desde que cheguei a Everely. Mas tenho certeza de que não preciso explicar tudo, pois certamente os boatos devem ter chegado até vocês. Seja lá o que ouviram, não se preocupem, pois Evander e eu vencemos a tempestade. Estamos muito mais fortes e melhores por isso...

— Evander! — Ri quando ele beijou minha bochecha. — Você vai me fazer estragar a carta.

— Esqueça a carta — murmurou ele em meu ouvido.

— Preciso terminá-la logo. Negligenciei muito minha família nos últimos dias. Tenho certeza de que eles não vieram nos visitar só porque Hathor deseja permanecer em Londres.

Olhei para as palavras no papel, mas ainda estava muito distraída pelos braços de Evander me envolvendo.

— Muito bem. — Ele suspirou todo teatral e me soltou. Na mesma hora senti falta do calor de seu toque. — Se for para evitar que seu pai jogue os livros em mim quando os virmos...

Sorri, olhando para ele.

— Meu pai reverencia muito os livros. Ele jamais os jogaria em você. Talvez ele atirasse pedras.

— E por que você está sorrindo? — questionou ele, tocando meu rosto. — Minha querida e doce esposa, se pedras vierem em direção à minha pessoa, caberá a você me defender.

Bufei.

— Quem inventou essa regra?

— Foi a natureza. — Ele beijou minha testa. — O marido está acima do pai. Portanto, sou prioridade.

Lutei contra a vontade de revirar os olhos e já ia responder, mas soou uma batida na porta.

— Entre — falei.

Achei que veria Eleanor, mas era Emeline. Ela olhava diretamente para o pai.

— Agora? — perguntou ela.

A expressão de Evander estava difícil de interpretar, mas ele foi até ela a passos rápidos.

— Não combinamos que seria no almoço? — perguntou ele.

— É agora — respondeu ela.

— Eu quis dizer durante o almoço. Enquanto comemos.

— O que é? — perguntei, não gostando de estar fora da conversa. Os dois olharam para mim.

— Podemos esperar que você termine sua carta — disse Evander.

— Farei isso mais tarde. O que está acontecendo? — perguntei. — Estão conspirando algo sem mim?

Emeline assentiu e Evander negou balançando a cabeça.

— Entendo. Bem, nenhuma boa conspiração é feita sem mim — falei, enquanto me levantava.

— Desde quando? — Evander ergueu as sobrancelhas.

— Desde sempre. Emeline, você vai me contar? — Estendi a mão para ela, e Emeline se aproximou. Vi a caixa em suas mãos. — O que é isto?

— Papai e eu compramos para você. — Ela ergueu a caixa para que eu visse.

— Para mim? — Olhei para Evander, mas ele apenas sorriu e assentiu para que eu abrisse. Dentro havia um par de luvas de seda bordadas com rosas. — São lindas, obrigada.

— Papai me deu um par igual. — Emeline me encarou por um momento antes de adicionar: — Então agora vamos ficar vestidas iguais na cidade, *mamãe*.

Meu coração quase parou. A palavra ecoou em minha mente. Devagar, olhei para Evander, mas não consegui vê-lo com clareza através de minha visão embaçada, embora o tenha visto assentindo para mim. Engolindo o nó em minha garganta, me abaixei diante de Emeline, acariciando seus cachos.

— Que incrível, querida. — Tentei não chorar ao olhar para ela. — Eu adorei, e acho que deveríamos usá-las agora mesmo, para que todos vejam.

— Agora? — perguntou ela, sorrindo.

— Claro. Minha filha me deu um par de luvas; todos devem vê-las!

— Vou pegar as minhas, mamãe! — disse ela, correndo para a porta.

No futuro eu a ensinaria a não correr; naquele momento ela podia fazer o que quisesse.

— Faz um tempo que ela queria te chamar de mãe, mas estava um pouco nervosa — disse Evander. — Combinamos que ela diria no piquenique, mas, como você viu, ela não conseguiu esperar.

Uma simples palavra.

— Você ficou tão feliz assim? — perguntou ele enquanto uma lágrima escapava de meus olhos.

Era apenas uma palavrinha, mas para mim significava mais do que qualquer filósofo ou escritor do mundo.

— Infinitamente.

AGRADECIMENTOS

Esta é a parte em que agradeço às pessoas incríveis que ajudaram a trazer este livro ao mundo. Minha editora, Shauna Summers, assim como Mae Martinez e toda a equipe maravilhosa da Random House, minha agente, Natanya Wheeler, meus pais... obrigada a todos. Para as equipes responsáveis pela belíssima capa e para aqueles que ajudaram a compartilhar esta história em todos os lugares, obrigada. Eu realmente não conseguiria sem vocês. Dito isso, acredito que minha mais profunda gratidão se deve ao romance. Sim, todo tipo de romance, porque sem ele tenho certeza de que seria uma pessoa triste e solitária.

Então:

> *Querido romance,*
> *Obrigada por me fazer sorrir nos dias em que pensei que fosse chorar. Obrigada por me dar esperança quando tudo parecia perdido. Obrigada por me fazer sonhar ainda acordada. Obrigada pelos namorados literários que eu gostaria que fossem reais. Obrigada por existir e permitir que os personagens da minha alma também existam. Sou eternamente grata.*
>
> *Sua maior fã,*
> *J.J.*

Impresso no Brasil pelo Sistema Cameron da Divisão Gráfica da
DISTRIBUIDORA RECORD DE SERVIÇOS DE IMPRENSA S.A.